TOUGH COOKIES

TOUGH COOKIES

狠角舍

文化事業有限公司

TOUGH COOKIES

TOUGH COOKIES

狠角舍
文化事業有限公司

THE TOXICITY-A
顫慄巨塔
警語
讀者千萬不要嘗試去猜測書中兇手到底是誰，
因為那注定將是徒勞無功的。
庄秦◎著

楔子

江都大學後校門外的那片江灘，還是這麼幽暗與深邃。江灘靠近公路的這側，是一片種植得密密麻麻的小樹林。幾年前的那個三月，在植樹節所密植的小樹苗，在死亡了百分之八十後，總算存活了剩餘的百分之二十，現在也長得有兩米多高。可惜缺乏必要的修剪，所有的枝條都橫七豎八隨心所欲地伸向了各自的方向，把有限的空間佔據得密不透風。就算是白天，也看不清密林裡面會發生什麼樣的事。

而一到了夜晚，這片江灘是沒有路燈的，隨著江風掠過，小樹林的樹葉就淩亂地搖晃，互相摩擦，颯颯作響。伴著這樹葉摩擦聲音的，常常都是細小的親吻聲。是的，這幽暗而又深邃的樹林，正是江都大學學生情侶們偷偷幽會的最好場所，這片江灘也被學生們戲稱為情人灘，這片小樹林被稱為了情人林。

情人灘與情人林給學生帶來了一個私會的場地，但卻苦了打掃清潔的大媽。那位身體肥胖的大媽總是抱怨在掃除花花綠綠的糖果紙、零食包裝同時，常常還會發現無數污穢的紙巾與保險套。

九月的天氣很是燠熱，空氣就像是凝固了一般，四處都散播著煩悶的心情。

不過，在這情人林裡，卻是另外一番景象。一對對情侶倚靠著很難承受雙人重量的小樹，正卿卿我我，濃情蜜意著。在幾乎凝滯的空氣中，滿是荷爾蒙與腎上腺素的味道，如果現在就算天降暴雨，也無法驅散這裡的愛侶們。

不過，如果真的有一場突如而來的暴雨，這裡的情侶們會作鳥獸散嗎？答案是肯定的，因為在這個時候，果然一場暴雨在沒有徵兆的情況下來臨了。

這場雨來得是如此突然，沒有閃電，更沒有雷聲，只是突然就聽到了雨點敲在樹葉上，發出的沙沙的響聲。本來還以為是風聲，但當樹林裡的情人們發現透過樹葉滴落在身上的雨點越來越稠密時，紛紛選擇了逃離這給他們帶來歡娛的情人林。

不過，還是有人沒有離開這裡。這是一對太過於忘我的情侶，他們選擇的這個地方，是在靠近公路的樹林邊緣。這裡有一座旱橋，他們正好躲在了旱橋下，他們根本不知道這場來得如此突然的陣雨。直到身邊掠起陣陣寒意，依偎在愛侶懷中的那個女生才嚶嚀一聲，嬌喘著說：「親愛的，下雨了，好冷……」

這男生也夠體貼，立刻就攬緊了懷抱，緊緊抱住了她微微起伏的身體，嘴唇貼在她的耳朵旁說：「別怕，有我在啊。」

旱橋上偶爾會有幾輛汽車飛快地行駛而過，搖曳的車燈剛好快速地掃過旱橋下的那片江灘。那個女生滿意地用嘴唇尋找著對方的嘴唇，沒有費太大的力，她就成功地將自己柔軟的舌頭伸進了愛人的牙縫中，兩條肆意的舌頭立刻糾纏在一起，相互瘋狂地廝磨啃咬，情濃得讓彼此透不過氣來。

男生的手並不老實，不停地在女朋友的身上遊移往來，尋找著可能的突破。可是女生似乎還存有最後的矜持，她始終不讓男友將手伸進自己的禁區。在這愛意滿溢的雨夜中，這在接近徒勞的反抗中，她終於有些惱怒地將嘴唇離開了對方，狠狠地說：「不要……不要這樣……」

當她的嘴唇離開了對方時，她的眼睛正好望向了對面的江灘。這時，一輛飛馳而過的汽車呼嘯著駛過，搖晃的車燈射過江灘，旋即消失。但是，就在這短暫的一瞬間，這女生看見那東西。她的喉頭一陣發甜，背上的根根寒毛瞬間倒立起來，一絲冰涼的汗從毛孔中噴薄而出，立刻浸潤濕透了她貼身的小衣。她的身體顫抖著，不住地顫抖著，彷彿痙攣抽搐。

她身體的反常被摟抱著她的情人感覺到了，他關切地問：「寶貝，你怎麼了？」

她的喉頭湧動著，卻如同有一隻看不見的手緊緊錮著，令她說不出話來。她只能伸出手指，指向了那漆黑得如墨一般的黑暗。手臂搖晃，手指顫抖。

男生疑惑地鬆開懷抱，轉過身來。面對著黑漆漆的夜色，還有不間斷的雨聲，他攤了攤手，說：「怎麼了？什麼也沒有啊……」

這時，又一輛汽車呼嘯而過，車燈掠過江灘，雖然只是短暫的一瞬，但他也看到了那東西。他全身的肌肉頓時緊縮，旋即目瞪口呆，渾身顫慄。

那是一個濕淋淋的身軀，彷彿剛從水裡撈起來。渾身浮腫，比常人腫漲了好幾倍。他的臉在車燈搖曳而過的燈光中，顯得特別蒼白，白得讓人感覺不到一點生命的氣息。是被水泡得發白的吧？這男生想起了小時候看到的浮屍，就是這個樣子，手指粗得像蘿蔔一樣，關節如一圈一圈的藕節，嘴皮向外翻出，露出殘缺的牙齒，一瓣一瓣，呲牙咧嘴。

這個濕淋淋的身軀移動著步伐，緩慢，搖晃……漸漸向旱橋下的這一對男女走來，笨拙的身體一步步踏在江灘上的沙子上，卻沒有留下腳印，只餘下兩串濕漉漉的水漬。

這身軀，如一條鬼魅般的黑影，越來越靠近旱橋。這對驚慌失措的愛侶想要逃跑，但巨大的驚悸卻像個一根看不見的繩索，套住了他們的腿，令他們一步也不能移動。

就這樣眼睜睜看著黑影的逼近，越來越近……

男生張大了嘴想要驚聲尖叫，可當他張開嘴時，這黑影已經飄到了他的身邊，伸出了蒲扇一般的巨手，伸向了他的咽喉。冰冷、柔軟、腐爛的氣息撲面而來。他還沒來得及叫出聲來，已經感覺到了死亡的陰影籠罩了他的全身。一絲一絲的寒冷，緩慢地席捲他的全身。眼皮像是掛上了鉛袋，不爭氣地合攏在一起。他聽見了自己的喉骨發出細微的破裂聲，氣管慢慢閉合，他的身體漸漸無力地癱軟在地上。

女生睜大了眼睛，就這樣眼看著自己的男友被這黑影蒲扇般的巨手掐斷了喉嚨。她想要尖叫，但她卻發不出聲音。她感覺自己已經崩潰了，她不知道自己應該做什麼。兩隻腳如同灌了鉛，一步也不能移動。她抬起了頭，看到這黑影轉過身來，一雙深陷在漆黑眼眶中的眼睛散發出了綠幽幽的光。

一汪烏黑的鮮血從眼眶旁傾瀉而出，瞬間佈滿了他整個臉頰。他看見這女生的眼睛，咧開嘴，露出了他殘缺不整的牙床，粉紅色的喉頭急促地湧動著，眼中露出了淫褻的光芒。

女生混身顫慄。她聽見了自己的心跳聲，撲通，撲通，越來越急促，急促得她的胸腔不能承受。

她感覺自己的心臟就要爆裂，她無法控制，她的一根根血管正變得越來越脆弱，彷彿有一柄重錘在狠狠敲擊她的心臟——她脆弱的心臟。

她看著這黑影咧開的大嘴，正滴淌著不可知的莫名粘稠液體，她感到胃液正緩慢上湧。她張開了嘴，有濃稠的東西正慢慢從胸腔裡上湧到了喉嚨。她咬緊了牙縫，但這東西還是噴薄而出，傾瀉在了地上。嘴唇只留下了甜甜而又腥臊的餘味，是鮮血！

她忍不住渾身發抖，身體搖晃，她只覺得天旋地轉，眼前有無數細小的星星在盤旋。無法呼吸！快無法呼吸了！

她嚶嚀一聲，然後身體無可救藥地倒在了地上。她只知道自己的身體正在慢慢變得冰冷，她不知道這到底是為什麼。那條黑影明明沒有觸碰到自己的身體，可是為什麼還會這樣？難道是自己被這黑影活活嚇死嗎？

她再也沒有更多的想法了，因為，她的身體已經變成了一具冰涼的屍體，就這樣躺在這雨夜江灘旁的旱橋下。

這江灘的名字叫情人灘，江灘旁的那片密密麻麻的小樹林名字叫情人林。

第一章

（01）

「討厭，曉葉，你嚇死我了！」陳可兒嘟著一張粉臉，不滿地叫了起來。

沈曉葉嘻嘻一笑，說：「這是我剛剛才現編的一個鬼故事。」

「那……那條黑影到底是什麼呢？」陳可兒雖然害怕，但是還是想知道鬼故事裡最神秘的那條黑影究竟是什麼。

「水鬼……」沈曉葉的聲音突然變得低沉下來，聲音彷彿來自於遙遠不可知的空間，這不由得令陳可兒全身上下覺得毛骨悚然。

「知道嗎？二十年前修建我們這所江都大學時，正好碰到了五十年來的大洪水，水位上漲得很快。那片江灘是一個回水灣，上游沖下來的東西都會在這回水灣裡轉上一圈才會沖出去。那段時間，在這江灘上，常常會沖上來上游下來的浮屍。浮屍現身後，都是由在場的工人就地挖個深坑埋掉。所以我們這裡的情人灘下，藏著無數的屍體，都是那一年葬身於洪水之災的罹難者。」

沈曉葉面無表情地繼續說道。

「曉葉，你別說了，我害怕……」陳可兒躲在毛毯裡叫了起來。雖然現在還是九月，天氣燠熱得讓人心煩，但她在床上卻依然瑟瑟發抖。

「嘿嘿，」沈曉葉幸災樂禍地笑了起來，「你還想知道那一男一女的結果是怎麼樣的嗎？」

「不，我才不要聽呢。」陳可兒慌忙把MP3的耳機塞進了耳朵中，周杰倫七里香的聲浪立刻掩住了沈曉葉的話語。

不過，沈曉葉還是沒有停止她的故事。她走到了陳可兒身邊，伸手將陳可兒耳朵裡塞著的耳機拔了出來，陰惻惻地，彷彿暗夜裡的巫婆一般，喃喃地對陳可兒說：「知道嗎？第二天在江灘上發現了這對情侶的屍體。男的是被掐死的，而女的死於心臟病突發，是活活被嚇死的！」

「啊——」陳可兒因為恐懼，張大了嘴，高聲尖叫了起來。這驚叫劃破了寂靜的午夜，在夜空中盤旋，向遠方飄去。

「你們在幹什麼呢？這麼晚了，還在這裡大驚小怪的？」宿舍的阿姨敲了敲門，寢室裡立刻又安靜了下來。

躺在被窩裡，沈曉葉暗自得意，她嘿嘿地笑著，心想明天就把這個故事寫出來，然後發到網上去，嚇嚇BBS裡那幫膽小鬼們。

她躺在床上，翻來覆去睡不著，腦海裡老是在想怎麼斟詞酌句寫出這個鬼故事。沈曉葉在網路的BBS裡滿有名氣的，她最擅長寫各種鬼故事與恐怖小說，作品在BBS上點擊率相當高。每當她半夜有了靈感時，就會興奮得睡不著覺，只等著天快點亮，待寢室裡的電來了後，好打開電腦把心裡的想法變成文字。

不過，她始終會是睡著的，因為倦意總是會在她最興奮的時候像潮水一樣湧來，令她無法抵擋。

她也不知道是什麼時候，閉上了眼睛，眼前一片模糊，像有一團霧瀰漫在她的身邊，一團黑色的霧……

黑色的霧瀰漫在四周，卻只是漂浮在腰以下，像是一張黑色的漁網，緩慢張開。沈曉葉緩慢在這黑色的霧中行走，她張目四望，卻什麼也看不到。她向地上望了一眼，只看到自己的腰，再以下就只看到這濃得像墨一樣黑的霧。真是很奇怪的感覺，就彷彿自己只有上半身，而腰部以下的部位憑空消失了。

她像是一條魚一般，在霧中穿行，眼波流轉但卻什麼也看不見。她感到好奇，這濃得像墨一般黑的霧中，究竟藏著什麼樣妖異的事物？她開始覺得寒冷，身體禁不住寒顫。莫名中，她感到了恐懼，但恐懼的是什麼？她卻不知道。也許，最恐怖的東西，就是在未可知的地方偷偷窺視著自己的某種說不出名字的東西吧！

沈曉葉渾身的皮膚收得緊緊的，她的背心被冷汗浸潤得濕淋淋的。

她覺得有些眩暈，恍惚中，她看到遙遙的遠處，有一條黑影，身材高大而肥胖。肥胖得像一個球，一團肉球。

這黑影緩慢飄移，越來越近，像影子一般緩慢拖曳著拉長，漸漸清晰。

清晰的只是這大致的輪廓，黑影的臉卻依然一片模糊，看不出究竟。

黑影漂浮到沈曉葉的身邊，只看到了一道淺淺的白色縫隙，是它的嘴吧？

沈曉葉聽到了嘿嘿一聲怪笑，正當她驚悸之時，那黑影像是分裂的阿米巴蟲一般，向兩邊分開。影子蠕動著，像是爬行的蚯蚓，掙扎著向兩邊逃離，一道暗色的縫隙憑空從影子的中間出現，緩慢割裂。沈曉葉甚至聽到了嘶嘶的聲音，是肉體與肉體分離時，血管爆裂，骨頭與骨膜撕開的聲音。

就在這微弱的聲音中，這黑色的影子分裂成了兩個影子，一左一右，漂浮在沈曉葉的身邊。沈曉葉不敢相信自己的眼睛，她已經被眼前發生的妖異之事弄得頭暈目眩。

忽然，從她的背後射來了一股詭異的光線，冷色調的藍白色，像是箭一般，射在了這兩條影子上。

沈曉葉抬眼望去，卻不由得倒吸了一口冷氣。影子的臉還是一片模糊，似乎是一塊平板，眼睛鼻子嘴巴都被削去了，像一隻被刀雕刻過的白蘿蔔。在左邊這條影子的頸項，有兩個很明顯的手印，拇指的痕跡甚至連指紋都清晰可見。右邊的影子嬌小玲瓏，看得出屬於一個身材婀娜的年輕女性。但是在她的胸膛前，卻有一個大洞，深不可測。沒有血液的滴淌，只是一個黑壓壓的洞，裡面什麼也沒有。這洞口正處左胸之上，是心臟所處的位置。

這兩條影子陰惻惻地笑了起來，身體漂浮著向沈曉葉湧了過來，黑壓壓的一片。

沈曉葉在這巨大的恐懼中，禁不住叫出了淒慘的聲音。

「啊——」

她感覺到了窒息。

無法呼吸了！她快無法呼吸了！

從床上猛地坐起來時，沈曉葉混身都是淋漓的大汗。做了個莫名其妙的噩夢，怎麼會把自己晚上構思的故事帶進了自己的夢魘中呢？這是以前從來沒有出現過的事。

看看室友，陳可兒還在睡，但是沈曉葉卻一點睡意也沒有了。她下了床，站在窗邊，天色已經有些發亮了，快天亮了。

窗外是一片草坪，現在還是黑壓壓的，有微薄的霧氣在上面氤氳生成。草坪的遠處隱約著連綿起伏的山，山尖上的樹影微微搖曳著，那是山風掠過的傑作。

沈曉葉開始感到了一絲寒氣，她拉開了一張椅子在書桌前坐下，在抽屜裡翻出了一包萬寶路，抽出一根叼在了嘴裡。

她平時在上課的時候，從來不吸煙，在同學前，她是個真正的淑女。只有回到了寢室裡，在電腦前敲字的時候，她才會一根接著一根地吸。

現在寢室的電還沒來，在江都大學的寢室裡，要到了六點半才會通電。現在真是無聊，沈曉葉不禁發起了呆。究竟在思考什麼，她並不在意，只是讓思維四處橫衝直撞。

當萬寶路燒到了沈曉葉的手指時，她才本能地將煙頭扔在地上。看著地上這個猩紅的光點，沈曉葉又感覺到了莫名的眩暈。

她看了一眼躺在床上的陳可兒，還在呼呼的沉睡著，沈曉葉也感覺到了一絲倦意。正當她準備重新回到床上睡一個回籠覺的時候，忽然聽到了寢室外響起了刺耳的警笛聲。

「嗚啦——嗚啦——嗚啦——」

沈曉葉好奇地走到窗邊，她看到在窗外草坪的盡頭，一輛警車正呼嘯著駛過，尖利的警笛聲劃破了寂靜的夜晚。許多同學都被這聲音驚醒了，紛紛跑到窗邊觀望，不知道究竟發生了什麼事。

警車藍白色的警燈快速地轉動著，刺眼的光芒把草坪輝映成了怪異的顏色。警車沒有停，只是以最快的速度穿過了江都大學的校區，向後校門駛去。

後校門外，就是那片情人林與情人灘！

（02）

陳可兒睡得可真沉，連昨天晚上警車進校園這麼大的陣仗，她居然都沒醒過來。當她聽說過後，一直纏著沈曉葉給她說一遍究竟發生了什麼事。

在後校門外的情人灘上，因為回水灣的原因，常常有很多上游沖下來的魚困在其中。所以常常有釣魚的愛好者在那裡撒上一張網，往往都會有不錯的收穫。

老陳五十多歲了，不抽煙，不喝酒，唯一的愛好就是打打魚。他最喜歡在深夜的時候到那情人灘的回水灣裡撒上一張大網。他之所以喜歡在深夜，是因為在那個時候，才沒有其他人的打擾，特別是那些在灘上卿卿我我的情侶們的打擾，他可以專心地釣自己的魚。現在的那些年輕人啊，真是夠奔放的，老陳好幾次黃昏去打魚時，看到的那些火辣辣的場景，真的是讓他不好意思睜開眼睛呢。

昨天晚上他是凌晨四點出家門的，除了打魚的傢伙，只拿了一支手電筒和一瓶老白乾。去情人灘，必須要經過那座旱橋。老陳拎著老白乾，哼著打漁家的小曲，半眯著眼睛往江灘走去。這條路他已經熟得不能再熟了，幾乎每過兩天他就會來一次。這習慣前前後後持續了將近二十年，從江都大學建校起，他就開始了他的垂釣之旅。路上哪裡有個水窪，哪裡有突出的石塊，他都一清二楚。他相信，就是自己閉著眼睛，沒有手電筒，也可以安全地來到江灘邊。

可是，今天不知道怎麼了，當他走到旱橋上時，手電筒正好沒有電了。老陳暗叫了一聲，把手電筒放進了褲袋裡。他大步地向江灘走去，他已經聽到了江水拍打沙灘的聲音了，心裡禁不住一陣興奮。可是，這時令他想不到的事發生了。

他沿著旱橋旁的石階梯走到了旱橋下，忽然一個趔趄，摔在了地上。不知道是什麼東西擺在了小路上，令他猝不及防地摔在了路邊。只聽「啪」的一聲，他手裡的老白乾摔得粉碎，一股酒香飄在了空氣之中。

老陳很是生氣，可惜了這老酒啊，這是自己去鄰縣的酒廠要來的，市面上根本買不到。可惜啊可惜。

他回過頭來想看一看是什麼東西絆到了他，可是，雲層密密麻麻，遮住了月亮，根本沒有一點光亮，路上黑鴉鴉的一片，看不清楚到底是什麼東西橫亙在那裡。

恰好在這時，一輛深夜運貨的卡車呼嘯著從旱橋上經過，搖曳的車燈一掃而過。雖然只是短暫一瞬，但已經足夠讓老陳看清楚路上到底躺著的到底是什麼了。

當他看到躺在地上的那兩樣東西時，不由得感覺到心跳加速，心臟幾乎要從嘴巴裡蹦出來了。老陳的心臟本來就不好，這下更是讓他難受，他只覺得心跳越來越快，快得令他無法承受。他用力撫著自己的胸口，但他還是覺得有一種不可抑制的窒息感。

還好，他一直都隨身帶著速效救心丸，慌忙塞了一顆在嘴裡，過了一會兒，才緩過了這個勁。

當他平靜下來時，才想起剛才看到躺在旱橋下的這兩樣東西，不由得毛骨悚然。他掙扎著從地上爬起來，忙不疊地向旱橋上跑去，根本顧不得去收拾落在地上的釣具。

老陳氣喘吁吁地在旱橋上狂奔著，他想攔一輛車。可是這時橋上一輛車也沒有。他沿著旱橋，一直跑到了江都大學的後校門，當他看到站在校門旁的那個穿著制服的保全時，一顆心才稍稍平穩了一點點。

面對保全，老陳還是激動得說不出話來，直到喝下了一口熱水後，他才撫著胸口，一字一句地說道：「旱橋下，有兩個死人！」

「啊——」陳可兒大聲叫了起來，「旱橋下發現了兩個死人？」

「嗯……」沈曉葉面無表情地回答，「是兩具屍體，一男一女。今天早晨警察才知道，原來那個男的是被掐死的，女的是心臟病突發而死的，據說有可能是被活活嚇死的。」說完這幾句話，她竟有些感到一陣沒來由的眩暈。

「啊？這不是和你昨天晚上編的那個鬼故事一模一樣嗎？」陳可兒終於也發現了其中不可思議的地方，聲音也有了些顫抖。

「別……別說了……」沈曉葉心裡麻麻的，坐在了床上。這突然而來的眩暈感，令她很想躺到床上閉上眼睛睡上一會。

這時，她的手機滴滴地響了起來，有一則簡訊。

沈曉葉看了一眼，是醫學系的蕭之傑發來的，只有短短的幾個字：「天這麼熱，下午去游泳吧。」

蕭之傑是沈曉葉的學長，他們讀同一所中學，比她早一年進江都大學。沈曉葉讀的是中文，而蕭之傑選擇了學醫。蕭之傑長得滿帥的，個子也高高的，是籃球隊的主力小前鋒，身邊不乏崇拜者。但他卻老喜歡找沈曉葉聊天玩耍，特別是知道了她喜歡寫鬼故事後，整天纏著沈曉葉，要給她提供素材。說實話，沈曉葉也覺得這小夥子不錯，也對他滿有好感。上個星期，蕭之傑還莫名其妙送了一大束嬌黃色的百合給她，讓她很是驚訝，不過黃色的百合並不是那麼常見的，所以她還是笑納了。但是，她今天可沒心情去游泳，她只想睡一會。哦，對了，在學校裡睡還不如回家去睡呢，反正自己的家離學校也就三站路。躺在自己的被窩裡，睡上一大覺，什麼都不想，感覺一定很爽的。

沈曉葉拾起手機，手指飛快地按著按鍵，回了一句話就收拾起自己的東西，準備回家。

「我不想游泳，我想回家。」

今天是星期四，本來應該上課的，但學校出了兇殺案，學生都惶恐不安，沒有心思去上課。於是學校也就順應民意，乾脆放假兩天，從今天一直放到下個星期一。

這兩個死者，是學校的研究生，都是醫學系的。男的叫趙偉，女的是誰還沒查出來。趙偉今年就要畢業了，卻偏偏出了這樣的事。還好是發生在校門以外，所以學校的責任並不大。但是畢竟是學校裡的學生出了事，警察整天都在學校裡清查兩人的關係，不停地找趙偉的同學詢問情況。整個學校都瀰漫著不安的陰影。

(03)

校車已經走了，中午的時候就送了一批回家的學生出了校區。沈曉葉站在校門外，望著空蕩蕩的大街，發起了呆。她在想，是該等下一班校車，還是打電話叫老爸開著那輛銀灰色的保時捷來接自己。

她穿了一件純白色的連衣裙，站在街邊，亭亭玉立。但此時的她卻面無表情，冷若冰霜。這時，她聽到了身後傳來了自行車的鈴鐺聲。轉過身來，是蕭之傑陽光般的笑容。

「我送你回去吧。」蕭之傑笑著拍了拍自行車的後座。

蕭之傑的車騎得歪歪斜斜，不知道是技術不好，還是故意想要沈曉葉體會一下驚心動魄的感覺。

江都大學位於馬路主幹道的一條支線之中，要回到主幹道要騎上十多分鐘的下坡路。這十多分鐘裡，在蕭之傑爛得不能再爛的車技下，沈曉葉不停地發出尖叫，整顆心臟不停劇烈跳動著。不得已，她只有緊緊攬住了蕭之傑的腰，身體貼在了他的後背上。

在蕭之傑一臉壞笑中，自行車終於回到主幹道上。

蕭之傑收回了頑童之心，開始小心地蹬著踏板，畢竟馬路上的汽車開得飛快，他不敢再開玩笑了。

沈曉葉鬆開了拽著蕭之傑胳膊的手，吐了一口氣。這時，一輛疾行的銀灰色小轎車從他們的身邊快速地擦了過去。蕭之傑的手慌亂中晃了一下，龍頭一歪，自行車竟搖搖擺擺地向路邊滑倒。

沈曉葉揉著屁股站了起來，她正準備尋找最惡毒的辭彙咒罵蕭之傑時，蕭之傑已經嚷嚷了起來：「開保時捷很了不起嗎？你會不會開車啊？」

但那輛銀灰色的保時捷早已經開得遠遠的了，哪裡還聽得見他們的咒罵。

不過，沈曉葉心裡卻噗通一下，如小鹿亂撞一般。

銀灰色的保時捷……

她老爸的車就是銀灰色的保時捷。保時捷用銀灰色的漆，在江都市並不常見。難道剛才開車的是老爸嗎？可是今天是星期四，現在他應該在公司裡教訓那幫銷售員啊，怎麼會在學校外的馬路上呢？

他會看到自己和一個男生共騎一輛自行車嗎？要是他看到了，會教訓自己嗎？

想到這裡，沈曉葉不禁更感燥熱，面紅耳赤。

雖然自己已經二十歲了，都讀大二了，可是老爸一直不贊成她在校期間談戀愛，說什麼會影響課業，還說在校談戀愛的最終沒幾個得到了好結果。

對這樣的說法，沈曉葉很是不以為然。且不說現在流行「不在乎天長地久，只在乎曾經擁有」這樣的說法，這感情上的事，本來就是付出與獲得。趁著年輕，本來就應該多體會一下愛情的滋味，「少壯不戀愛，老大徒傷悲」。再說，老爸和老媽還不是一樣大學同學。雖然老爸從來沒說過，但是沈曉葉早就從外婆那裡知道了。

想起了媽媽，沈曉葉突然感到心裡一陣悸動，心中最柔弱的那個地方像是被針狠狠刺了一下，沒有出血，卻留下了一陣劇痛。曉葉沒見過自己的親生媽媽，她是難產兒。在生產她的時候，媽媽因為產後大出血，回天乏術，死在手術臺上。

老爸把沈曉葉當作了手心裡的寶，千依百順，就算她想要天上的星星，老爸也會去搭上一截梯子試著去摘。

但是在曉葉十五歲那年，老爸內心的天平卻傾斜了，那一年，他娶回了小阿姨。

沈曉葉實際上並不反對父親續弦的，但是小阿姨只比自己大七歲，要曉葉叫她聲媽媽，她還真的叫不出口。

小阿姨叫謝依雪，和老爸結婚的時候才二十二歲，是老爸公司的會計。人長得很漂亮，瓜子臉，櫻桃嘴。身材特棒，該胖的地方絕對不瘦，該細的地方絕對不粗。人也很溫和，在家裡的時候一直竭力想和曉葉搞好關係，從來不對曉葉大聲。她最大的願望大概就是想親耳聽曉葉叫她一聲媽媽吧。

謝依雪並不是個壞後媽，可是曉葉怎麼也突破不了她的心理障礙，不願意叫一聲媽媽。最多，也就是叫聲小阿姨。

不過這段時間，小阿姨謝依雪懷孕六個月了，現在她關心的就是自己肚裡的孩子，也顧不得曉葉了。

「怎麼了？你愣在這裡幹什麼？」

在蕭之傑的疑問中，沈曉葉猛然從回憶裡掙扎了出來。看著蕭之傑陽光得近似無賴的笑容，她只有跳上自行車的後座了。

這下子蕭之傑的車就騎得穩當多了，他再也不敢去開玩笑了。

十多分鐘後，在家門外的十字路口，沈曉葉叫他停車。她不敢讓鄰居看到自己被一個男生載回家，特別是這麼英俊的一個男生。

當她一個人穿過車來車往的十字路口，回過頭來，看到蕭之傑還站在原地，扶著自行車，呆呆地看著她，像極了一張定格了的畫面。忽然間，曉葉覺得心裡熱呼呼的。

她不能這麼讓自己的感情泛濫，於是她咬了咬牙，轉過身來，向公路旁一條岔路盡頭的那幢高級大樓跑去。

「咦?!曉葉，今天是星期四啊，你怎麼回家了？」謝依雪挺著大肚子，拉開門，看到沈曉葉很是驚訝。

曉葉簡單地說了幾句，就準備鑽進自己的房間。

「哎，曉葉，今天你的臉怎麼這麼紅呢？是不是發燒了？要不要讓何姐幫你找點藥？」謝依雪關切地問道。何姐是沈家請來的保姆，在她家已經做了好幾年。前幾天剛去看了自己在讀大學研究生的兒子，今天才剛趕回來的。

何姐每個月都會抽出兩天時間去看望兒子。

曉葉摸了摸自己發燙的臉頰，慌忙地回答：「沒事，沒事，是我剛才從十字路口一路上跑回來的。」不過，她在心裡卻暗暗地罵蕭之傑，都怪這個冤家，讓自己的心好亂呀。

進了房間，她打開了臥室裡的電腦，在WINAMP裡隨意找了幾首歌放了起來。不知道為什麼，鬼使神差的，找出的歌竟清一色的情歌。曉葉暗笑了一聲，嘲笑自己真是有點顛了，不就是讓蕭之傑用自行車帶自己回家，怎麼就這麼讓自己手足無措？

（04）

沈建國看到女兒，點了點頭，然後轉身對謝依雪說：「晚上我還有個應酬，要請醫院的人吃飯。現在回來換衣服，這鬼天氣，真讓人受不了，稍一活動就滿身是汗水，襯衫都貼在肉上了。」

謝依雪連忙吩咐何姐去臥室裡找來了一件乾淨的襯衫。換了一件襯衫後，沈建國就下了樓。

沈建國四十六歲，英俊高大，經營了一家不算很小的醫藥營銷公司，手下有十多個精幹的業務員，業務還做得很不錯，也算得上事業有成。再加上能幹的嬌妻，漂亮的女兒，這輩子他該有的都有了。如果說有遺憾，那就是只有一個女兒，缺少一個兒子。不過現在這個遺憾也馬上就可以彌補了，妻子謝依雪已經懷孕六個月，在醫院做了超音波後，已經提前知道會是個男嬰。當他知道這個消息後，興奮得像個孩子一般在屋子裡蹦來蹦去，然後漲紅了臉跑到街上，拿著手機呼朋喚友喝酒慶祝。

但是，沈建國也有自己的另一個秘密。

每個人都有自己的秘密，這秘密只能藏在心中最隱秘的地方，見不得陽光。只能在這最隱秘的地方慢慢鬱積，生根發芽，逐漸壯大。

沈建國的秘密就是，除了謝依雪，他在外面還有一個女人。這大概就是所謂成功男人的通病吧。沈建國是一個在性方面要求很旺盛的男人，年輕的時候，因為經濟上的原因，或者是要拖著女兒艱難度日的原因，在喪妻後整整壓抑了十五年。

在創業成功，經濟條件稍稍好轉後，他娶回了謝依雪。在旁人看來，他是個很負責的男人，一下了班就回家，從不在外面鬼混。

但是在醫藥這個行業待久了後，應酬越來越多，逢場作戲的機會也比比皆是。本來他也一直堅持著絕對不碰歡場女子，但是自從謝依雪懷孕後，就無法滿足沈建國生理上的需要了。

就在一次喝得半醉時，在那個叫歐陽梅的十七歲按摩女郎的百般誘惑下，沈建國終於半推半就地成全了好事，從此就一發不可收拾，大有把失去的十五年一舉奪回來之勢。

歐陽梅，身材高挑，相貌漂亮。最令人感到驚奇的就是她的那張臉，竟和沈建國的第一任妻子葉清清長得酷似極了，活脫脫一個模子雕出來的。那個迷亂的夜晚，沈建國在半醉之下錯把歐陽梅認成了葉清清不無關係。其實呢，就連謝依雪的模樣，也長得和葉清清很像，在沈建國的心裡，葉清清無疑是女神的化身。

這個晚上，沈建國藉口應酬外出，其實就是去見歐陽梅。沈建國早就讓歐陽梅不再做按摩女郎了，他在玉竹社區租了一間五樓的房間，金屋藏嬌。

不過最近，他總覺得有些不對勁。愛情是自私的，哪怕是包二奶也一樣自私。沈建國包下了歐陽梅，就不再允許歐陽梅接觸其他的男人。可是，他現在卻一直在懷疑歐陽梅除了自己外，還在勾搭其他的男人。

雖說婊子無情，但是沈建國心裡卻很不好受。畢竟歐陽梅用的錢都是自己給的，她居然還拿去養小白臉，這讓沈建國很是憤怒。

今天他去玉竹社區見歐陽梅，並沒有讓歐陽梅知道。他在昨天就打電話給歐陽梅說，自己要去鄰近的城市開供應商的酒會，會離開江都市一個禮拜。但他並沒有離開江都市，而是回家換了襯衫後就往玉竹社區趕了過來。他猜歐陽梅如果真有姦夫，一定不會放過這樣的機會，一定會把那個小白臉帶到家中共赴雲雨。

歐陽梅的床上功夫很是厲害，沈建國也知道自己畢竟四十六歲了，很難讓她滿意，所以這水性揚花的女子紅杏出牆也是預料中的事。

沈建國是在前幾天開始懷疑的，因為在那天玉竹社區的床上，歐陽梅用了一個沈建國從來沒見過的體位。這讓沈建國很是訝異，沈建國在性愛上很是保守，雖然他一直在拈花惹草，但是在做愛時，姿勢卻一直是一成不變的男上女下。當那天做到興奮的時候，歐陽梅令沈建國猝不及防的一個翻身，騎在了他的身體上。雖然很有快感，但心中極大的疑惑卻令沈建國在最短的時間裡癱軟了下來。

銀灰色的保時捷在玉竹社區外就停了下來，沈建國下了車。他望了一眼五樓那扇緊關著的窗戶，橘紅色的窗簾遮住了一切。不知道現在裡面是否正在上演滿園春色，心想到這裡，沈建國感到喘不過氣來。他的臉漲得通紅，心裡撲通撲通直跳。

他不知道一會上了樓，打開門，究竟會看到什麼。

玉竹小區的樓房都蓋得不高，一般在五層樓以下，所以都沒有電梯。

走在散發著黴味的樓梯間，沈建國不禁咒罵社區管理，交了這麼多的管理費，這樓梯味道卻這麼難聞。

爬上了五樓，沈建國竟有些喘不過氣來。自己的確平時鍛煉太少，比不上年輕的時候了。記得在以前當兵時，他背著彈藥包，腿上綁著沙袋，連著跑了二十多公里後，他還去做了五十個仰臥起坐。那個時候自己也沒出多少汗，但現在居然爬五層樓就開始喘不過氣來。以後一定要多參加鍛煉，去打打高爾夫吧，現在的有錢人都流行這玩意。在綠草如茵的草坪上，在眾多美女的注視下，瀟灑揮杆，既鍛煉了身體，又顯示了自己的地位，這一定是件感覺很爽的事。他這麼想著，嘴角竟流露出了一絲得意的笑容。

正當他想像的時候，沈建國已經來到了五樓他為歐陽梅租住的房間。門緊緊地關著，沒有一點聲音。不知為什麼，沈建國總覺得有些不對勁，彷彿有什麼人在暗中監視著自己。在看似平靜的空氣下，好像藏著什麼看不見的危機！

沈建國大口大口喘著氣，他覺得有些呼吸不暢。

他走到門前，把耳朵貼在了門上。沒有聲音，就連一顆針落在地上也可以聽得一清二楚。可是，沈建國還是感覺到了危險。可這危險到底是什麼？他也說不出來。

他的背心滲出了一縷冷汗，禁不住打了個寒顫。

他戰戰兢兢地掏出了鑰匙，插進了匙孔。輕輕一扭，門開了，一點聲音也沒有發出。

屋裡很暗，窗簾拉得死死的，只有一截印度香散發著殘餘的香味。

沈建國輕輕閃身進了屋中，腳後跟墊在地上，沒有發出一絲聲響。也許現在家中沒有人吧，歐陽梅去了哪裡？難道是去私會她的小白臉了？沈建國決定先躲到臥室裡，等待著歐陽梅的歸來。他把手在門後拂了一下，想要關上門。

他是背對著門的，可當他的手拂向身後的時候，一隻鋼鉗一般的手抓住了他的手腕。

這隻手是如此地有力，又是如此突然，著實令沈建國沒有反抗的餘地。他無謂地掙扎，想要回頭看看是誰擒住了自己。

但身後這人的另一隻手又掐住了他的頸子，令他不能回頭。

沈建國的頸子給擒得生痛，他沙啞著喉嚨大聲咒罵道：「你是什麼人？你這混蛋！」

身後的人將嘴唇貼在了沈建國的耳朵邊，輕輕地說道：「你終於來了，我們等你很久了……」

這聲音雖然壓得很低，也竭力想說得低沉。但是沈建國還是聽出了這是一個男人的聲音，而且中氣很足。

這人是誰？為什麼要擒住自己？沈建國感覺頭一陣陣發暈，心臟跳動得越來越急促……

第二章

（01）

周淵易看到沈建國坐在對面的時候，將手指上的筆在桌上抖了抖，發出了刺耳的聲音。

「姓名？」

「沈建國。」沈建國還沒有從驚悸裡還原回來，聲音顯得很低沈。

「年齡？」

「四十六。」

「性別？」一看到坐著的沈建國，周淵易才發覺這個問題實在是多餘，不由得也輕輕發出了一聲笑。

面對沈建國不滿的神情，周淵易慌忙收回了笑意，嚴肅地問道：「你和歐陽梅到底是什麼關係？你為什麼要到她家裡去？」

沈建國的眼皮忽地一睜，歇斯底里地大聲問道：「歐陽梅到底出了什麼事？為什麼你們警察會在她的家裡？她到底怎麼了？」

周淵易抬頭望向沈建國，手上正作著記錄的筆停下了。他冷冷地說：「歐陽梅死了，昨天晚上在江都大學後校門外的情人灘上心臟病突發，還沒來得及送醫院，她已經死了。」

沈建國一聽，身體一陣顫抖，臉上滲出冷汗。他聲音顫慄地問道：「不會吧？她怎麼會去那裡呢？她怎麼又會是心臟病突發呢？她從來都沒有這樣的毛病啊！」

周淵易用筆敲了敲桌子，正色說道：「這些不是你該關心的問題，你只要說出你和歐陽梅到底是什麼關係？」

沈建國赧然地答道：「歐陽梅是我女人……不過不是我老婆，她住在這裡的房子，是我幫她租下來的……」

聽完了沈建國的敘述，周淵易陷入了沉思。

歐陽梅這樣的一個按摩女郎，卻鬼使神差地認識了沈建國，從此跳離了色情行業，改變了自己的命運。卻又不知為何，她又和江都大學的醫學研究生趙偉出現在了深夜的情人灘上，莫非他們之間是戀人？這究竟是怎麼回事？是誰殺了趙偉？

如果從常理上分析，兇手很有可能就是沈建國。從他今天下午偷偷潛入歐陽梅家中準備抓奸的情況來看，他完全有可能因為知道了趙偉與歐陽梅在一起，就在晚上出現在那裡殺死趙偉，並嚇死歐陽梅。從經驗法則來說，警方首先懷疑的人，往往就是與受害者關係最密切的人。而現在沈建國正是這個與受害者關係最密切的人。

可是偏偏沈建國有很充分的不在場證明，昨天晚上，他為了一家醫院的業務，和醫院院長以及醫務科的主任在溫泉山莊整整玩了一個通宵的麻將。三個有身份的人在不透露姓名的情況下，都願意為他佐證，雖然不排除買兇殺人的嫌疑，但是現在周淵易也只有讓沈建國離開警局。

等沈建國離開了警局後，周淵易點上了一根白色的萬寶路，無奈地搖了搖頭。

周淵易是昨天深夜接到報警電話的，來到江都大學後校門外的情人灘上，雨剛停。在驚魂不定的老陳帶領下，他看到了那兩具屍體。

這男屍一看就知道是被掐死的，而且兇手的力氣很大，應該是一個壯年男子行的凶。因為下雨的關係，腳印之類的痕跡已經遍尋不著，即使找到幾個，也失去了佐證的價值。

死去的女人很奇怪，沒有傷痕，只是面孔上滿是驚懼，眼睛死死地睜開著。就算到場的眼鏡法醫小高使勁用手想要把眼皮撫上，那眼睛還是睜開著，彷彿懷有莫大的冤屈。

小高無奈地搖著頭，他用盡方法都不能讓女屍的眼睛合攏。

周淵易走到女屍旁，蹲下身來，輕聲但卻堅定地對屍體說：「你就安心地走吧，我們一定會幫你找到兇手的。」

然後他再用手撫了撫女屍，也就是歐陽梅的眼皮，歐陽梅的眼皮終於合攏了。

助手王力張大了嘴巴看著這一切，目瞪口呆地問周淵易：「隊長，你還懂得和死人說話嗎？」

技術科的法醫小高笑呵呵地說：「小王啊，屍體剛發現的時候是僵硬的，所以眼皮張開了有可能合不攏。但是現在在這裡放了一會後，圍觀的人也多，周圍的空氣溫度上升，屍體的僵硬程度也會相對降低。所以現在撫上她的眼睛就容易多了。這並不是因為周隊長對他說了這番話的原因。」

周淵易笑了笑，對王力和小高說：「不錯，就是這個道理，說出來就一點也不稀奇了。不過，我們還是一定要找出真正的兇手，為死去的人伸冤雪恨，這也是我們的職責所在。」

沈建國走出警局，已經是深夜了。突然想起手機一直沒開，於是摸出手機接通了電源。一打開手機就看到好幾條簡訊，全是謝依雪發來的。

沈建國雖然要在外面花天酒地，但是手機幾乎是從來不關機的。因為謝依雪一向信任自己，從來不打電話給他，這也是為在外面打拼的老公留點面子。試想一個在外面談生意的人，如果老是接到老婆打來查勤的電話，真的會在客戶面前顏面掃地。不過如果實在是太晚，又一直沒消息，謝依雪一定會發出幾個簡訊，問問沈建國會什麼時候回家。

今天晚上當沈建國知道自己是被警察扣押的時候，為了免去麻煩，他還是關掉了手機。當現在看到謝依雪發來的簡訊後，他才感到了些許的麻煩。

平時看到了謝依雪的簡訊，沈建國都是馬上抽個機會回信的，哪怕只是回上幾句假話。但今天因為關機的緣故，竟一直沒回消息。說不定謝依雪會擔心的，會懷疑自己在外面行為不軌。身邊的醫生朋友都說，懷孕的婦人，心理都會很複雜，想的問題都和常人不一樣，很有可能鑽牛角尖的。不是說自己怕謝依雪，畢竟現在謝依雪肚子裡懷著的是自己夢寐以求的大胖兒子，可不能讓她有稍微的擔心與懷疑。

於是沈建國用手指劈裡啪啦地在手機鍵盤上按了幾行字：「真是不好意思，我和吳總與醫院的人應酬，給灌醉了，剛清醒，現在才看到你的留言。我馬上就回來了。」他馬上又給藥業公司的合夥人吳慶生打了個電話，串了一下供，免得以後謝依雪問起的時候穿幫。

沈建國開著自己的銀灰色保時捷往自己家住的高層電梯大廈駛去，在接近家門的地方，他沒有忘記在街邊的小商店裡買上一罐青島啤酒，大口喝上一口，讓自己的嘴裡留下一絲酒氣。

（02）

謝依雪並沒有對沈建國多說什麼。其實，她早就懷疑自己的老公在外面有情人，這是女人的直覺。從結婚之後，她從沈建國對自己在房事上的索取，就知道他是個性慾很旺盛的人。她一直在擔心如果自己懷孕後，因為胎兒的關係不能與老公發生關係，老公會不會忍受不住寂寞與煎熬，到外面去找尋慰籍。

她最近也發現了一些不太正常的地方。比如說沈建國不再要求她用手幫他解決，又比如說偶爾會在沈建國的襯衫上發現來歷不明的金色長髮。謝依雪開始感到了一陣陣的危機感，她對自己的容貌從來都很自信。如果說沈建國的女兒沈曉葉是一種清純的美，是蓄勢待發的花朵，那謝依雪就是一種成熟的美，是正在綻放的鮮豔的玫瑰。雖然她只有二十七歲，只比沈曉葉大七歲。

謝依雪一直想與沈曉葉交上朋友，她總是藉機要跟曉葉交談，但這孩子老是對自己不理不睬，也許她一直都不能接受父親娶了一個比自己大七歲的姐姐吧。

早晨目送著沈建國離開了家門，又不知道他會在什麼時候才會想要回家。就算是生意再忙，也不可能每天都有應酬的。

謝依雪很無聊，她又做起了每天重覆的事。身懷六甲肯定是不能做家務了，但是插插花還是可以的。以前她就喜歡日本插花的花道，沒事就撥弄各種顏色的花花草草，然後組合在一起，放在花籃或者果籃中。謝依雪掃了一眼擺在窗臺上的藤編花籃，被包圍在情人草裡的百合已經快要枯萎了。這嬌黃色的百合很少見，是一周前沈曉葉不知從哪裡抱回來的。這小妮子一定是在談戀愛了吧，說不定是哪個喜歡她的男孩子送給她的。雖然說沈建國一直不贊成曉葉在讀大學的時候談戀愛，但是謝依雪也是從大學生活走出來的，瞭解箇中的情愫。

不過看著窗臺上嬌黃色的百合，謝依雪的眼神卻莫名其妙地黯淡了下來。她神情怪異地凝視著這藤編的花籃，良久都沒有轉動她的眼球，陷入了沉思。

她在想什麼？

沈曉葉坐在餐桌前，吃著保姆何姐做的煎蛋。這蛋煎得不老也不嫩，恰到好處，外焦內嫩。沈曉葉最喜歡的就是這樣的美味，她正拿著刀叉準備下手時，忽然聽到小阿姨謝依雪問道：「曉葉，昨天你說你們學校裡出了命案，才放的假，是怎麼回事啊？」

沈曉葉的眼神陡然一沉，有氣無力地說：「死了兩個人，在後校門外的江灘上。男的是被掐死的，女的是被活活嚇成心臟病突發死的。那個男的是醫學系的研究生，叫趙偉。那女的聽說是個按摩小姐，真不知道他們是怎麼搞在一起的。」

正端著烤好的饅頭片上桌的何姐聽了，笑嘻嘻地說：「那也是有可能的。說不定他們倆早就認識，男的窮困潦倒，沒錢讀研究生。這女的為了他跳入火坑，賣身為他賺學費。哇！真是感人啊！」

謝依雪哈哈一樂，說：「何姐啊，你一定是電視劇看得太多了，聽到什麼都往最美好的方面去聯想。」

「是啊，是啊！」沈曉葉也跟著附和，「何姐，你去把這個故事寫出來，投到雜誌去，取個名字叫『苦命按摩之花』，哈哈！」

謝依雪與沈曉葉一起笑得抱著肚子在椅子上翻來滾去，在這時，謝依雪突然發現離曉葉之間的距離近了。

沈曉葉吃完了飯，就出了家門，至於去哪裡，她沒說。不過，從她臉上一會沈思、一會莫名其妙笑意盎然的模樣來看，謝依雪也猜得到她是去和男孩子約會。

謝依雪走進了曉葉的房間，雖然她挺著肚子，但她還是想幫忙整理一下曉葉的床鋪。在枕頭邊，謝依雪發現了曉葉忘記帶走的手機，不由得暗罵了一句，這個粗心的小妮子。她好奇地拾起手機，翻出簡訊看了一眼。

「天這麼熱，下午去游泳吧。」號碼顯示的名字是蕭之傑。一個很陽光的名字，一定就是和這小妮子談戀愛的男孩吧。希望這個男孩對曉葉好一點，千萬不要以後事業有成後就整天不回家，就和那沈建國一樣。

唉，自己在想什麼呢?這八字還沒一撇的事，怎麼就想到事業有成這麼遠的事了?謝依雪暗自笑了笑自己的八卦，然後將手機塞回了枕頭下。

這時，「叮咚」一聲，門鈴響了。

一定是曉葉發現沒帶手機，回來拿吧。謝依雪在心中想道，還好已經把手機塞回了枕頭下。現在的小女生，最討厭家長翻自己的東西，說什麼隱私權。其實家長還不是想進一步瞭解子女在做什麼，在想什麼，這些都是為了子女好啊。

謝依雪嫋嫋婷婷地走出了曉葉的屋子，看到何姐已經打開了門。門外站著的是一個三十歲左右的男子，高大魁梧，剪了一個很酷的平頭，手裡夾著一個黑色的皮質公事包。

這人一看到謝依雪，就開門見山地問道：「是謝女士嗎?你好，我叫周淵易，是市警局的刑警。想要佔用您幾分鐘的時間，問你幾個問題。」

刑警?找自己問幾個問題?這是怎麼了?為什麼會找我呢?

謝依雪覺得有些頭暈，心臟因為緊張而砰砰直跳。忽然覺得有些呼吸不暢，一種窒息的感覺突然在心裡滋生膨脹。

這是怎麼了?謝依雪深呼吸，做了個手勢，請周淵易進了大門。

天知道這個莫名而來的刑警會問自己什麼問題，謝依雪覺得心中一團亂麻……

（03）

「謝女士，我只有幾個問題想問您。」周淵易坐在柔軟的皮質沙發上，目光炯炯地望著謝依雪，凌厲的眼神似乎想要洞穿對面這個雖然身懷六甲卻依然美麗的女人的五臟六腑。

「好的，您儘管問。」謝依雪定下了心，滴水不漏地答道。

這是個難以對付的女人，周淵易在心裡暗道。他挺直了腰，問道：「謝女士，請問您認識一個叫歐陽梅的女人嗎？」

「不好意思，我不認識。」謝依雪搖了搖頭。

「那麼，您認識一個叫趙偉的男人嗎？」

「也不認識。」

「那你知道你丈夫沈建國是否認識他們呢？」

「不知道，從來沒聽他說起過這兩個名字。」

果然是滴水不漏。周淵易欠了欠身，說：「不好意思，打擾了。」

他站起了身，遞過了名片，說：「如果您有什麼想起來的事，請直接打上面我寫的手機號碼。」說完，他就離開了謝依雪的家。

周淵易在樓下準備上車時，回頭望了一眼，就看到謝依雪家窗戶邊的窗簾快速地拉了過去。

周淵易沉思了片刻，然後上了車。

周淵易離開後，何姐也準備出去買菜了。

當她聽到「噹」的一聲關門，何姐已經出去了。謝依雪望著窗臺前那盛著嬌黃色百合的藤編花籃，心裡亂亂的。

家裡只剩她一個人了，這讓她感到心裡淒淒惶惶的，這怪異的感覺向潮水一般從四面八方向她湧來，要包圍她、淹沒她、讓她窒息、讓她無法呼吸！

她閉上了眼睛，世界在瞬間變得模糊了，像是有一層薄薄的霧遮住了她的雙眼。在霧中，有一個搖曳的身影在晃動，很模糊，卻依然可以看出是個玲瓏嬌小的女人身軀。霧在這女人身軀四周縈繞搖曳著、湧動著，像是看不清形狀的妖怪。

突然一陣風吹來，這層薄霧緩慢散開，露出了那個女人的身體。素色的吊帶裙，潔白細長的脖子，光滑的臉頰，飄逸的長髮披在肩後。緩慢地轉身，如電影中的定格畫面，鏡頭慢慢拉近，拉向她的臉。

她沒有臉，只是一塊光滑的板，上面什麼也沒有。沒有眼睛，沒有鼻子，沒有嘴巴，沒有耳朵！像是被一刀齊齊斬過的蘿蔔，白花花的一片。定格的畫面繼續移動，只是一剎那，本該是眼睛鼻子嘴巴耳朵的地方滲出了一汪豔紅的鮮血，只是一瞬間，這汪鮮血陡然增多，汩汩地湧了出來，佔據了她的整個臉龐。濃得像墨的鮮血緩慢地凝滯地向下蜿蜒著，像爬行的蚯蚓，蠕動著想要盤踞女人的面孔，張開了血盆大口想要吞噬她的身體。

女人的雙臂抬了起來，緩慢張開，想要擁抱她看到的一切。她原先應該是張嘴的那個地方，只有鮮血在湧出，那已經成了一個血洞，汨汨地冒著淋漓的豔紅的粘稠的液體。她想笑，那個血洞一開一合，湧出的血液忽多忽少。這女人的臉上露出了滿意興奮的神色。雖然她的臉上只是一張平板，平得快要凹下去的板。一張不可能露出表情的臉，但她喉嚨隱約的呻吟聲卻可以讓人聽之動容。她彷彿HIGH到了極點。

謝依雪一個寒顫，從她的幻覺裡甦醒了過來。剛才在幻覺裡看到的那個血淋淋的女人，令她感到胃部一陣陣痙攣，像是有一隻粗大的手在狠狠地揉搓她的腹部，讓她無所適從，無可抑制地想要嘔吐。

謝依雪衝進了廁所，張開了嘴。早上吃的兩面黃烤饅頭與不老不嫩的煎蛋全都混合在一起傾瀉進了馬桶中，隨著水流沖下去的聲音，謝依雪的心緒平靜了一點點。

她對自己說：「天啊，這都是幻覺，都是孕婦的幻覺。這很正常，每個孕婦都會這樣的。這只是因為胎兒對胃部的擠壓，才引起這樣的幻覺。休息一下就會沒事了。」

謝依雪一邊喃喃地對自己叨念著，一邊蹣跚地踱出了廁所。她一抬頭，又看見了擺在窗臺上的那只盛滿了嬌黃色百合的藤編花籃，眉頭不由得微微一翹，一絲冷汗從她的背脊刷刷滾落。

她跌跌撞撞地踱到了窗臺前，抬起手一揮，花籃被她掃到了地上。頓時，花枝與花瓣紛紛墜落在淡黃色的木地板上。謝依雪埋下頭來，望著落在地上的殘花，眼裡閃爍著奇怪的光芒，像是怨恨，又像是後悔。她抬起腳來，腳底狠狠地蹂躪在花瓣上，使勁地踩著，只是一瞬間，就把地上的百合揉搓成了污穢不堪的碎片。

謝依雪看著滿地的花屑，頹然呆立，眼神凝滯。她的嘴皮麻木地一開一合，舌頭抵著牙齒吐出了幾縷氣。

一陣風從身前吹了過來，謝依雪渾身打了個寒顫。她這才發現，原來是窗臺上的玻璃窗戶沒有關上。雖然是九月的盛夏，她卻覺得透體冰涼。

她連忙關上了玻璃窗戶，然後無奈地搖了搖頭，從剛才的驚悸中甦醒了過來。當她看見躺在地上的百合時，眼中閃過一絲陰霾。她用最快的速度找來了掃帚，用力清掃著地面，把所有枯萎了的嬌黃色花朵倒進了垃圾筒中。

回到家中，她用力關上了門，門板發出了砰的一聲巨響。

她倚在門板背面，喘著粗氣，胸口微微起伏。她的臉上一片潮紅，臉龐上湧起了一層細細密密的微小汗珠。

她知道，今天所有的這一切詭異感覺，並不是來自於肚子裡嬰兒的擠壓，而是來自於窗臺上這盛滿嬌黃色百合的藤編花籃……

（04）

謝依雪一向喜歡花藝。她最喜歡做的事，就是靜靜坐在窗臺上，洗淨了雙手，換上一件最寬鬆的棉質長袍，把髮髻挽在腦後。面對明潔的落地玻璃窗戶，沐浴著屋外空氣的清香，迎著溫暖和煦的陽光，把一枝枝花草插在花籃之中，做成不一樣的造型。

那一天是在一周前，當時是上午十點，謝依雪的心情非常好，她正面對著花籃哼著歌。但是她的好心情很快的被一個電話給破壞。

「鈴鈴鈴……」放在客廳角落的電話突然響起，令她猝不及防，她像是被一個閃電擊中一般，呆立了片刻才回過神來。

她美妙的心境被這電話鈴聲徹底破壞了，這鈴聲就像是一把遲鈍的鋸子在絞割她的身體，緩慢地把她分成兩半。

等她回過神後，捂著肚子走到電話旁，拾起聽筒，電話那邊卻只有嘟嘟嘟的聲音，沒有人說話。

大概是打錯了吧，謝依雪這樣對自己說。當她索然無味地放下電話，電話又像炸了雷一般響了起來。

謝依雪拾起電話，小心翼翼地問道：「你好，這裡是沈家，請問您是……」

那邊只有沙沙沙的交流聲，有個人在喘著粗氣，卻並沒有人說話。

是騷擾電話嗎？現在無聊的人可真多。謝依雪有些生氣，但是她又怕真是有人在找她，於是她提高了聲音，又問：「你好？這裡是沈家，請問……」雖然語氣還是很客氣，但是已經有了些可以聽得出的不客氣。

電話對面還是沒有止境的沉默，只有一個人喘氣的聲音，很低沉，很陰鷙，彷彿一口一口對著電話聽筒吹氣。這是一個男人，一定是個男人！謝依雪的直覺告訴了她。這個男人是誰？她的背心不由得冒出了一絲汗珠，瞬間浸濕了她最貼身的衣服。

電話那頭沒有聲音，只有喘氣聲，這一陣陣的喘氣竟讓謝依雪感到沒來由的毛骨悚然，渾身顫抖。

雖然只是喘氣聲，卻讓她感到不知何處而來的巨大恐懼。這恐懼正一點一點吞噬著她的心臟，令她呼吸困難。

是無聊的騷擾電話嗎？這喘氣聲是這樣的陌生，大概是個年輕的男子。而在喘氣的頻率忽長忽短，沒有規律，夾雜著嘶嘶的交流聲，聽上去更顯得詭異莫名。

謝依雪很想把話筒擱下，但她的手卻不知道怎麼了，不受她的控制，還是將電話放在耳邊，話筒竟有些捂熱了。

她戰戰兢兢語不成調地問道：「……你……是……誰……」

那邊的喘氣聲突然停止了，一個沙啞的男聲出現在她的耳邊。

「謝女士嗎？你知道你老公在外面有情人嗎？」

這聲音是那麼的沙啞，彷彿喉嚨被人切斷了一半，只有漏風的破響從殘餘的氣管中擠了出來。

但是這聲音卻讓謝依雪震撼無比。雖然她早就懷疑沈建國在外面有女人，可她一直找不到真實的證據。現在這個電話裡的男人在良久的沉默後，突然說出了這樣的話，讓她很是激動。

她的胸口劇烈起伏著，她大聲地叫了起來：「你是誰？你在說什麼？你怎麼知道？」

「別問我是誰，只是想跟你說，我知道那個女人是誰。」電話對面的聲音還是陰鷙無比。

「是誰？那個女人是誰？」

「她叫歐陽梅，以前是水晶洗浴宮的按摩女郎。不過自從她認識了你老公沈建國後，她就再也不是人盡可夫的按摩女郎，她現在是住在商品房裡的闊太太了。嘿嘿。」

歐陽梅？這是個好陌生的女性名字。謝依雪的心裡咯噔一下，看來電話對面這個男人說得並不像是假話。這歐陽梅是誰？長得什麼樣？憑想像來說，依照沈建國的審美觀，他也不可能挑選一個很醜的女人來做情婦。

沈建國一直都對美女很有興趣，否則也不會娶回當時在藥品公司裡做著會計，被稱為公司一枝花的謝依雪。

謝依雪還沉浸在思緒中時，電話對面又說道：「這歐陽雪才十七歲，長得可真夠漂亮的，瓜子臉，櫻桃嘴，眼睛大大的。是男人都會被他迷住，也難怪你家沈建國會中了她的毒。最重要的是，他長得和你很像啊，就像一個模子裡刻出來的一般。呵呵，這女人真是個尤物，哪個男人都沒辦法不對她動心的。你知道嗎？現在你老公說他在公司開會，其實他現在正在玉竹社區的一間房裡，和歐陽梅躺在床上扭來扭去。你可以想像嗎？你老公的身體還很強壯，兩個白花花的肉體在那張大床上糾纏在一起，你還有心思插花嗎？」

謝依雪的身體凝固了，她望著窗前的擺著的插花，已經枯萎了。那是幾天前做的一個日本式插花，幾枝百合，配上薔薇，主花是玫瑰。用玫瑰做主花是一種很惡俗的用法，但是謝依雪每次都可以做得獨闢蹊徑與眾不同，讓人眼前一亮。但是現在，謝依雪看到眼前的插花，就一肚子氣。也許，真的是自己太沉浸在這插花中，竟忽略沈建國在外面的行為。

她抬起了手臂，一揮手，竟把窗臺上的花籃掃到了木質的地板上，發出了砰的一聲悶響。

這悶響一定也被電話那頭的男人聽見了吧，那邊死氣沉沉地繼續說道：「你也別生氣，為了這種水性揚花的女人生氣並不值得。」

謝依雪激動地吼道：「你是什麼人？為什麼你知道這麼多？你究竟想幹什麼？」

「呵呵……」一聲乾笑，「這樣人盡可夫的女人，只是和你老公玩一玩。沈建國只是因為生理需要才和她在一起的。如果你沒懷孕，歐陽梅也不會趁虛而入的，沈建國只是心理空虛再加上生理需要得不到滿足才這樣的。歸根到底，都是那個女人的錯！」

謝依雪的拳頭攥得緊緊的，幾乎可以捏得出水來，她揮動著拳頭叫了起來：「對！就是那個女人的錯！一定是她百般勾引沈建國的！」

「對，就是她勾引你老公的。那是沈建國喝醉了的時候，在洗三溫暖的時候，歐陽梅故意脫光了衣服引誘他的。嘿嘿，都是她的錯啊，她罪該萬死的……」

「對！罪該萬死！」謝依雪的情緒被電話那頭這個陌生的陰鷙的聲音調動了起來，她變得有些歇斯底里。

「嘿嘿，想要殺死那個賤人嗎？」那個聲音陰笑著說，「我可以幫你。」

「殺死？」謝依雪的情緒一聽到這兩個字，立刻像是全身澆了一桶水一般，冷靜了下來。她撫了撫自己的胸口，問道：「你是誰？你到底要幹什麼？」

「我是誰並不重要，但是我卻可以幫你清除掉你身邊的定時炸彈。別忘記了，現在你是沈建國的老婆，如果沈建國真的對那個賤人動了真心，那你就什麼也沒有了。這個賤人真的很有手段，床上功夫也厲害得不行。哪天她真的讓你老公沉迷進去了，那就太晚了。據我所知，歐陽梅已經迷上了你老公，她正準備懷他的小孩，做上正房的沈太太呢，嘿嘿……」

謝依雪知道這個男人說的是實話，但真的可以讓這個男人殺死歐陽梅嗎？這是犯罪啊，會被追究到的。

當她還在沉吟不語的時候，那個男人又說道：「你先考慮吧，我有萬無一失的方法幹掉那個賤人，我給你一個晚上的時間考慮，夠了吧？如果你認可我的提議，你就明天早上在窗臺上放一盆黃色的花，只要我在你樓下看到了黃色的花，我就去進行我的行動。」

謝依雪的手顫巍巍地搖晃著，她聲音顫抖地問：「你的目的是什麼？你為什麼要幫我？」

「呵呵，鳥為食亡，人為財死。我只是為了金錢。不過呢，在成功以前我不會要你錢的，等你看到歐陽梅的死訊後，我會跟你聯繫的。錢不多，三十萬，我知道，你拿得出來的。」說完這幾句話，對方掛斷了電話，聽筒裡只有嘟嘟嘟的聲音。

謝依雪握著發燙的電話聽筒，呆若木雞。她的腦海裡一片空白，都不知道自己應該想什麼，應該幹什麼。她的手指微微一鬆，聽筒直墜打她的腳上，短暫的疼痛讓她清醒了過來。

真的要殺死那個女人嗎？她不敢想像。

謝依雪彎下腰拾起聽筒。因為身懷六甲，彎腰對於她來說並不是一件很容易的事。一想到自己懷孕，謝依雪開始心裡嘀咕起來。說不定真的是因為自己懷孕的原因，沒辦法和沈建國行房，才引起了沈建國的花心。

她嘆了一口氣，放好了聽筒。她看著電話鍵盤，她想起了電話裡的那個男人所說的話。難道沈建國現在真的在那個女人的床上翻雲覆雨嗎？她不敢相信，但卻又不得不信。

謝依雪又重拾起聽筒，準備往沈建國的辦公室打個電話。自從她結婚後，就幾乎再也沒有打過沈建國辦公室的電話。為了不影響丈夫的應酬，她甚至連手機也沒撥過，最多就是發了簡訊問問丈夫什麼時候回家睡覺。可是今天，她實在忍受不了那個電話給她內心的衝擊。

離開公司這麼久了，電話號碼竟有些生疏了。手指顫抖著撥了幾次，終於找到了正確的號碼。

「哦，是沈總夫人啊？現在沈總不在。」接電話的是沈建國公事的合夥人吳慶生。吳慶生是沈建國以前當兵時的戰友，擅長和各級官員打交道，關係錯綜複雜，是打理生意的好手。

謝依雪沉吟片刻，又問道：「今天你們沒開會嗎？」

「開會？」吳慶生愣了一下，慌忙道：「是啊是啊，我們剛剛才散會。沈總到江都大學附屬醫院，去見幾個客戶，才走的，現在大概在車上吧。」

謝依雪掛斷了電話。孕婦的心思是最細密的，從吳慶生慌忙的語氣來看，謝依雪已經聽出來了，他是在幫沈建國掩飾著什麼。看來電話裡那個神秘男人說的話是真的了。

她又撥了一個電話給沈建國的手機，關機了。白天也關機？肯定有問題。謝依雪覺得渾身乏力，雙目眩暈。

她無力地將整個身體扔在了客廳電視牆對面的沙發裡，手裡抓著遙控器，打開了電視，胡亂地轉換著頻道。

電視裡演的是什麼，她一點也沒注意到，她只知道自己的心裡全是憤怒的火焰。她想殺死沈建國，還想殺死那個賤人。哦，對了，那個賤人的名字叫歐陽梅！！！

（05）

真的要殺死那個賤人嗎？謝依雪不敢想像。為了金錢而殺死一個人，這不是職業殺手嗎？這只在以前的港片裡看到過，謝依雪從來也沒有想像過，在自己的身邊居然也會出現職業殺手。

三十萬對於謝依雪來說，算不上一個很大的數目。可是，真的可以花掉三十萬殺死那個賤人嗎？那個男人沒有說錯，謝依雪也擔心那個狐狸精會真的迷死沈建國。沈建國是個做事不考慮後果的人，如果他真的愛上了那個賤人，謝依雪也不能擔保他不會真的提出離婚。

可是，真的花三十萬，除掉一條鮮活的性命，這是不是太殘忍了？雖然歐陽梅是個賤人，可是就這麼殺死她，這並不是謝依雪敢於想像的事。

不知不覺地，謝依雪坐在客廳裡，竟是整整一個上午。到了快中午的時候，何姐買了菜回到了家，她也順便去花市為謝依雪買來了各種顏色的花草，供她插花用。

謝依雪的心裡一直在掙扎，她不敢做出決定究竟是不是要委託那個神秘的男人為她殺掉歐陽梅這個賤人。

這時聽到何姐回來，她的心不禁突突地跳了起來，她知道，何姐會帶回來各種顏色鮮花。何姐會帶回黃色的鮮花嗎？

謝依雪站起了身，走到了門口，接過了何姐遞過來的籃子。籃子外覆蓋著一層不算很透明的薄膜，謝依雪很小心地揭開來一看，一顆心回到了原位。

籃子裡沒有黃色的鮮花，在這個季節本來就很難找到黃色的花。看來是天意吧，是天意不讓自己做出這個可怕的決定。

謝依雪的心情頓時好了起來，原本的陰霾消失殆盡。她踱到窗邊，一枝枝拔出已經枯萎了的上個星期做的以玫瑰為主花的插花。今天何姐買了很多菊花，本來菊花都是以黃色為主，但何姐卻鬼使神差地買來了很多紅菊花。用紅菊作主花，配上白色的滿天星，再點綴一些小朵的蘭花，一定可以做成一個很精緻的花籃。

正當謝依雪這麼想著的時候，門突然開了。

沈曉葉捧著一捧嬌黃色的百合走進了屋。她滿臉喜色，嘴角微微上翹，洋溢著遮不住的快樂。當她走進屋後，看到空著的花籃，一把就抓了過來。沈曉葉把懷裡的黃色百合放進了花籃中，笑嘻嘻地對謝依雪說：「小阿姨，這黃色的百合少見吧？呵呵，這花籃我借用了，黃色的百合可是我好不容易才弄到手的呢。」

謝依雪張開嘴想要說什麼，可卻什麼也說不出來。

眼睜睜地看著沈曉葉把插滿了嬌黃色百合的花籃放在了窗邊，謝依雪只有喃喃地說了一句：「天意啊，難道真的是天意嗎？」

九月毒辣的陽光透過潔淨的落地玻璃窗射進了屋，稍稍變得和煦了一點點。這嬌黃色的百合卻讓謝依雪感到寒窖，令她透體冰冷，毛森骨慄，渾身發抖。

當在早餐的時候，聽到沈曉葉說到她們學校裡死了兩個人時，本來謝依雪還若無其事地像是聽著別人的故事。可當她聽到其中有個死去的女人，曾經是個按摩女郎時，她的心裡不禁咯噔了一下，整顆心臟幾乎跳了出來。

第二天那個叫周淵易的警察竟莫名其妙地直接問她認識不認識一個叫歐陽梅的女人，這可讓謝依雪嚇了一跳。不過這也讓她確信了，歐陽梅就是那個在江灘上被嚇死的女人。

看來那籃黃色的百合花，果然發生了應有的作用。呵呵，真的是天意如此啊！

不過，事情已經過了一天，還沒有人打電話來要那三十萬。謝依雪一想到那三十萬，她心裡就有一絲緊張。

不是她捨不得這三十萬，而是因為，如果她一旦把這三十萬交給了對方，那麼她就真的成為了殺人的主使，真正的幕後黑手。她並不想這樣，她在心裡想，怎麼才可以讓自己跳出這個泥沼，即使以後這個案子被偵破出來後，也不會牽扯到自己。

她靜靜地坐在窗臺前，默默地思索著。陽光緩慢地透過落地窗戶，灑在她的身上，在她身體周圍形成了一團光暈，頭髮邊緣的細小絨毛被染成了金黃色，她看上去是那麼地沉靜與安逸。但是在她的內心裡卻激烈地碰撞著，她要想出一個萬無一失的辦法來逃脫未來將可能會有的追究。

過了良久，謝依雪從沙發裡站了起來，看了看窗外，竟有點起風了，樓下花園的幾棵高聳的大樹，樹葉正緩緩隨著風勢搖晃著。天空中幾朵黑色的雲團正悄悄地聚集，做著想要遮蓋天空的努力。哦，要下雨了。

謝依雪翻出了周淵易給他的那張名片，看了看，那幾個電話號碼被她深深記在了腦海中。是不是要打這個電話呢？謝依雪扭頭看了看窗外，雲團似乎又消散了一點，不知道這場雨會不會落下來。

九月的天氣已經夠悶熱了，如果能下一場雨，一定會沖透整個城市裡所有的陰霾。但是，這場雨會不會落下來呢？

謝依雪對自己說，如果這場雨落不下來，她就不打這個電話，她就情願做一隻把頭埋進沙裡的鴕鳥，假裝這件事什麼也不知道。如果這場雨落下來了，那麼她就主動出擊，給周淵易打上一個電話，照自己想到的說法敘述一遍，給那個警察一個先入為主的想法，讓自己抽身事外。

她倚在落地玻璃窗邊，雙手捂著凸起的肚子，眼睛默默注視著天空，她的眼睫毛微微顫抖著，卻遮不住眸子裡的蒼白。

沙發對面的電視還開著，正好是整點新聞。雍容華貴的女主播正用她做作的氣聲說著：

「從今天傍晚開始，來自於太平洋環流的寒冷空氣將會進入江都市。本市未來一周為降雨天氣，氣溫將下降三到五度，希望市民注意添加衣物，防止感冒。」

窗外，天空閃了一下，轟隆一聲，雨點像珠子一般急速地落了下來。

天意吧？謝依雪對自己說。

她踱到了客廳的角落，拾起電話聽筒，手指顫抖地撥出了周淵易的電話號碼……

第三章

(01)

從謝依雪的家中走出，回到停在樓下的吉普車中，等候在車中的王力小聲問周淵易：「你怎麼會懷疑謝依雪呢？」

周淵易皺著眉頭說：「我們現在還沒有什麼線索，只有從最基本的人物關係上來著手。從動機上來分析，謝依雪很有可能知道沈建國在外面有情人，她因此而心懷不滿，所以買兇殺人成了很可能出現的結局。不過這只是推測而已，因為我們並沒有確鑿的證據。」

王力接著問：「那你怎麼不懷疑沈建國呢？他知道了歐陽梅有情人，同樣會心生殺意的。」

「不錯，他也有殺人動機，可是他如果殺了人，就沒有必要在人死了後的第二天又回到玉竹社區的那間房中以致於被我們抓獲了。」

王力撓了撓頭，說：「真是傷腦筋啊，這個案子又不知道關鍵點在哪裡了。」

周淵易慢條斯理地說：「什麼事都別著急，法醫小高正在對兩具屍體進行解剖，說不定會有新線索的。」

就在這時，周淵易的手機在響。

說了幾句話後，他合攏手機，對王力說：「快回警局，小高那裡有重大線索。」

王力一踩油門，吉普車像箭一樣向前衝去。

法醫小高所在的檢驗部，在警局最偏僻的一個角落，梧桐樹遮住了所有的陽光，巨大的陰影投影在了房頂與窗戶上，令檢驗部顯得更加陰森。

走過狹長陰暗的走廊，周淵易看到小高已經拉開了辦公室的門等待著他們。

雖然九月的天氣很熱，但是窗外的梧桐樹遮住了所有的陽光，所以辦公室裡顯得很潮濕。頭頂上一扇老式的吊扇忽悠忽悠地緩慢旋轉著，發出吱呀吱呀的摩擦聲。這讓周淵易感到很不舒服，心裡總是麻麻的，就連呼吸也有些不太順暢。

「小高，你有什麼新發現？」一坐下後，周淵易開門見山的說。

「別急別急。」小高一邊給他們倒著茶水，一邊說道。

「快說吧，我都等不急了。」王力在旁邊不滿地叫了起來。

小高取出一張卷宗，說道：「我剛解剖完了兩具屍體，那男的沒什麼特別，就是被外力掐住了脖子，引起窒息，腦部缺氧而死。這樣的死法實在是稀鬆平常，沒什麼創意。不過，解剖這女屍的時候，卻讓我有了些很重要的發現。」

「哦?!是什麼？」

「解剖她的時候，的確只發現了歐陽梅的心臟瓣膜破裂，這是典型的心臟病突發的表徵。如果只看這個一定會以為是她被活活嚇死的。但我這個無聊的人啊，聽說她以前是個按摩女郎，還和一家藥業公司的老總勾勾搭搭，由於職業上的習慣，我抽了點血想要看看她是不是HIV病毒帶原者，也就是愛滋病人。我這是出於對那位藥業公司老總負責的態度來做這項檢驗的。嘿嘿，沒想到，HIV沒查出，倒查出了其他的東西。」

「什麼東西？」

小高嘿嘿一樂，說道：「我在歐陽梅的血液裡發現了一種很特殊的成分，是一種藥物的殘餘留存。這種藥物從專業上我很難向你們解釋，在業界被稱之為A物質吧，A物質最重要的一個作用，就是讓人在神不知鬼不覺的情況下悄然死亡，而且在死亡後，心臟瓣膜破裂，看上去像是心臟病突發而死的情況。這是一種嚴格管制的藥品。」

「你的意思是……歐陽梅也是被人殺死的？」周淵易站了起來，聲音陡然升高。

小高點了點頭，說：「對，而且這種A物質，在整個江都市都很難獲得，除了在一個地方——江都大學的醫學院實驗室。」

王力一拍腦門，說：「這可真是天大的發現啊，你說，這醫學系裡幹嘛要準備這些東西呢？」

「這還不是因為要用做醫學上的研究嘛。」小高答道。

「嗯，這是一個很重要的發現。王力，你這就帶人去江都大學的醫學系調查一下A物質有沒有失竊過。」周淵易發現找到了案件的突破點，頓時興奮了起來。

王力走進江都大學時，看到空蕩蕩的校園林蔭道，不免覺得心裡有些戚戚然。本來這裡的林蔭道裡應該充滿朗朗讀書聲的，現在卻因為這個案子弄得人心惶恐，校園裡一片死寂。

兩條大江在江都市交彙，江都大學正好處於夾角形成的半島之間。而在這半島中，由於江水的倒灌，又形成了或大或小的孤島。而江都大學的醫學系正好就位於學校裡的一個孤島之中，要到達那裡，必須要經過一條不算很長的水泥拱橋。橋下是一條黑漆漆的溪水，在這溪水的上游處有一家醫療設備廠，整日整夜地往溪水裡傾倒廢料，據說是經過汙水處理的，可是這溪水嗅上去還是有一股刺鼻的味道，讓人感到很不舒服。

因為來之前打過電話預約，走過橋，王力已經看到一個白髮蒼蒼的老人正站在門口等著他。在自我介紹後，王力聽到眼前這個老人說道：「我叫李漢良，你應該聽說過我的名字吧？」是的，只要是江都市的市民，都應該聽說過這個名字。李漢良是江都市的胸腔外科第一把刀，擔任著江都大學醫學院附屬醫院的院長一職，同時還是江都大學醫學系的碩士班指導老師。王力暗暗想，莫非李漢良也是趙偉的導師嗎？

李漢良看出了王力的疑問，呵呵一笑，說道：「你一定奇怪為什麼會是我在迎接你吧？不錯，我就是趙偉的導師。真是可惜了，我一直都認為他很有能力來接我的班，可惜了啊……」

王力沒有忘記這次來的任務，他直接問道：「請教一下李教授，你們醫學院是否一直都藏有A物質？」

「A物質？」李教授的眉毛微微一揚，臉上露出了奇怪的神情。

A物質的發現，事實上，正是李漢良的功勞。他是在實驗一種藥物的時候，很偶然發現的。

但是作為一個綜合大學中的醫學院，對這種物質的管理並不像想像中那麼嚴格。A物質只是放置在藥物實驗室的一個恆溫保險櫃裡，密碼是幾個常常做實驗的研究生都知道的。而趙偉也是其中一個。

「趙偉有可能拿到A物質？」王力詫異地問道，「您知道嗎，那個和趙偉一起死在江灘上的女子就是因為A物質中毒，心臟瓣膜破裂而死的！」

李教授臉色微變，然後答道：「是的，他很有可能拿到A物質，但是其他的學生也同樣可以拿到。不錯，A物質的用量本來一直有很嚴密的監控記錄，但是學生們都有自己的研究方向，所以總會有人在私下做一點小實驗。而我們作為開放式的教學，一直也鼓勵學生們對於藥物進行自己的研究。雖然我們要求學生們在使用敏感藥物時要留下記錄，但是一些學生私下做的實驗是為了寫出一鳴驚人的學術論文，所以偷偷對感興趣的藥物做一些自我研究也是難免的。不過，我一直都很信任我的學生們，你知道，醫學院出來的學生，以後都是治病救人的醫生，我不相信他們會偷取A物質來進行不可告人的行動。」

王力點了點頭，合上了記錄本，很有禮貌地欠了欠身，對李教授說：「謝謝您了，我可以去問問趙偉的同學，瞭解一下情況嗎？」

李教授攤了攤手，很不自然地答道：「請隨意……」

（02）

周淵易坐在辦公室的沙發上，手裡攤開著情人灘上那兩具屍體的照片。

趙偉眼睛緊閉，嘴唇微微張開，臉部肌肉變形地扭曲在一起，五官顯得極為怪異。半根舌頭舔抵著半張的牙齒，嘴角微微上翹，竟像極了詭異的微笑，也像痛苦，更像是譏諷。

他在譏諷什麼？他又在嘲笑什麼？

照片上的歐陽梅眼睛依然是睜開的，那是在周淵易為她撫平眼皮前被小高拍下來的。她的五官的線條相當柔和，可以看出，她生前是一個千里挑一的美女，否則也不會有那麼多男人拜倒在她的石榴裙下。雖然她被雨水淋得濕漉漉的頭髮蓬亂地披散在她的臉上，依舊掩不住曾經煥發過的容光。她的身姿豐腴雅健，足以令大多數的美女自感形穢。可惜，現在已經變成了一具冰冷的屍體，躺在比她身體更冰冷的江灘上。這未免讓人感到有些唏噓不已。

這個案子實在是有意思，一個被掐死，另一個一開始以為是被嚇死，結果是被毒物所害死。而這毒物，所謂的A物質，竟是從醫學院裡流出來的。找到A物質的來源，也許就可以找到案件的突破點了。

周淵易捻熄了手指間的白色萬寶路，踱到了窗邊，推開了窗戶。警局新修的辦公大樓，有八層樓高，而重案組正巧在最頂樓。只要推開窗戶，就可以清晰地看到警局外大街上的景像。

周淵易看了看天空，幾朵烏雲正在緩慢地聚集，路上起了一點風，行道樹微微搖曳著，行人匆匆地行走著，天色漸漸陰沉了下來。他這才想起，電視上的天氣預報說過，有一股來自太平洋環流的寒冷空氣將會在今天進入江都市。九月的江都將迎來一個月的下雨天氣。雨季是最讓人心煩意亂的，連綿不絕的細雨沙沙地下著，看不到蔚藍色的天空以及漂浮著的白色的雲朵，心情也會隨之降落到最谷底。這就是被稱為鬱悶的感覺吧？這感覺常常會影響一個人的思維判斷能力，也會讓人做出一些不理性的行為。一些平時行為端正的人，也會因為心情的鬱悶做出情理不容的錯事。所以在雨季往往是罪案發生最頻繁的時候。

周淵易嘆了一口氣，回到了辦公桌前，繼續拿起了趙偉與歐陽梅屍體的照片，細細端詳起來。可是，他的心思並不在這照片上，而是肆意地發散，任由思維胡亂地衝擊自己的大腦。

就在這個時候，他的手機又再度響起！

現在又是哪位重要人物打來的電話？

周淵易從腰間取下電話，看了看來電顯示。哦?!是謝依雪？

就在這個時候，窗外一聲炸雷，雨點嘩嘩地落了下來，有力地敲在玻璃窗戶上，發出砰砰的聲音。夏末的雨，還是來得這麼突然而迅猛。

周淵易接到了謝依雪的電話，說是有重要的線索要提供給他。他們約定十二點在伊莎坦布林咖啡廳見面。

伊莎坦布林咖啡廳是江都市裡最出名的酒吧，裝修得很有土耳其風格，背景音樂裡一直放送著英文老歌，在酒吧一隅的角落中，有一個老頭不停地跟著音調吹著即興的薩克斯風。在煽情的音樂中，周淵易看到了坐在熱帶觀賞植物後面的謝依雪。

謝依雪穿了一件寬鬆的孕婦裝，頭髮挽了個髮髻綰在腦後，臉有點浮腫，眼圈微微發黑，像是很久沒睡好了，精神狀態卻有些莫名的亢奮。

一人要了一杯咖啡，直接進入了主題。

「我接到那個電話根本就沒有放在心上，以為只是一個玩笑。你知道啦，我怎麼會想到在我們身邊還會有真正的職業殺手呢？那盆黃色的百合也是沈建國的女兒沈曉葉拿回來的，無意巧合地放在了窗臺。如果被那個兇手看到了誤以為是我的信號，那我就百口難辯，跳進黃河也洗不清了。」謝依雪說完了電話的事後，兩唇發紫地說道。

周淵易又問：「這事在我上午到你家時，你怎麼不說呢？」

「我也是思考了很久才決定把這事告訴你的。我就怕以後你們抓住了兇手，他把所有的事都賴在我頭上。事實上，我跟這事一點關係也沒有，我真的一直以為那個電話只是個惡作劇。」

「好了，謝女士，你提供的線索很重要。你也不要有太多的心理負擔，事情考慮得太多，對你肚子裡的胎兒沒什麼好處。」周淵易說完，就抓起黑色的公事包起身準備離開。

他忽然覺得有點口乾舌燥，回頭看了看那價值不菲的咖啡，又看了看已經把幾張鈔票放在桌子上準備買單的謝依雪，說道：「在咖啡廳讓女士買單，不僅僅是一件很沒禮貌的事，同時也是一件不符合邏輯的事。」

他摸出了一張百元大鈔叫了一聲買單，然後端起那杯才喝了一口的咖啡，放在嘴邊一飲而盡。苦澀的滋味從他嘴唇一直麻木到了整個胃部，他臉上露出了痛苦的表情。

出了伊莎坦布林咖啡廳，周淵易趕緊買了一瓶可樂，一邊大口喝著，一邊上了自己的越野吉普車。

在車上，他撥了一個電話給王力。

「小子，情況進展得怎麼樣？」

「我正準備找趙偉的同學瞭解一下情況。你呢？」王力反問。

「現在我去電信局，找點資料。」

「電信局？」

「嗯，剛才謝依雪提供了一些很有價值的線索，有個神秘電話預示了歐陽梅將會被謀殺。我去查查她家的通聯記錄。然後，我會去歐陽梅曾經工作過的水晶洗浴宮瞭解一下有什麼人對她懷有深仇大恨，欲置她於死地而後快。」

周淵易放下電話，一踩油門，車猛地一下向前衝去。

到了電信局的時候，已經是下午一點了，正是中午下班休息的時間。

好在提前打了電話，電信局已經派了一個年輕的女工作人員前來協助周淵易的工作。這女孩向周淵易作自我介紹時，周淵易的心思不在這裡，竟沒聽清楚她叫什麼名字。

周淵易此刻想的是，一定要拿到謝依雪所說接到神秘電話那天，她家裡電話的來電記錄。

在印表機吱吱響著的時候，周淵易暗想，希望看到的電話號碼，千萬不要是什麼王八機。如果是那樣，就根本不知道會是什麼人打來的。

可惜，當話費單出來後，在那天上午十點左右，只有一個電話打入。果真是王八機，看來這個撥打神秘電話的男人是果真存在了，而且這個人還有很強的反偵察能力。看來自己的工作難度又增加了。

走出電信局，上了吉普車，周淵易聽到自己的肚子咕嚕叫了一聲，這才想起自己還一直沒吃午飯呢。

他一踩油門，車如離弦之箭向水晶洗浴宮駛去，他決定午飯就在水晶洗浴宮附近隨便找個地方解決好了。

（03）

在堆滿了各式各樣盛滿不明液體的解剖室裡，王力最先找到的，是一個叫龍海的男生，他也是李教授的研究生，說話女聲女氣的。

「趙偉？我覺得他這個人蠻內向的，平時不怎麼說話，老是一個人待在實驗室裡。我總覺得他怪怪的。當我聽說他死在了情人灘上時，真的覺得好可怕哦。他怎麼會和一個按摩女郎攪和在一起呢？」

王力漫不經心地斜眼看著玻璃器皿中浸泡中的人體標本，一邊問道：「你知道趙偉在研究什麼東西嗎？他有沒有接觸到A物質？」

「這個嘛，我就不清楚了。趙偉總是神神秘秘的一個人待在實驗室裡。他一直說他要寫一篇驚世駭俗的論文出來，讓人大吃一驚。不過你現在說到A物質，那他真有可能在研究A物質的。學術上對於A物質的具體性質，一直缺少準確的可以定性的說法。如果能寫出這樣的一篇論文出來，的確可以在國內的學術界引起一陣轟動。嗯，說不定趙偉真的是在研究這東西呢。」

王力聽了後，滿意地合上了記錄本。

王力第二個找到的，是一個叫劉影紫的女生，還是約在解剖室裡。

「趙偉？我覺得他挺怪的，而且非常殘忍。」

「殘忍？」王力感到有些好奇，「為什麼說他殘忍？」王力一邊說，一邊觀察著面前的玻璃器皿。他終於認出了玻璃瓶中究竟是個什麼玩意，原來竟是個被泡在福馬林液體中的半個女性乳房的標本。這曾經美麗但是現在卻顯得噁心異常的玩意漂浮在玻璃瓶中，不時上下，令王力不由得感到了一陣嘔吐感。

「你知道啦，我們作為研究生，有的時候會擔任助教，協助老師去給一些低年級的學生講實驗課。有一次，就是我和趙偉去協助的。那一次，是給學生上藥理學，講述是關於阿托品針對離體兔腸的影響。」劉影紫一邊說，一邊陷入了沉思。

這是個很簡單的實驗，不過是將空腹的兔子處死，然後立刻剖腹，剪取整個空腸以及迴腸上半段，迅速放進冷台氏液體中。將腸管用一根張力繩系著，張力繩與電腦相連接。在台氏液裡注入阿托品溶液，然後根據張力繩的伸縮來判斷藥物對離體兔腸的蠕動產生的作用。

趙偉與劉影紫所要做的事，就是處死一隻餓了整整三天的兔子。兔子最薄弱的地方就是它的腦門心，頭蓋骨是兔子全身最薄的骨頭，一敲下去馬上就會暈倒。以前有過守株待兔的故事，兔子腦袋撞在樹樁上會死亡，正是這樣的原因。

劉影紫是不敢下手敲死兔子的，在她的眼中，這種喜歡吃胡蘿蔔的小動物是那麼地可愛。可是，趙偉望著無辜的兔子，只是淡淡地笑了一下，就舉起了手中的榔頭。沒有等劉影紫看清，榔頭已經劃過了一條弧形，重重地砸了兔子的腦門上。兔子哼都沒有哼一聲，就兩隻前腿屈收在胸前，倒在了水泥地上。在水泥地上立刻出現了一些慘綠色的不明液體，那是兔子的嘔吐物。

劉影紫想吐，但是趙偉已經一手捋開了兔子肚子下的白色絨毛，一手握著尖利的剪刀狠狠插了下去。淋漓的鮮血頓時綻開，如血紅的薔薇一般怒放。趙偉的眼睛裡立刻出現了一種興奮之情，有手起刀落，幾秒鐘就利落地剪開了兔子的肚子，然後把手伸了進去，手使勁一撥，兔子的大腸小腸心臟肝肺全都滾落出了肚子，掉在冰涼的地板上。

兔子的心臟還在慣性般地收縮擴大時，趙偉手裡的剪刀劃了過去，一隻手在兔子肚子裡翻來翻去，另一隻手已經用剪刀剪下了一截迴腸。

在剪開迴腸的時候，一蓬烏血從迴腸中爆裂出來，濺在趙偉的眼皮和嘴唇上。他並沒有在意，而是伸出舌頭在嘴皮上舔了一圈，很緩慢地舔，臉上滿是快意。

劉影紫不由得發出了一聲刺耳的尖叫，眼前一團漆黑。

說到這裡，王力很不以為然地問道：「做解剖實驗，在醫學院裡是一件很正常的事啊。」

劉影紫那不算短的眼睫毛忽地顫抖了一下，沉思了片刻，說：「是的，這在解剖實驗中是一件很正常的事。但是，趙偉不正常的是他的那雙眼睛！」

「眼睛？」

「是的，當他剪開兔子肚子的時候，在他的眸子中，泛著一種光芒！那是一種喜悅與興奮的光芒。在那個時候，趙偉只是冷冷地一笑，眼中全是說不出來的殘忍與滿足。對，是滿足！當他看到兔子死在自己眼前時，他的眸子裡顯現的是一種無與倫比的快感！」

劉影紫的聲音有些顫抖了，她心有餘悸，不敢去回憶當時的那噩夢一般的場景。

王力夾著公事包走出了解剖樓，外面的雨越來越大了。他連忙將公事包舉在頭頂上，試圖擋住密集的雨點，但這是徒勞無功的，當他進了吉普車時，渾身已經淋濕得像隻落湯雞。

他想儘快給周淵易彙報一下工作，於是拿出了手機，卻發現手機沒電了。於是他暗叫了一聲晦氣。

王力看了看錶，正是下午二點，不知道他有什麼樣的發現。現在他應該去了水晶洗浴宮吧？不如現在就去那裡找他。

忽然聽到自己的肚子咕嚕一聲，王力才想起他沒吃午飯。不管這麼多了，先去水晶洗浴宮找到周隊長，把情況彙報了再說吧。

王力轟了一下油門，車在雨幕中向江都市的市中心出發。

當王力到達水晶洗浴宮的大門外時，雨刷來回刮動，帶走了擋風玻璃上的雨水，他清楚地看到了水晶洗浴宮特別的門廳。

水晶洗浴宮裝修得很有特色，大門被做成了歌德式的穹頂，很有歐陸風情。偏偏在大門左右各擺了一尊中式的石獅子，顯得有些不倫不類。

在石獅子旁，有一個濃妝豔抹的年輕女人打著雨傘站在那裡，歡迎著來往的客人。中午才剛過不久，就已經有不少的客人在午飯後來這裡瀟灑走一回了。

水晶洗浴宮據說是市內一位局長的乾女兒開辦的，對於一般的刑警來說，這是一個很敏感的地方，調查上會遇到種種阻力，所以，調查只能在暗中進行。好在今天王力沒有開警車出來，也沒穿警服，所以他的到來並沒有引起別人的注意。

不知道現在周隊長是不是已經進去瞭解情況了，王力決定先找個公用電話問問。他瞟了一眼吉普車的四周，在不遠處，有一家裝修得還算不錯的中式速食店，有著落地的巨幅玻璃窗。

王力的眸子忽的一亮，他看見周淵易正坐在落地玻璃窗後，眼睛梭巡著洗浴宮的大門。

（04）

王力頂著雨點，走進了速食店，對迎上來的服務員說了一句「炒飯」，就逕自走到周淵易對面的座位坐了下來。

「周隊長！」王力叫道。

周淵易一見到王力，就笑著將食指豎在兩片幾乎快要乾裂的嘴唇間，說：「小子，你生怕別人不知道我們是警察嗎？」

王力吐了吐舌頭，左顧右盼，還好已經過了用餐時間，速食店裡沒有什麼人，更沒人注意到他們的對話。

王力問：「你也沒吃啊？咦?!滿滿一桌菜呢！」

「嘿嘿……」周淵易擺了擺手，說，「那一起吃吧，我也剛到，筷子都還沒動呢。」

「行啊，反正是吃周隊長的。」王力大咧咧地叫服務員送來一雙筷子，順便取消了剛要的炒飯，又加了幾個菜。

周淵易隨即壓低了聲音對王力說：「知道嗎，我們做刑警的，應該常常到什麼飯店啊、速食店啊、火鍋館啊、茶館啊多坐坐，當社會上出現大案子後，這裡常常都可以聽到一些街巷傳聞，雖然不一定準確，但是可以給我們找到一些線索。」

王力搔搔頭，說：「可是這案子才發生不久，現在應該打聽不到什麼線索吧。」

「嗯，所以現在我們要放一點風聲出去，讓人知道，死掉的兩個人，一個是大學醫學院的研究生，另一個則是按摩女郎。當然，死因暫且不說，不過就這兩個人的身份，也夠市民在茶餘飯後好好談一下了。昨天我已經讓今天的晨報露了一點風聲。」周淵易指了指面前的晨報說道。

周淵易簡單地給王力說了說與謝依雪的見面，以及在電信局的調查。

王力問：「周隊長，那你現在對這個案子有什麼想法呢？」

周淵易沉吟片刻，眼睛裡露出了些許的光芒：「這個打電話的神秘男人雖然做得不露痕跡，令我們追查不到線索，不過他也暴露了一些疑點。」

「哦?!是什麼疑點？」王力一邊往杯子裡倒著啤酒，一邊詫異地問道。

周淵易頓了頓，說：「這個兇手為什麼會打電話給謝依雪呢?難道只是為了錢嗎？」

「難道不是嗎？」

周淵易笑了笑，說：「你認為一個職業殺手會去觀察一個和他不搭邊的藥品公司老總與一個按摩女郎之間的苟且之情嗎?他吃飽撐著嗎?還把這事告訴這男人的老婆。如果謝依雪沒有答應此事，那他前期的工作不是全白費了嗎？」

「那他是為什麼啊？」

「那自然是他有他自己的目的哦。」周淵易望了一眼王力的眼睛，繼續說，「這個神秘男人，肯定與沈建國、歐陽梅和趙偉其中的一個人，有著不可調和的矛盾，所以才決定痛下殺手。他給謝依雪打電話只是為了順便再撈一筆偏財，估計就算謝依雪不把黃色的百合擺在窗臺，他的計劃還是要實施的。如果謝依雪擺出了黃色的花，他還順便再多拿上三十萬。反正是不撈白不撈啊。」

「那我們下一步該怎麼辦？」

「嚴密監視謝依雪的電話。如果那個兇手還在乎這三十萬，就一定會打電話給謝依雪聯繫，我們到時就拿這三十萬引蛇出洞，抓住這個傢伙。」周淵易將手指中燒到煙尾的白色萬寶路捻熄在煙灰缸中，拾起筷子夾起一塊淋著紅油的水煮肉片。

王力準備說一下自己今天在江都大學醫學院裡探聽到的情況，但是他才一開口，就被周淵易制止住了。周淵易指了指窗戶外，透過乾淨的落地玻璃，有兩個衣著時髦的年輕女子正從水晶洗浴宮裡出來，急匆匆地衝過雨幕向速食店跑來。

「還記得嗎？我給你說過，在速食店裡，是個瞭解情況的好地方。」周淵易瞇著眼睛微笑著對王力說道。

轉眼間，這兩個女子已經進了速食店，各要了一份炒飯，他們正好坐在周淵易與王力的身後。

兩個女孩唧唧喳喳地談著洗浴宮裡的八卦，一點也不避人耳目，沒過多久，她們就把話題引向了周淵易與王力感興趣的地方。

先是一個尖著嗓音的女孩大驚小怪地說：「你們知道嗎？前天在江都大學外的江灘上，死的那個女人身份查到了，你們猜是誰？」

另一個女孩湊過了腦袋得意地回答：「我怎麼會不知道，是歐陽梅。今天的晨報都已經登出來了。」她的聲音很低沉，大概是夜生活過多，吸煙過量引起的。

尖嗓音又說：「真是想不到啊。小玉，你說，這歐陽梅從來就不招惹誰，怎麼會被殺死在江灘上呢？」

「嘿嘿！」小玉笑了笑，說，「珠珠，你知道嗎？不去招惹誰，那也難保不被人招惹啊。」

「什麼意思？」珠珠好奇地問。

王力也豎起了耳朵，想要聽個究竟。

這低沉嗓音的女孩小玉左顧右盼，然後期期艾艾地說：「這事啊，你我知道就行了，你千萬別出去亂說。」

「嗯……」

小玉壓低了聲音，說：「這歐陽梅啊，你知道她為什麼這段時間沒上班了？她是被別人包養了。聽說是個做藥品生意的老闆，我遠遠地見過一眼，長得蠻帥的。這歐陽梅運氣好啊，長得不怎麼樣，還沒我漂亮，怎麼我就遇不到老闆來養我呢？」

「嗨……」珠珠吃吃笑道，「這事誰不知道啊？那段時間，那個老闆天天在洗浴宮裡來找歐陽梅，勾搭了幾天就把歐陽梅接了出去。這哪是什麼秘密？」

「嘿嘿……你是只知其一，不知其二了吧？」

「哦?!還有啥我不知道的？」

小玉沉吟片刻，然後細聲說：「珠珠，你知道的，以前我和歐陽梅合租了一間房子，她有些事曾經偷偷地說給我聽。」

「什麼事啊？」

「這事歐陽梅一直當作是機密，只給我一個人說過，你聽了就是，千萬別外傳哦……」

「知道了，我一定不外傳。」

「你發誓？」

「我發誓！」

這低沉嗓音的女孩小玉老是不急著把這事說出來，弄得在一邊偷聽的王力都覺得心癢難搔，卻又不敢貿然叫別人快點說出來，心裡別提多難受了。他挪了挪椅子，鐵制的椅子發出吱的一聲，綿長而刺耳。

這兩個女孩機警地望了一眼王力，周淵易連忙掏出一根白色萬寶路給王力點上，掩飾著他們的神情。

小玉聞到了煙味，打了個哈欠，煙癮來了。她也摸出一根細長的煙，優雅地點上，慢慢吐出一口淡淡的白煙。她埋下頭來，繼續用很微弱的聲音對女伴說：

「我告訴你吧，你千萬別給別人說……」

（05）

這個聲音低沉的女孩叫小玉，當然，這只是在這個圈子裡的名字。在圈子裡，大家都習慣於用化名，但小玉的室友歐陽梅卻是從一開始就用真實姓名。

她很好奇，於是就問歐陽梅為什麼不用化名。

歐陽梅告訴了她原因。她從小一直生活在距離江都市二百公里外的遠郊一個叫烏梅鎮的鄉村裡，她有一個青梅竹馬的男友，比她大四歲，他們認識了足足十幾年。

這對情人的家庭都很貧困，但是他們之間的感情卻一直很好。他們一直商量著等到了年齡就把婚事辦了，雙方的家長也很支持他們的婚事。但是歐陽梅的年齡還小，要想結婚，還得等上幾年。不過，她很早的時候就已經讓男友提前享受了已婚待遇，在十六歲的時候就為他墮一次胎。她的男友也很上進，一直在城裡讀大學。

到了歐陽梅十七歲的時候，那男人在江都的大學裡考上了研究生。這本來是件好事，可是畢竟兩人家裡都很貧苦，拿不出他讀研究生的錢。

於是歐陽梅一咬牙，來到了江都市的水晶洗浴宮，做了按摩小姐，為男友賺學費。做按摩小姐是件很恥辱的事，雖然歐陽梅一開始的時候只是為人按摩，絕對不做自己無法接受的事。可這裡畢竟是個染缸，進來了這裡的人，都知道在旁人眼裡，她們已經是下了海的人，沒一個是清白的。所以歐陽梅剛到的時候也用化名，別人都稱呼她為小梅。

歐陽梅因為只給客人按摩，賺的錢並不多，但是她平時節約得接近苛刻自己，把每一分錢都交給了她的男友供他讀書。

但是，她的男友最近在做一個私下的實驗，聽說如果研究出來後，會在國內的學術界裡轟動的。但是這實驗急需要資金的挹注，這是歐陽梅與她男友沒辦法提供的。於是歐陽梅一咬牙，下海做了第一次。因為她青春靚麗，身材也好，加上年齡又小，接近未成年，所以生意特別好。每天十個來水晶宮的客人，有八個都指名要找歐陽梅。

紙是包不住火的，這事很快就被她男友知道了，他當然很生氣。不過，為了實驗所必須要花費的資金，他生氣過後也沒再說什麼了。

歐陽梅在男友知道了這事後，索性告訴了所有客人她的真實姓名，她要讓男友知道，他每次做實驗所花費的錢，都是她用身體換來的，都是她忍住了所有的屈辱換來的。

小玉對這事一直覺得很奇怪，她沒法明白這是怎麼樣的一種感情。雖然說在按摩小姐裡，為了養小白臉而出賣自己身體的女人雖不在少數，但是為了男友讀書而做這事的，卻是聞所未聞。

終於，歐陽梅遇到了一個出得起錢，也出手大方的人，就是那個藥業公司的老闆。她決定好好從那男人的手裡弄一筆錢出來，讓男友的研究做出結果，然後就洗手不幹，與男友結婚生子，把這段屈辱的經歷完全遺忘。

最近有一次，小玉和歐陽梅在下班後回到出租房裡，一邊吸著煙，一邊閒聊的時候，歐陽梅滿臉喜氣地對她說了一些話。

歐陽梅的男友告訴她，他的研究成果馬上就會出來了，他們的苦日子也就快結束了。到那個時候，歐陽梅就會和男友一起離開江都市，離開有可能認識歐陽梅的所有人。他們有可能會出國，如果這個研究成果出來了，有數不清的國外大學會邀請歐陽梅的男友去深造。歐陽梅決定從這個時候開始，每天晚上下了班，都讀上一會英文課本，她得為以後在國外的日子做好準備。

「你相信嗎？那個男人會帶歐陽梅出國？」低沉嗓音的小玉問。

「當然不信。」珠珠斬釘截鐵地回答。

「哈哈……」小玉笑道，「我也不信一個學術有成的研究生能這麼大度量，可以接納一個水準不高，還做過按摩小姐的女友，而且還要帶到國外去雙宿雙飛。」

「嘿嘿……那也是說不定的，萬一那男人頭腦突然發暈了呢？」

「哈哈……」兩個小姐一起吃吃地笑了起來。

小玉突然止住了笑聲，說道：「珠珠，你說會不會有這樣的可能，那個男人為了擺脫歐陽梅，一怒之下殺死了她？這樣他可以徹底離開歐陽梅，一個人去享受花花世界，而且永遠沒人知道他讀書的錢竟是一個按摩女郎賣身換來的。」

「嗯，有這個可能的。」珠珠一邊吃著剛送來的炒飯，一邊頭也不抬地說著。

以後，這兩個時髦女子再也沒說什麼值得一聽的內容了。周淵易湊到王力的耳朵身邊說了句話，就直起了身，叫了一聲買單，將幾張零鈔放在了桌子上。

兩人各自迎著雨開車回到警局。當到了警局的時候，雨卻停了。九月的雨就是這樣，不知道它什麼時候會來，更不知道它什麼時候會停。

在地下停車場停好車，等電梯的時候，王力給周淵易敘述了他在江都大學醫學院打聽到的情況。在傾聽的時候，周淵易的眉頭一直緊鎖著，當聽完後，他輕輕吐了一口氣出來，正準備說什麼。這時，電梯到了。

辦公室裡，周淵易推開了窗戶玻璃，雨後濕潤的空氣滲進屋中，讓人感到一絲涼爽的愜意。窗外的街道經過雨水沖洗後，沒有什麼行人，顯得格外的乾淨。

周淵易掏出白色萬寶路，遞了一枝給王力，說：「這麼看來，這個趙偉好像真有問題。如果我們沒有分析錯，歐陽梅那個讀研究生的男友就是他，而他研究的實驗正是關於A物質。」

「對！」王力附和道，「不過，就算他為了拋棄歐陽梅而下了毒手，同時又給謝依雪打了電話勒索要三十萬，那為什麼他也死了呢？」

周淵易沉思了幾秒後，喃喃地說：「你聽說過螳螂捕蟬，黃雀在後這句話嗎？也許，趙偉在把歐陽梅當作獵物的同時，也被別人當作了手裡的獵物。」

「周隊長，你的意思是……」

王力還沒有來得及發問，周淵易腰間的手機又響起了。周淵易翻開手機翻蓋，對著話筒嗯嗯啊啊了幾句後，臉上露出了興奮的表情。

「怎麼了？」王力好奇地問。

周淵易抬起頭來，興高采烈地說：「呵呵，真是人算不如天算，那王八機的主人已經查出來是誰了。」

「誰？是趙偉嗎？」

「沒錯！就是他！」

這個電話是電信局那個協助周淵易工作的年輕女孩打來的，她叫徐婷婷。她剛說名字時，周淵易還想了老半天才回憶起。不過倒底是什麼時候把這個電信局的小姑娘的手機號碼設置成重要人物的，周淵易還是沒有想得起。

徐婷婷那邊有了重大的發現。趙偉屍體身上的手機號碼和打給謝依雪家的是同一支。

周淵易感覺到他正離這個案子的破案越來越近了。

第四章

（01）

周五的一大早，沈曉葉就出了門。前一天晚上，她在屋裡上網的時候，才發現MSN裡有一條留言，是蕭之傑留給她的。在留言裡，蕭之傑約她去果山水庫釣魚。

果山在江都市的東郊，鬱鬱蔥蔥的大山中，有一面波光粼粼的人工湖，裡面有很多養得肥肥大大的魚。

長這麼大，沈曉葉還從來沒有和其他男孩子單獨外出過，一想到這裡，她就覺得有些心慌意亂。所以出門後，等上了公車，她才想起竟然忘了帶手機。

她有點擔心爸爸會看到手機裡前一天蕭之傑發來的手機簡訊，可是回家去拿也不行，因為公共汽車已經啟程了。整個路上，她都覺得心臟撲通撲通急速跳動著，胸口裡像是堵著一塊小石子，老是忐忑不安。

和蕭之傑約在果山的山腳見面。去果山的道路很窄，還是彎彎曲曲的盤山公路，兩邊種滿了高聳參天的行道樹。這只是產業道路，一路上車開得顛顛簸簸，突如其來的路坑總會讓車況並不好的公共汽車騰雲駕霧一番，讓昏昏欲睡的沈曉葉又重新驚醒過來。

到了果山山腳，車終於停下來了。

曉葉睡眼惺忪地下了車，天上佈滿了烏雲，是不是要下雨了？如果下雨，還上山去水庫釣魚嗎？

她左顧右盼，想要尋找蕭之傑修長的身影。可是，她卻並沒有看到蕭之傑的人影，只看見山腳那顆需要五六人才可以合抱的黃桷樹。難道蕭之傑失約了？沈曉葉微微有些不快，這時，突然一陣不算太小的涼風吹了過來，空氣裡竟有一絲寒氣襲來，她連忙快步走到了黃桷樹下。

風吹得黃桷樹的樹葉微微搖曳，葉片隨風飄動，發出了颯颯的響聲。

有點冷。

沈曉葉裹了裹身上的衣服，因為還是九月，所以她也只是穿了一條長裙就出來了，雖然緊了緊衣服，但這樣卻讓她感覺更加寒冷。

蕭之傑在哪裡？他在幹什麼？明明是他約自己來的，為什麼他還沒出現呢？

不遠的地方，就是車站。今天是周五，並非法定的休假日，所以遊客並不多。路上的汽車也很少，幾乎每隔幾分鐘才會有一輛車呼嘯而過。而且這些車都只是經過而已，沒有沿著岔道向山上駛去。

沈曉葉這才發現，空蕩蕩的山腳，竟只有她一個人，方圓幾十米內竟沒有半條人影。

一種悄悄而至的恐懼襲上了她的心頭，她一下就想起了她的那個鬼故事，以及當晚夢到的恐怖噩夢。

那個死了的研究生，是叫趙偉吧，他怎麼會勾搭上一個按摩女郎呢？真是有點匪夷所思。他也是醫學院的吧，和蕭之傑同一個系的，他們之間認識嗎？應該不認識吧？趙偉是研究生，而蕭之傑只是本科大三的學生。不過蕭之傑一直都是學院裡最受注目的男生，籃球打得好，人又帥帥的，說不定趙偉也聽說過他。

咳，自己在想什麼呢？怎麼又從趙偉想到了蕭之傑？

呵呵，是不是自己真的喜歡上了蕭之傑？想到什麼事就千方百計地往他身上靠攏。

這蕭之傑到哪裡去了？怎麼這個時候還不見他來？為什麼他會約自己在這裡見面呢？幹嘛他不到自己的家裡來接她呢？

想給他打個電話，但手機沒帶，附近連個人影都沒有，怎麼聯繫他呢？

沈曉葉有點著急，她伸長了脖子，望著公路汽車來的方向，希望蕭之傑只是因為路上堵車來晚了。

可是，接連來了兩輛公車，都沒見有人下車。

沈曉葉覺得心裡有些忐忑不安，難道蕭之傑忘了今天的約會嗎？她長這麼大，從來沒有為一個男生如此牽腸掛肚過。

蕭之傑一定不會忘記這次約會的，雖然他有很多女生崇拜，但曉葉看得出來，他是喜歡自己的。難道他是在路上發生了意外？

一想到這裡，沈曉葉不由得感覺渾身顫慄，手心滲出一絲薄薄的汗液。

她想起了昨天晚上做的夢。

那也是個噩夢。

曉葉夢見在微風掠過，碧波蕩漾的果山水庫邊上，她和蕭之傑正坐在一塊大石頭上，兩人依偎在一起，一頂巨大的遮陽傘遮住了強烈的陽光。但陽光還是透過了傘葉，正好投射在他們的眼前，令他們為之目眩。

曉葉頭枕在蕭之傑的膝蓋上，眼睛迷離地望著那張讓人昏眩像陽光一般的臉龐。而蕭之傑卻面朝另一邊，死死地盯著水面上的浮標。

曉葉問：「蕭，你怎麼不看看我？」

蕭之傑沉默無語。

曉葉又說：「你看看我呀，你覺得我漂亮嗎？」曉葉一向對自己的容貌很有自信。

蕭之傑聽了曉葉的話，慢慢扭過了臉來。

從遮陽傘縫隙灑進來的光線交織在一起，投射在蕭之傑的臉上，混合成一片光暈，讓他的臉龐變得模糊與陌生。

曉葉的眼睛慢慢適應了這光線，她終於又一次看清楚了蕭之傑的臉，不由得喉頭一陣渾濁的湧動，一股氣流衝出了喉嚨，令聲帶發出急速的顫慄，一聲尖叫破空而出。

蕭之傑的臉變了，變成了死灰般的顏色，眼睛向外鼓凸，像是死魚的眼睛。臉上一片片肌肉撲簌簌地向下掉，轉眼間，就換成了另一張臉。

這是一張更為削瘦的臉，似曾相識。七竅都往外滲著烏黑的鮮血，緩慢滲出，一滴滴、一點點地慢慢佔據整個臉龐。一張臉變成了暗紅的顏色，嘴微微張開，一絲更粘稠的鮮血汪汪流了出來。嘴越張越大，露出了白森森的牙齒，還有腥紅的舌頭。

曉葉覺得窒息，她感覺自己的喉管變得越來越狹窄，自己已經無法呼吸！

曉葉尖叫著從床上坐了起來，才知道，原來這只是一個夢，一個讓她渾身冷汗的噩夢。夢裡蕭之傑的臉變了，變成了一張陌生卻又似曾相識的臉。

那張新面孔是誰的？曉葉絞盡腦汁思索著記憶中最模糊的片段，想要把這張臉的主人回憶出來。

但是，記憶就像是出了偏差一般，明明那個人的名字就要脫口而出，到了嘴邊卻又縮了回去，令她無從記憶。

但是，此刻，看著空蕩蕩的山腳，沈曉葉卻突然想起了那張似曾相識的臉的主人的名字——趙偉。

雖然以前，沈曉葉並沒見過趙偉，可是當她聽說了趙偉的死訊後，上學校的BBS去看了一眼，有趙偉的同學貼出了他生前的生活照。看上去是張很木訥的面孔，兩隻眼睛像是死魚眼一般往外鼓凸，就和曉葉夢裡見到的一模一樣。

這個夢是什麼意思？雖然曉葉並不相信周公解夢之類的玩意，可是，這個夢卻如此真實，讓她無法忘懷。

難道這個夢預示著蕭之傑會遇到什麼不測嗎？

一想到這裡，曉葉就覺得渾身冰涼，彷彿跌進了刺骨寒凍的冰窖之中。她的雙腿因為恐懼，而擰成了麻花一般的形狀。

她顫慄著走到了車站旁，雙足冰涼。她感覺兩隻腿都有點支撐不起她的身體。

就在她跌跌撞撞走到了路牌旁時，一輛急弛而來的卡車刷的一聲停在了她的面前。剎車發出了巨大而又令人恐懼的聲音。

「——吱——」

一個滿臉橫肉的司機探出頭來，大聲叫道：「你這姑娘，不要命了是嗎？怎麼他媽的今天每個人都不要命了？」

曉葉渾身搖晃著，她被這突如其來的卡車嚇得魂飛魄散，激出一身冷汗。

等她好不容易恢復了常態，連忙問道：「師傅，您剛才說每個人都不要命了，難道前面發生什麼事嗎？」

這司機愣了一下，說：「就在離這裡四公里的地方，發生了一起車禍，就在十分鐘前。一輛公車和小轎車撞在一起，遍地的鮮血啊，聽說當場就死了好幾個……」

沈曉葉一聽，頓時感覺眼前一片漆黑，無數的細小星星在腦邊盤旋。

窒息的感覺又來了，喉管又在漸漸變得狹窄，氣流無法通過。

這是一種無法呼吸的感覺！

（02）

沈曉葉感覺自己的身體頭重腳輕，搖搖欲墜。過了良久，她才回過神來。

她像發了瘋一樣，尖叫了一聲，不顧卡車司機詫異的眼神，自顧自地向公路的盡頭狂奔而去。

天！公共汽車與小轎車？算算時間，正是沈曉葉呆在黃桷樹下回憶起昨天晚上那個噩夢的時刻。難道當自己想起什麼不好的事都會變成真實嗎？

沈曉葉不敢想太多，她只是拼命地沿著馬路奔跑。

頭上的天色越來越暗，遠處還有隱隱約約的雷聲，但沈曉葉卻管不了這麼多。她只知道，在離這裡四公里的地方發生了車禍，不知道蕭之傑是不是在那輛車上，現在不知道他怎麼樣了。她只知道，現在她心亂如麻，心如刀絞，心撕肺裂。

沈曉葉沒命地在彎彎曲曲的公路狂奔著，迎面的風刮在她的臉上，扯得臉上的肌肉生硬地疼痛。但她顧不了這麼多，忽的一下，她的腳踝一陣刺痛，是高跟鞋的鞋跟扭斷了。她脫掉了高跟鞋，拎在手上，赤腳向前方跑去，披頭散髮，兩眼赤紅。

轟隆一聲，遠方的天空閃了一下，雨點落了下來。沈曉葉只穿了一件薄薄的長裙，身上滲出了薄薄的汗液，浸濕了她的衣物，裙子和肉緊緊的貼在一起。

道路兩邊的黃桷樹長得遮天蔽日，伸出的長長的枝條像是爪子一般在公路上方糾纏在一起，形成了一個拱頂。這公路就像一條暗無天日的隧道，想要把狂奔著的沈曉葉撕成一塊一塊血肉模糊的碎片，然後再活生生地吞噬得無影無蹤。

她忽然聽到身後有汽車駛來的聲音，回過頭來。在幽暗的樹影下，一輛公共汽車正緩慢地開著車前大燈向這邊駛來。

沈曉葉連忙揮手，車停了下來，後車門刷的一聲打開了。她急急忙忙地從後車門上了車。公車上除了駕駛員，沒有其他的乘客，一上了車，曉葉就感覺到了一股陰冷之氣。一絲風從腦後襲來，涼悠悠的，令她禁不住打了個寒顫。

坐在駕駛臺上的司機幽幽地問道：「小姐，請到前面來投幣。」

沈曉葉在口袋裡搜索著零錢，然後抬頭向前望去，她看到了正轉過頭來對她呵呵笑著的汽車司機，不由得倒吸了一口涼氣。

這個司機四十多歲，戴著一頂棒球帽，鼻梁上架著一付超大的黑色墨鏡，人很瘦，瘦得連顴骨都向外凸了出來。如果他再黑一點，就酷似威爾史密斯。可惜，他永遠也做不了威爾史密斯，因為在他的臉上，有一道長長的傷疤，從左邊耳朵下一道斜線，重重地拉了下來，一直拉到右邊的嘴角。傷疤上粘著很小很細的玻璃碎片，白色的肉茬翻飛起來，還有烏黑的濃血從傷疤裡汪汪地淌出來，緩慢蔓延在整個臉龐上。

司機張開嘴來，悠悠地問：「小姐，你快到前面來投幣，車馬上就要開了。」

他張開嘴的時候，幾隻蠕動著的蚯蚓正昂首從他的嘴唇裡掉了出來，與血肉粘連在一起，還有綠幽幽的液體，是胃液！

沈曉葉感覺自己的胃在蠕動，劇烈地蠕動。

她張開嘴，想要呼吸，可是喉管的肌肉卻像是粘成一塊，令她無法呼吸。她用盡了全身的氣力，卻完全不能移動自己的腳步，兩隻腿就像是灌了鉛一般，沉重得無法抬起。

終於，她發出了一聲尖叫。

「啊——」

淒厲的聲音劃破了車窗外的空氣，向遠方飄去。在空中打了個轉，就被剛落下的雨滴的聲音掩蓋，只剩下呼呼的風聲。

「曉葉，你怎麼了？」

當聽到了這溫暖的聲音，沈曉葉睜開了眼睛，看到了蕭之傑陽光般的面龐。她這才發現，原來沒有什麼公車，更沒有什麼有著臉上傷疤還從嘴裡掉著蚯蚓的中年司機。她正躺在果山山腳的黃桷樹下，做了個莫名其妙的夢。

沈曉葉不好意思地站了起來，拍了拍裙子上的灰塵，說：「都是你不好，不是約十點在這裡見面嗎？你怎麼遲到了？」

蕭之傑連忙說：「真是對不起，本來我可以早點來的，沒想到在離這裡四公里的地方，發生了一起車禍，一輛往這邊開的公共汽車和小轎車撞在了一起。那公車司機當場死亡，而那個小轎車則被撞到了懸崖下。還不知道那小車司機是死是活呢，估計也是凶多吉少了……」

聽了蕭之傑的話，沈曉葉呆若木雞。她愣愣地站在黃桷樹下，嘴角扯了扯，卻不知道該說什麼話出來。

蕭之傑還繼續說著：「你知道，我是學校新聞部的記者，身上隨時都帶著數位相機的，我見到了車禍現場，立刻就下了車，還趁交警沒來前拍了幾張忑足珍貴的照片。你要不要看看？」

沈曉葉慌忙地搖頭，她不想再聽有關這場車禍的事了。

可是蕭之傑卻還在興奮地說著：「這照片拍出來可真是不容易啊，還好，那只是一輛空車，是返回加油的，只有一個中年司機。在撞到小轎車後，他打了一下方向盤，正好撞在一棵黃桷樹上，擋風玻璃全碎了。有一塊大一點的擋風玻璃碎片正好劃過他的臉，從他左邊耳朵一直劃到右邊的嘴角。在慣性的作用下，他摔出了汽車，趴在地上，嘴裡啃了一口泥巴。我還親眼看到，有幾隻蚯蚓扭動著從他嘴裡掉出來……」

「不要說了！」沈曉葉大聲叫了起來，她不敢相信蕭之傑所說的一切，竟和她在黃桷樹下所做的夢一模一樣，難道那一切都是自己親眼目睹的嗎？她不敢再去想了。

蕭之傑詫異地望著沈曉葉，他有些不理解這個漂亮的女孩為什麼會在這一瞬間歇斯底里地吼叫。不過馬上他就釋然了，畢竟這樣的一起血腥的車禍，不是每個女孩子都可以承受得了的。他連忙親熱地拉住了曉葉的手，說：「我們上果山吧，我知道有個地方，魚多得要命，而且不會被雨淋到。」

話說之間，雨已經落了下來，雖然不是很密集，卻讓人感到一絲絲涼意。

蕭之傑似乎想起了什麼，對曉葉問道：「今天有點堵車，我怕會來晚，就給你打手機，為什麼一直都沒人接呢？」

曉葉回答：「我出來急了一點，手機忘在家裡了。」

一想到放在家裡的手機，曉葉的心裡閃過了一絲慌亂。爸爸沈建國，一直都不允許自己在大學期間談戀愛，如果讓他知道了自己現在正和一個男生約會，還跑到這麼偏僻的果山來，他不把自己打死才怪呢。

今天把手機放在了家裡，爸爸會看到嗎？

爸爸現在在幹什麼呢？

曉葉又開始覺得自己有些無法呼吸了。

（03）

沈建國一早就出了家門，他感到心裡很慌，總是覺得胸口裡空落落的，像是缺少了什麼東西。

是的，他缺少了一個女人，是突然缺少的。

歐陽梅，一個對他無限崇拜的女人，即使只是在表面上看去是對他無限崇拜的女人，就這麼消失了。看了晨報上的新聞，他不由得感覺心跳加速，兩眼漆黑。所以他連何姐做的極品煎蛋都沒吃，就急匆匆地竄進電梯直下地下二層取車去公司。

一路上，他兩眼直視前方，手掌機械地搖動著方向盤。兩隻眼睛像是冒出火來了一般，上下牙齒緊緊咬合，臉上的肌肉僵硬地隆起，像是枯死的樹根一樣盤踞在面龐上。

昨天一晚上他都沒有睡好，心裡老是想著歐陽梅。那個無限溫軟如玉的身軀，曾經無數次在自己的身體下瘋狂地扭動，像是水蛇一般，但是現在卻變成一具冷冰冰的屍體，躺在太平間裡那同樣冷冰冰的白鐵櫃中。他無法想像那具已經冷卻了的身體竟然再也沒有了知覺，不知不覺中，他竟覺得自己的眼睛開始生生地發澀。

沈建國在方向盤下的小抽屜裡翻出了一支眼藥水，一邊開車一邊給自己滴上了一滴藥水。還好現在是在一條筆直的公路上，前後也沒有什麼車。

昨晚，沈建國一直在做噩夢。

在夢中，歐陽梅不停在身體下扭動，身體的某一部分急速地收縮著，刺激著沈建國想要釋放身體內部高漲得不能自己的欲望。沈建國高聲呼喊著歐陽梅的名字，劇烈運動著自己的身體，但是歐陽梅的動作卻突然停止了。

正當沈建國納悶的時候，歐陽梅不知道從哪裡來的巨大力量，一翻身已經坐到沈建國的身體上。這是個讓沈建國有心理障礙的體位，他很不滿意歐陽梅佔據主動的位置。他想要發怒，但歐陽梅凝脂一般的臉湊攏了他的臉，伸出柔軟的舌頭舔著他的嘴唇。兩根舌頭糾纏在一起，像是兩隻貪食禁果的蛇。

沈建國陶醉其間，不知身在何處。當他在朦朧的快意中睜開眼睛，卻不由得心裡撲通亂跳。歐陽梅的臉變了顏色，變成了屍體般的死灰色，沒有一點光澤。她張開嘴，一股腐屍與白鐵混合的氣味混雜在一起，令沈建國產生抑制不住的嘔吐感。

他禁不住將頭縮回了幾公分，他更清楚地看見了歐陽梅欲望高漲充滿誘惑的身體。歐陽梅坐在沈建國的身體上，眼睛迷亂地半閉著，輕輕吐著氣，但這氣味卻讓沈建國噁心。他不知道自己是身處夢中，或是在現實之中。

正在他疑惑之際，歐陽梅臉上的人開始一塊一塊往下掉，就像乾透了的麵粉，撲簌簌地往下掉。轉瞬之間，歐陽梅的頭顱已經變成了一顆滾圓、骨質暗灰的骷髏。

沈建國想要尖叫，卻發現自己的喉管變得狹窄無比，只能發出嘶嘶的聲音，卻語不成聲。這是夢魘吧？沈建國對自己說。但這腐屍與白鐵的氣味就近在眼前，直沖鼻孔，卻又如此真實，不像是夢境。

沈建國使勁搖了搖頭，拼命地想讓自己更清醒一點。他再定眼一看，哪有什麼骷髏，面前還是喘著粗氣的歐陽梅，臉上煥發著潮紅，嘴唇輕啟，眼波流轉。

她的身體有節奏地上下移動，兩隻肉感的乳房像跳躍著的兔子一般在沈建國的眼前亂抖著，肉欲的味道在兩人身體周圍橫衝直闖，身體的溫度達到了最高的頂點。

沈建國這才知道，原來這樣的體位姿勢並不是壞事，這可以讓他最深度地進入對方的身體，還可以清楚地看到愛侶的表現。歐陽梅這個尤物，真是讓人難以忘記。

沈建國享受地閉上了眼睛，慢慢期待高潮的來臨。

就在這時，他又聞到了那股腐爛屍體與白鐵混合的氣味。他慌忙地睜開眼睛，大驚失色。在他面前，歐陽梅又變成了一顆死灰色的骷髏。

他想叫出聲來，夢魘的感覺卻又來了。他感覺到自己快要窒息。無法呼吸。

一整夜，沈建國輾轉反側。在夢中，歐陽梅不停從美麗的女子變成灰色的骷髏，又從骷髏變成溫軟如玉的嬌軀。兩個形象在沈建國的眼前不停變換，相互交織，令他不知道是在夢中，抑或是在現實中，讓他無所適從。

不知道是什麼時候，沈建國刷地一聲猛然坐起，渾身被冷汗浸濕。

他身體不住地顫慄，看了看身邊躺著的謝依雪，還是依然熟睡。

沈建國忽然覺得心裡很難受，他披上一件襯衣，走到陽臺上吸起了煙。在黑暗中，煙頭像是一個妖冶的紅點，熠熠發光。

沈建國使勁搖了搖頭，想讓自己清醒一點，現在他正開著銀灰色的保時捷向公司駛去。他看了看路邊，行道樹越來越密密麻麻的，不知道怎麼了，他竟在恍惚之間，將車開到了郊區。這條路一直這麼開下去，會開離市區的。

他連忙掉轉了車頭，向市區疾駛而去。

自己的國風醫藥公司辦公室位在市區中心，那是在一幢四十層豪華辦公大樓的三十三樓，租了整整半層，裝修時連在一起，完全歐陸風格，一看就給人一種有實力的感覺。

這家醫藥公司是自己和戰友吳慶生一起開辦的。

吳慶生和沈建國有著革命的情感。那是在二十三年前了，當時他們還在當兵。他們同年，那個時候都是二十三歲。那是一個飛雪連天的夜晚，凌晨三點的時候，是營區最冷的時候。那時突然響起了緊急起床的號聲，營部發了命令，急行軍五十公里。沈建國那個晚上本來就睡得很晚，大概是一點的時候才睡的。

這麼晚睡的原因，是因為沈建國去搞了點宵夜。他把附近一隻野狗弄來做了香肉大餐，和幾個朋友一直吃到半夜，整個肚子都是撐著的。

急行軍才慢跑幾公里的時候，沈建國就落在了最後。與他跑在一起的就是吳慶生，吳慶生是廣東人，體格瘦小，體力在整個班裡也是最差的，所以跑在了最後。

沈建國突然覺得肚子很難受，一陣陣的疼痛，彷若刀絞一般。他的臉上滲出黃豆般大小的汗珠，臉上的肌肉凌亂地擠在了一起。

吳慶生一看，就懷疑沈建國可能是得了急性闌尾炎。他馬上背著沈建國折回營部，然後求來營部的吉普車送他去鄰近的城市。還好，送得及時，當時的醫生說，如果送晚了一個小時，膿就穿孔了，到時候就只有收屍了。

這件事被上級知道了後，查出了沈建國私自開伙，於是罰了他關禁閉的處分。但這卻讓沈建國與吳慶生成了最好的朋友。

退伍後，沈建國進了一家工廠在管理部做保全。接著是結婚、生女、喪妻。改變來自於十年前，當時沈建國很意外地接到了一筆來自海外的遺產，有了資金，想做點什麼。他第一時間就想起了吳慶生。

那個時候，吳慶生正在一家藥品做業務代表，一聽到沈建國的召喚後，立刻來到了江都市。

他建議沈建國拿這筆錢開個醫藥公司，沈建國聽從了他的建議。那個時候是藥品生意最好做的一九九五年。

正在沈建國回想當年事的時候，忽然聽到車後有喇叭在使勁地叫著。他瞄了一眼後視鏡，後面有輛小轎車正不耐煩地叫著，他這才想起，自己的車速實在是開得太慢了。

沈建國覺得自己現在的狀態實在是不能開車太快，於是扭了一下方向盤，將車慢慢移向路邊，他將左手伸出了窗外做了個請超車的手勢。

後面的小轎車猛一加速，就超過了沈建國的銀灰色保時捷。就在這時，公路前方響起了刺耳的喇叭聲與急剎聲。沈建國一抬頭，看見一輛空載的公共汽車正以極快的速度向這邊衝了過來。

在沈建國的尖叫聲中，那輛超車的鄰省小轎車迎頭撞向了急駛過來的公共汽車……

沈建國使勁踩著剎車，終於沒讓自己的銀灰色保時捷撞過去。但是，那輛小轎車在巨大的衝撞下，被擠到了路邊的懸崖下，發出了轟然一聲巨響。而那輛空載的公共汽車，在剎車與衝撞的作用下，在原地打了個急轉後，撞到了路邊的一棵巨大的黃桷樹上，擋風玻璃被擊得粉碎。

沈建國呆若木雞地看著這一切，嘴裡喘著粗氣，喉嚨管發出嘶嘶的聲音。

他感覺到窒息。

如果他不讓後面這輛轎車超過去，那麼現在被公共汽車一頭撞上的，就是他自己的車了。

看著眼前這一幕，沈建國大口大口喘著粗氣，胸口不停起伏著。他感到了一陣陣的恐懼。

（04）

沈建國不想招惹太多的麻煩，他沒有打電話報警，也沒有下車看看。他駕駛著保時捷小心翼翼地繞過了擱在路邊的公共汽車，然後一溜煙離開了這條公路。

一路上他以最快的速度飆著他心愛的保時捷，剛才那突然發生的一幕，令他的胸口突突直跳。在車經過公共汽車時，他真切地看到了，擋風玻璃完全破碎，那個中年司機的臉上劃過了一條長長的傷口。司機從擋風玻璃這裡衝了出來，摔在一片泥地裡，傷口從左邊耳朵一直向下拉到右邊的嘴角，鮮血正汩汩地向外流淌著。司機的眼睛半睜著，當他瞧著沈建國駛過時，眼睛突然睜得圓圓的，全是乞求，又或全是憤怒。而在他的嘴裡，還有幾隻扭動著的蚯蚓正蠕動著向外爬出。

沈建國不敢多想，他只顧著開車。天色已經暗下來了，遠處的天空閃了一下，雨點劈裡啪啦地落了下來。保時捷的雨刷來回刷著擋風玻璃上的雨幕，刷的一下劃開，雨水又像簾子一樣合攏，再一下，又將簾子刷得支離破碎。

好不容易進了市區，沈建國透過朦朧的擋風玻璃，看到了辦公室所在的帝景大廈。

帝景大廈地處江都市的中心，足足有四十層，建於四年前。當時這座大廈建成的時候，引起了不小的轟動，因為這是當年江都市裡最高的建築物。不過，到了現在，卻又不是了。在帝景大廈的斜對面，也是同樣的時區最繁華地段，新修了一幢更高的建築物，有四十四層，而且採用了最新的建築設計方案，看上去比帝景大廈更加豪華與時尚。

在新大廈的比較之下，帝景大廈就顯得矮小與形穢，就像跟著老大哥混的小弟一般，不招人喜歡，不惹人愛。不僅僅來租辦公的公司沒以前多，更多的是已經搬進來的公司藉口光線被對面大樓擋住，還提出了遷走的要求。

不過，作為國風醫藥公司來說，辦公地點倒是無所謂。因為他們的工作性質就是出外銷售，很少有客戶會到公司來參觀。趁著混亂時，與帝景大廈的房東重新議約後，租金竟少了百分之二十。沈建國因此將省下的錢為公司重新裝潢。這裝潢不是給客戶看的，而僅僅是為了沈建國與吳慶生兩人工作時能更愉快。

經過十年的奮鬥，現在國風醫藥公司終於在業界大有名氣了。而沈建國與吳慶生的關係卻還和當兵時一樣，好得令人懷疑他們倆是不是同性戀。當然，答案是否定的。沈建國有嬌妻、女兒，吳慶生雖然一直沒成家，但是也常常帶幾個不固定的女友到公司來玩。特別是最近，他常常帶一個叫小魏的女孩來公司，據說這次吳慶生是真正動心了，他已經準備和這個叫魏靈兒的女孩結婚了。

吳慶生善於交朋友，待人誠實。和他交上朋友一般都可以做上一輩子的朋友。他向來都是和醫藥公司的上游——各家藥廠打交道，他也聯繫了不少獨家代理產品，價低質優，為國風醫藥帶來了滾滾財源。

沈建國性格外向，社會上的那一套手腕用得出神入化，業務上的工作一般由他來開展，拓展醫院、聯繫客戶是他最擅長的事。而在他手中，還有一張王牌，那就是，他和江都大學附屬醫院的院長李漢良是極好的朋友。而說起他與李漢良結識的過程，那還頗有一番淵源。

沈建國將車擺在了地下停車場後，上了電梯。

電梯還是五年前流行的那種全封閉的電梯，墨綠色的車廂，沈重的關門聲，總是讓沈建國覺得心裡沉沉的。人家對面那幢高樓，早就用上了可以順帶觀光的高速電梯。不過看在百分之二十的房租優惠上，沈建國忍了。

電梯門咚的一聲關上，在向上爬升的過程中，電梯總是響著咯咯的聲音，還伴隨著微小的震動，這讓沈建國多多少少覺得心裡有些不踏實。

他揉了揉自己的太陽穴，對自己說，今天大概是太緊張了。那起車禍就在自己的眼前發生的，來得如此突然。那個中年司機在他離開時，那雙幽怨的眼睛一直在沈建國的腦海裡盤旋著，令他膽戰心驚不寒而慄。

沈建國使勁搖了搖自己的腦袋，想讓自己鎮定下來。就在這時，電梯突然停了下來。

看了看，電梯是停在了一樓。沈建國是在地下二層上的電梯，所以電梯在這裡停下也是很正常的。可是電梯刷的一聲打開後，卻沒有人進來。不知道是哪個調皮的小孩按電梯開關玩，一邊這麼對自己說著，沈建國一邊等待電梯門關上。

這段時間，這幢大樓的租戶越來越少，聽說有這麼一個傳聞，在大廈的十三層，有一個女人上吊死了，魂魄卻沒有離開，一直在這大廈裡遊蕩，尋找替身。真是無稽之談。這朗朗乾坤，哪有什麼鬼呢？不過帝景大廈的人為了求個心安，乾脆將十三樓棄用了，電梯也不會在十三樓上停靠。

電梯門關上了，車廂裡還是只有沈建國一個人。他斜斜地倚在電梯壁上，想摸根煙出來點上。可是在電梯裡，是不允許吸煙的。於是他只是把沒點的香煙含在了嘴上，眼睛死死地盯著變換上升著的數字發愣。

電梯到十三樓的時候，忽然一陣輕微搖晃，然後身體一輕，竟停住了。

不是說十三樓放棄使用了嗎？怎麼在這裡居然停下了？沈建國忽然覺得心裡忐忑不安，沒來頭的慌亂佔據了他的整個心緒。

電梯門慢慢地拉開，發出嘶嘶的齒輪咬合聲。在這聲音中，沈建國竟莫名其妙地覺得全身冰冷，像是跌入了冰窖之中一般。

十三樓因為放棄使用的原因，所以連走廊上緊急照明燈也沒有開，只有一片死一般的黑暗。電梯門緩慢地拉開，門外的黑暗像水一樣慢慢侵蝕進來，淡淡的影子拉長了漸漸佔據著電梯裡的有限空間。

不期而遇的恐懼突然之間向沈建國襲擊了過來。

這電梯不知為何在十三樓莫名其妙停了下來，讓沈建國感覺到了莫名的恐懼。

他探出頭去，外面黑漆漆的，沒有一點光亮。雖然現在是白天，但是電梯間正好在房屋的死角，見不到半點陽光。廢棄的十三樓走道像是張著一張大嘴的怪獸，等待獵物的自投羅網。

沈建國不知道自己的擔憂是從何而來的，他只覺得自己的心臟撲通撲通地跳著，遠遠超過了自己平時可以承受的程度。他覺得喉管正在慢慢變狹窄，越來越窄，氣流無法順利通過。他開始感到窒息，無法呼吸。

沈建國不敢再多想了，他慌忙使勁地按著電梯關門的按扭。也許只是一秒鐘，電梯大門就合上了，可這一秒卻讓沈建國感覺像是一個世紀一般漫長。門合攏的一剎那，劇烈跳動著的心臟頓時平穩了。

看來真是心理上的問題，一定是今天太緊張了。沈建國安慰著自己的同時，電梯終於在三十三層他的辦公室前停下了。

（05）

出電梯時，沈建國整理了一下髮型。雖然這兩天經歷的事不少，心如一團亂麻，但在吳慶生以及下屬的面前，他還是得保持一個總經理的模樣。

走進辦公室，所有的人都在埋頭工作，偶爾有幾個人在低聲交談，但看到沈建國走進來後，立刻停止了口中的絮叨，走到辦公桌前假裝勤奮地工作。

氣氛很壓抑，空氣似乎凝滯了，沒有一點流動，沉悶得快要讓人發瘋。

沈建國也猜到了，多半是歐陽梅的死訊已經傳到了公司裡。雖然他和歐陽梅一直都是在暗中進行交往，他並不想讓辦公室裡的人都知道這段婚外的感情。可是，歐陽梅這丫頭似乎一點也體會不到沈建國的良苦用心，老是趁著沈建國快要下班的時候，一驚一乍地跑到辦公室裡來接沈建國下班。還不住地提著在商場裡購買的衣物送給沈建國。

當然，沈建國也知道，買衣物的錢，都是自己給她的。但是既然她有那份心思給自己買衣服，也說明這個女人的確還是把自己放在了心上。

按道理來說，像沈建國這樣年齡的男人包二奶，倒不是為了感情上寄託，更重要的是為了身體的需要。不過，有這麼一個崇拜自己的紅顏知己，也是件賞心悅目的事。

可惜了，這一切都已經成為了過眼雲煙，灰飛湮滅。

沈建國垂著頭走進辦公室，想要和吳慶生交談幾句。

在若大的公司裡，沈建國也就只有吳慶生這麼一個可以交心的朋友，畢竟他們曾經有革命的情感，還有什麼可以不放心的呢？就連歐陽梅的事，沈建國也沒有瞞著他，而那幢在玉竹社區的「金屋」，也是吳慶生幫忙張羅的。

走進辦公室，奇怪的是，裡面竟空無一人。

吳慶生到哪裡去了？這麼多年了，他從來沒有遲到早退過的。即使有什麼事，他都會給沈建國說一聲的。但現在他去了哪裡？像今天這樣的情況，這麼多年了，從來沒出現過。

沈建國滿面狐疑地走到辦公大廳，大聲問道：「吳總去哪裡了？」

坐在總經理室外的會計楊曉雯抬起頭來回答：「吳總開車去果山了，他要去接從省城過來的一家醫療設備廠家的總經理上果山水庫釣魚。本來想通知您的，可是您的手機一直都打不通，家裡電話也沒人接。」

沈建國從腰間取下手機看了一眼，哦，是沒電了。他這才想起，昨天在警局接受一番詢問後回了家，已經太晚，他忘記了給手機充電。而今天一直都神情恍惚，竟也忘了換備用的電池。可是家裡電話怎麼會沒人接呢？就算何姐去買菜了，謝依雪也會在家的。她挺著個大肚子，又能去哪裡呢？

沈建國覺得心裡有些隱隱的不安。他拾起電話，撥了家裡的電話號碼。果然沒人接。

他又想撥打謝依雪的手機，可這才想起，他已經太久沒打過謝依雪的手機，現在竟然連號碼是多少都忘記得一乾二淨。這段時間以來，他的確太沉迷於歐陽梅的身體，此刻，他不禁有些隱隱刺痛，心生悔意。

可惜這個世界上沒有什麼後悔藥可以吃，事情已經演變成現在這個樣子了，歐陽梅也香消玉殞，只有等謝依雪生下大胖小子後，再去好好疼她吧。

沈建國走進了總經理室，坐在老闆桌前。

他撥通了吳慶生的電話，電話那頭傳來了吳慶生沙啞的聲音。

「喂……」

「你在哪兒呢？事情順利不？」沈建國雖然心情不好，但是依然知道把工作放在第一的位置。

「不太順利，我在果山山腳等到現在，還沒見著他們開車來。我怕他們的司機不熟悉路，開過了這條岔路就麻煩了。我打他們的手機，也一直顯示沒回應，真是麻煩……」

「哦，那你再等一會吧，這家醫療設備廠家的產品不錯，一定要想辦法拿到獨家代理權。」沈建國吩咐道。

放下電話，不知道為什麼，沈建國總覺得心裡有些隱隱的不安，但這不安卻不知道來自於哪裡。

沈建國忽然覺得一陣睏意，他這才想起，昨天一夜一直掙扎在噩夢與回憶之中，根本沒有好好睡上一會。

他拉開門，對門外坐著的會計楊曉雯說自己要休息一會，如果沒有特別的事，不要來打擾他。

他坐在總經理室裡那張寬大的軟皮沙發上，身體深陷其中，所有的神經立刻鬆弛了下來，沒多久就發出了輕輕的鼾聲。

不知道過了多久，他被經理室外一陣嘈雜聲給驚醒。

沈建國有些惱怒，他給楊曉雯說過自己在休息，怎麼外面會這麼吵呢？真是不把自己放在眼裡。

他滿臉怒意地拉開門，大聲問道：「你們這是在幹什麼？都不工作了？在這裡吵什麼啊？」

雖然是九月，儘管下了一場雨，但是辦公室裡還是燠熱不堪。可是，沈建國卻看到楊曉雯正坐在座位上不停地發著抖，渾身上下不住地顫慄。

「出了什麼事？曉雯。」楊曉雯是沈建國五年前特意從大學裡精心挑選進入公司來接替謝依雪位置的，也對她特別器重。

楊曉雯依然止不住瑟瑟顫抖，她聲音斷斷續續地，夾雜著顫音地說道：

「剛才……在十三樓……清潔員在打掃清潔時……發現了一具女屍……沒有頭的……」

第五章

（01）

在搜查趙偉房間時，周淵易與王力終於有了決定性的突破。在趙偉抽屜裡有一本帶鎖的日記本，打開鎖後，日記本上只是記錄了一些實驗資料，並沒有什麼心情歷程的記錄。但是在日記本的薄膜封皮裡，卻找到了一張手機卡，放在手機裡一試，果然就是打給謝依雪的電話號碼。

這麼看來，這個神秘電話果然就是趙偉打來的。他的居心何在？在詢問了歐陽梅在水晶洗浴宮的同事，辨認了照片後，周淵易確定了趙偉就是歐陽梅青梅竹馬的男友。

趙偉的研究成果即將出來，他為了擺脫一個做過按摩小姐的女友而殺死她，這並非是不可能的事。何況他還可以接觸到A物質並偷偷拿出，嫌疑人基本上可以鎖定就是趙偉。

在調查趙偉的過程中，也沒有什麼值得特別留意的地方。

他出生距離江都市二百公里外的遠郊一個叫烏梅鎮的鄉村裡，他十六歲的時候就認識了當時十二歲的歐陽梅。農村的女孩大多早熟早婚，於是他們很早就確立了戀愛的關係並私定終身。後來趙偉考進了江都大學醫學院，又進一步升入了研究生部。他讀書很早，十六歲就考進了大學，一度被稱為神童，所以現在他都研究生快畢業了，年齡也才不過二十一歲，可謂前程似錦。這樣光明的前程，如果真的有個污點的女友，他一定是不樂意的。雖然他生性木訥，做出殺掉歐陽梅的事也不足為奇。

但是趙偉也死了，這又是為什麼呢？難道真的是螳螂捕蟬，黃雀在後嗎？那這個所謂的黃雀又居心何在呢？

周淵易這才發現，這個案子遠比自己想像的更加複雜。他感覺自己又一次走進了迷宮之中。

周淵易坐在辦公室裡，兩眼呆滯地望著天花板上緩緩轉動並發出吱吱聲響的吊扇，手指裡夾著白色的萬寶路，沉思不語。就在這時，腰間的手機又響起，看了看號碼，是法醫眼鏡小高打來的。小高讓周淵易馬上到檢驗部來一趟，他又會有什麼新發現呢？

小高給周淵易泡了一杯綠茶，茶葉在水杯中上下起伏，緩慢散開，散發出陣陣清香。

周淵易開門見山地問：「小高，叫我到這裡來又有什麼新的發現？」

小高微微一笑，說：「周隊，當然是有新的發現，我才會叫你來的。昨天下午，在帝景大廈發現了一具無頭女屍，這事你知道吧？」

「知道，當然知道。這個案子是交給了劉大頭在辦理，對不？」

「對，不過在經過檢驗後，我建議他把這個案子移交給你來處理，因為我發現了很有意思的東西。」小高說道。

「是什麼有意思的東西？」

「在解剖這具屍體的時候，我意外地發現，她的心臟瓣膜奇怪地破裂了，就和歐陽梅死亡時的表徵完全一樣。我對她的血液進行了取樣分析，果然，在血液裡發現了A物質的殘留物。」

「哦？那快讓我去看看這具無頭女屍。」周淵易迫不及待地站了起來。

在太平間裡，工人師傅將白鐵冰棺從一格一格的抽屜裡抽了出來。揭開白色的床單，周淵易看到了一具醜陋的屍體。

這具屍體屬於一個很年輕的女人，大約只有二十來歲，皮膚因為冰棺低溫的原因，顯得有些僵硬，並隱隱約約有了點微微的粉紅。在胸部有一些淡褐色的斑點，是屍斑，這些屍斑說明了這個女人死亡的時候是面部朝下躺在地上的。在脖子處，只有一個碗口大小的血洞，頭顱已經不翼而飛。脖子上的切口參差不齊，不像是用專業的手術刀切割下來的，更像是用生銹的菜刀一點點割斷。冰冷的肉茬在脖子切口邊緣翻飛，鮮血凝結成了烏黑的冰棱，像鋸齒一樣張牙舞爪。兩隻曾經高聳的乳房，因為失去了生命力，而失去了活力，軟綿綿地趴在了胸口上，像是兩坨病死豬肉一般讓人噁心。皮膚依然是緊繃著的，看來她生前一直很善於保養身材。在她的手指上，沒有粗厚的老繭，皮膚細嫩得讓人不敢相信，她生前應該不是從事體力勞動，也不常使用電腦之類工具。

這個死亡的女人究竟是什麼身份？這是現在最應該搞清楚的一點。她的死因與歐陽梅相同，極有可能是被同一個兇手殺死。現在基本上可以肯定歐陽梅是被她男友趙偉殺死的，而趙偉也被另一個隱藏著的不知名兇手殺害，那這女人又是被誰殺的呢？

太多的疑問讓周淵易陷入了一個緊接著一個的迷團之中。

回到辦公室中，他有氣無力地半倚在沙發上，嘴裡木然地吐著煙圈。白色的煙圈在他面前交織變換，一張魔霧一般的網在他眼前不停出現並消失著。

一絲倦意突然湧上了他的心頭。

他努力地想要保持自己的清醒，卻發現這是徒勞的。

他愣愣地望著眼前這片煙霧，煙霧之中隱約有一張臉，一張女人的臉。這張臉躲在了薄霧後，看不見她長什麼模樣，唯一可以看到的只是她的眼睛與嘴巴。

她的眼睛死死地盯著周淵易，似乎在敘述著她的不幸。而嘴巴微微上翹，卻是個詭異的微笑。

她在笑什麼？是在嘲笑還是譏諷？

周淵易手中的香煙燒到了盡頭，一絲滾燙的感覺從手指蔓延了到了全身，讓他打了個寒顫，頓時清醒了起來。

剛才幻覺中的那個女人令他全身莫名其妙地激出了一身冷汗。

要清查這個女人的身份並不是一件很容易的事，她的頭顱不見了，而最近也沒收到什麼失蹤人口的報告。再說，從小高的檢驗報告上來看，這個女人是當天才被殺死的，失蹤人口報案一定也沒這麼快。

這女人為什麼會死在帝景大廈裡的十三樓呢？這層樓早就被廢棄不用了，從痕跡上來看，並沒有移屍的線索，那裡就是案發的第一現場，從屍體脖子旁噴濺的血跡可以得到這樣的結論。屍體的指甲縫裡沒有發現衣物或者人肉組織的殘留痕跡，這也說明被害者並沒有反抗與掙扎，兇手一定是死者所熟悉並信任的人，才會乖乖地跟著來到這廢棄的帝景大廈十三樓。

這個兇手為什麼會帶走死者的頭顱呢？只會有兩個解釋，如果不是有著刻骨銘心的仇恨，那麼就是不想讓別人知道這死者的真實身份究竟是何許人也。

這麼說來，只要知道了這女人的身份，再調查其社會關係，案件就有了曙光，同時還可以找出趙偉被殺的內幕。

一想到這裡，周淵易心裡就禁不住陣陣興奮。

(02)

謝依雪撐著傘走出了伊莎坦布林咖啡廳，雨點好像更密集了。

柏油馬路上已經積起了一層雨水，雨點落在水面上激起了一朵朵水花。

她來的時候，是在伊莎坦布林酒吧大門前下的計程車，這裡是單行道，現在要回去就得走過不遠處的一個天橋才行，否則要繞很大一個圈才可以走上回家的路。

謝依雪捂著肚子走到天橋邊，雨點敲在傘面上發出了颯颯的聲響。她的腳踩在水中，平底鞋的鞋面都有些被染濕了。她感覺有一絲寒意從自己的腳底漸漸彌漫到全身，她對自己說，千萬別感冒了，就算不是為了自己也得為肚子裡的孩子想一想。

她想儘快回家，然後泡個熱水澡，再插上一會兒花。何姐應該買回了各種顏色的鮮花了吧，只有在插花的時候，才會讓她忘記所有不快樂的事。歐陽梅已經死了，沈建國外面的女人沒有了。他會回到自己身邊，還是繼續在外面尋找新的獵物呢？一想到這裡，她的心裡就有些忐忑不安，心如亂麻。

她加快了腳步，走上了天橋的階梯。

江都市的天橋蓋得都很高，因為作為一個交通樞紐，城市裡常常會穿越過許多加長加高的載重卡車，一邊發出轟隆的怪叫，一邊呼嘯而過。

天橋的兩邊，通常會修上很高的廣告牌，遮住兩邊的視野。所以這天橋到了晚上也常常會成為犯罪的天堂。妓女、乞丐、小偷、小販佔據了天橋的兩邊，只留下一條狹窄的通道。不過現在是白天，又下著雨，應該不會有商販與乞丐吧。

一邊想著，謝依雪已經走到了天橋橋面上。

橋上果然沒什麼人，兩邊的廣告牌讓本來就很陰暗的天色顯得更加陰森，灰濛濛的天空就像要壓下來一般，這讓謝依雪感到心裡像是埋了一塊石頭一樣。

廣告牌的影子佔據了半邊的橋面，斜斜地拉長，雨水積到了腳踝處。謝依雪有些猶豫，她在想是不是要這麼走過天橋。她很擔心如果就這麼走過去，雨水一定會進鞋的，要是感冒可就麻煩了。

自己懷著孕，不能吃藥，只能靠身體扛一扛，那會很麻煩的。還不如下了天橋，就在單行道這邊叫輛計程車，就算多點錢也沒什麼關係。

正當謝依雪下定了決心準備轉身走下天橋的時候，忽然聽到身後傳來了窸窸咴咴的腳步聲，這腳步聲很細微，像是刻意在隱瞞著自己的到來，但是卻因為踏在雨水中濺起了水花才真相大白。

是誰？只是個路人嗎？

謝依雪轉過頭來，向天橋的對面望去。

在廣告牌的陰影裡，走出來了一個全身黑衣的老太婆。這是九月，雖然下了一場雨，但是空氣裡還是彌漫著沒有消散完全的熱氣。這老太婆卻穿著很密實的黑布衣服，黑色的綢布襯衫的領口一直扣到了脖子上，長袖遮到了手腕處。她的臉遮掩在廣告拍的陰影之中，只有一雙瞇得小小的眼睛，散發著捉摸不透的詭異神彩。

這張臉慢慢地從陰影裡凸現了出來，這是張佈滿了溝壑的臉，就像一張老樹皮，到處都是縱橫交錯的皺紋。

兩隻渾濁的眼球出現在了謝依雪的眼前。這是多麼渾濁的眼球啊，三分之二的地方都被眼白佔據，剩下的三分之一則是一顆彷彿被霧遮住了的眼睛。老太婆翻了翻眼皮，瞪了一眼，然後馬上就垂下了頭。雖然抬頭只是短短的一瞬，但是，那顆渾濁的眼睛馬上放出了一道凌厲的目光，直直地刺在謝依雪的臉上，讓她感到了一絲熱流。她的臉馬上就漲得通紅，她不知道這是什麼原因。不知為何，突然有一種恐懼的感覺襲上了謝依雪的心頭，而這恐懼正是來自於這個素未謀面的身穿黑衣的老太婆。

謝依雪對這突然出現的不寒而慄的感覺感到有些無所適從，她不知道這究竟是怎麼了，這個老太婆她從來都沒有見過，可是為什麼會產生這樣的奇怪感覺呢？

她不由自主地往後退了幾步，她感到這老太婆對她有一種莫名的壓迫感。當她的後背貼到了一片冰涼的欄杆時，她才知道自己已無退路。她張目結舌地看著這老太婆向她緩緩走來，雙手冰涼，捂著肚子不停顫抖。

這老太婆走得很緩慢，她一隻手撐著一把黑傘，另一隻手扶著身邊高高的廣告牌，腳步顫顫巍巍，彷彿一陣風都可以將她刮倒。她穿了一雙和衣物同樣黑色的布鞋，她的腳踩在了水窪裡，濺起了朵朵水花，但她卻沒有一點遲疑，繼續將布鞋踩進了水中，眼看著被浸濕。

當她的腳踩在水裡時，不停發出了啪嗒啪嗒的聲音，聽上去就像來自於很遠的地方，這不禁讓謝依雪感到沒有來由的恍惚。

她走得好慢，就這麼一點一點地接近謝依雪所站立的位置。

隨著這老太婆的逼近，謝依雪感覺自己的心跳在不停加快，一分鐘起碼跳動一百五十次以上。她覺得自己的喉管在漸漸萎縮，氣流無法衝出，不能說話，更不能呼吸。

這是怎麼樣的一種感覺啊？

無法呼吸！

謝依雪捂在肚子上的手，開始滲出了冷汗，渾身一片冰涼。

這老太婆已經走到了謝依雪身邊，停住了腳步，啪嗒啪嗒的聲響立刻消失。

她站在了謝依雪身邊。她要幹什麼？

謝依雪覺得頭暈目眩，渾身搖晃，大腦裡嚴重缺血，世界彷彿停頓了，只留下一片空白。

肚子裡的嬰兒不時地踢上輕輕的一腳，壓迫著她的胃，讓她有種嘔吐的感覺。只有這感覺才讓她知道自己的存在。

全身黑衣的老太婆，站在謝依雪的對面，抬起了頭，渾濁的眼睛梭巡了一眼謝依雪，然後咧嘴一笑，嘿嘿一聲，露出了裡面東倒西歪，烏黑的牙床。

她的嘴角向上微微翹著，彷彿在微笑，更像是在嘲笑。

她的喉頭滾動了一下，很緩慢很緩慢地說道：「都會死的……都會死的……都會死的……」

說完，老太婆哈哈大笑起來，笑聲歇斯底里，盪氣迴腸。她轉過身來，一蹦一跳，興高采烈地沿著天橋階梯跑了下去，手裡那把黑色的傘也被她扔在了地上，隨著雨水沖刷，緩慢向階梯下滑去。

「我的天，怎麼這麼倒楣？」謝依雪驚魂未定地對自己說，「怎麼上天橋也會遇到一個瘋婆子呢？」

她這才想起，最近一直都有人在說，伊莎坦布林酒吧附近，時常出沒一個發瘋的黑衣老太婆，見人就說一句讓人全身冰涼毛骨悚然的話。

「都是會死的……都是會死的……都是會死的……」

聽說這個瘋婆子以前很正常，就住在這附近。自從她老伴因為不知名的疾病死了後，她頓時失去了生命的支柱，眼前的世界在一瞬間崩塌，歇斯底里地發瘋了。

這事江都市的報紙還刊登過，希望社會援助。後來當民政局來尋找這老太婆時，卻便尋不得其蹤。有人說那老太婆去了其他城市，也有人說那老太婆已經死掉了。可是，萬萬沒想到，今天謝依雪卻在這天橋上鬼使神差地遇到了。

想到這裡，謝依雪突然感到肚子裡的胎兒又踢了她一腳，而且這一腳踢得很重很重，讓她感到無法承受的疼痛。

她扶著高高的廣告牌嘔吐了起來，大口大口地嘔吐了起來。

（03）

楊曉雯抬頭望著沈建國，她覺得今天的沈總特別奇怪。當她說出十三樓上發現了一具沒有頭顱的女屍，沈總頓時臉色發白，大顆大顆的汗液從額頭分泌出來，順著臉頰滑落，他卻沒有分出一隻手來擦拭。

楊曉雯關切地問：「沈總，您沒事吧？」

沈總似乎很恐懼，渾身戰慄著，雙手顫抖。他答道：「沒事，我只是有點累了，剛才睡了一會，一出來就聽到這麼可怕的事，心裡覺得有點慌。我再進去睡一會，如果吳總打電話來，你就叫我。」

「哦……」楊曉雯埋下頭來，一邊劈哩啪啦在電腦上敲著字，一邊說：「吳總剛才就打來了電話，那時您在睡覺，我就沒叫醒您。他說他在果山山腳等了一上午，都沒等到人，現在他留了一個人在那裡等，他先回公司來。下午稅務這邊還有點事呢。」

話還沒有說完，沈建國已經進了總經理辦公室，「砰」的一聲關上了門。在關門的一剎那，整個辦公室都微微顫抖了一下。

楊曉雯驚慌地抬了抬頭，茫然地望著緊閉的總經理辦公室大門。

沈建國的心情很不好，他想發火。他終於知道了為什麼在十三樓的時候，他會感覺到恐懼。那是一種死亡的氣息，在身邊縈繞。

好像有人說過，人體就是一個氣場，每個人都有一種屬於自己的氣息。當死亡的時候，這氣息就會棄人而去，灰飛湮滅。這就是所謂的靈魂，據說有科學家作過研究，讓即將死亡的人躺在最精密的電子天平上，在死亡的一剎那，人體的重量輕了二十一克，這就是靈魂的重量。

沈建國從來對這種說法都是嗤之以鼻，不以為然。他一直都認為，這減少的二十一克只是人在死亡時呼出的最後一口空氣的重量。

不過，後來他又聽到了一種說法。每個人的氣場都有相對應的頻率，每個人的都不一樣。但是，也不排除有人的氣場會接近到可以忽略的程度。如果遇到了這樣的情況，兩個人的氣場重疊，其中一個人就會看到或者感受到另一個人的想法。如果另一個人恰好剛剛死亡，那麼這就是所謂的見鬼了。

難道這個死了的女人的氣場正好和自己相接近嗎?不然自己怎麼會有那樣的感覺?

沈建國心裡有些隱隱的不安，他不敢再多想了。

吳慶生回到帝景大廈的時候已經是下午三點多了，他一回來就問楊曉雯：「沈總呢？」

楊曉雯將中指豎在了嘴唇上，說：「噓，沈總還在睡呢。」

「那就不打擾他了。」吳慶生攤了攤手，繼續說，「真是倒楣，在果山等了一上午，都沒見鄰省那家醫療設備廠的老總過來。回來的時候，我開的那輛賓士偏偏闖了紅燈被警察扣了。本來這麼個小事不會被扣車的，可是我不知道怎麼搞的，和那警察吵了一架，他一發火，就把我的車給扣了。我明明看到那個時候是綠燈的，可是一開過去的時候就被警察攔住了。我敢發誓，我看到的絕對是綠燈，所以和那警察頂了幾句嘴。可是看了監視器，那時還真是紅燈。真是青天白日活見了鬼……」

楊曉雯關切地問：「吳總，您下午還要去見稅務的人呢，沒車怎麼行呢？」

「沒關係。」吳慶生掏出口袋裡的純棉手絹擦了擦臉頰，說，「我一會開老沈的保時捷去見稅務。他的車鑰匙，我也有一把的，就是為了以防萬一有急事的。等他醒來你給他說一聲就是了。」

說完，他就來到自己的抽屜旁，手忙腳亂地找出一疊厚厚的資料。

出門前，吳慶生摸出手機，撥了一個電話，這是打給他未婚妻魏靈兒的。

吳慶生是在一個很偶然的機會認識魏靈兒的。他已經四十三歲了，只比沈建國小三歲。可是他一直沒有娶妻生子，他認為追逐比守候更有意義，沒有必要為了一顆星星放棄整片星空。不過當他遇到魏靈兒的時候，他決定摒棄以前的想法。

那是在三個月前，吳慶生開著賓士到衛生局去辦事。當車開到新街市路口時，突然從人行道邊衝出了一個小孩。他踩剎車已經來不及，幸好他開車早就不是一年兩年了，急中生智，使勁一扭方向盤，車向路邊的欄杆撞去，避開了那個衝上馬路的小孩。

鐵制的欄杆被賓士撞倒在了人行道中，正好砸在一個過路的女孩腳上。

吳慶生不是一個逃避責任的人，相反地，他還是一個很有愛心的人，否則也不會在二十三年前的那個雪夜裡背著沈建國去醫院了。

他連忙下了車，扶起了那女孩。

在看到那女孩的臉後，他不由得吃了一驚。並不是這個女孩有多漂亮，而是因為她的模樣竟酷似另一個女人。

那個女人他一直都不知道她的名字。她住的地方，就在吳慶生隨部隊駐紮的營地旁。每天吳慶生站崗的時候，都可以遠遠聽到那個女人唱著一首古老的歌謠，輕輕鞭打著羊群。在男人居多的地方，這樣一個女人就像天使一般深深在吳慶生的心裡烙下了一個不可磨滅的痕跡。這是一個美好的記憶，一直讓他難以忘懷。他曾經下過決心，如果這一生一定要娶妻，也一定要娶這樣的女人，陪她廝守一輩子。

現在看到腳被砸傷的女孩，他放棄了即將要辦的事，執意要送她去醫院檢查。

這個女孩就是魏靈兒。

如果說這樣的邂逅並不能構成吳慶生想要娶她的充分理由的話，那麼當他知道了魏靈兒的父親就是衛生局魏局長時，他就下定了決心一定要娶到魏靈兒。

事情進行得很順利，在他無微不至的照料下，魏靈兒沒幾天就從醫院出院了。她對這個看似忠厚成熟的男人頗有好感，而父親也對這國風醫藥公司的副總很是滿意。雖然吳慶生已經四十多歲了，但平時保養得很不錯，又勤於鍛煉，看上去也就三十出頭的模樣，於是他們順利地交往了起來。

不過今天很奇怪，魏靈兒的手機一直都打不通，老是佔線。

吳慶生鬱鬱寡歡地放下了手機，順時抓起資料與保時捷的車鑰匙，又在抽屜裡找到了一支眼藥水，就走出了門。

（04）

沈曉葉與蕭之傑坐在這個叫雲霧山莊的亭台裡，品茗著這果山上特有的毛峰清茶。果然這裡不會被雨淋到，亭臺上方翹出的飛簷遮住了所有的雨水。而水池裡的肥魚也因為正在下雨缺氧的緣故，紛紛拼命遊到了水面上層想要呼吸新鮮的空氣。

沒有多久的功夫，倆人已經釣到了不少的魚。有草魚，也有鯰魚，甚至還有幾條紅色的鯉魚。

不過，沈曉葉與蕭之傑坐在一起的時候，卻一句話也沒說，一陣尷尬的冷場。

終於，是沈曉葉打破了僵局。她問：「蕭，你怎麼會想到約我出來釣魚呢？」

蕭之傑漲紅了臉，像是個被大人發現偷吃糖果的小孩一般，吞吞吐吐地回答：「……因為……因為……因為我……我就想找你來釣魚……」

「切——」曉葉啐道，「這也算理由？你老實給我說，你是不是喜歡我？」

蕭之傑聽了這話，倒是馬上恢復了以往的鎮定與幽默。他反擊道：「誰說的？我哪有喜歡你？其實，照現在最流行的話來說，我只是對你有好感。」

「這麼說，你不喜歡我？」話音還沒落下，沈曉葉已經站了起來，做出了想走的架勢。

「咳，你別走呀……」蕭之傑慌忙伸手拉住了曉葉。

當兩隻手觸碰到一起的時候，蕭之傑分明地感覺到了有一股熱流從彼此之間，他顫抖了一下，彷彿被這熱流融化。

一種突然而來的勇氣令他站了起來，擁向了曉葉，一張滾燙的嘴唇貼在了曉葉的嘴上。

他與曉葉的身體傾倒在了這佈滿飛簷的亭台之中，曉葉熱烈地回應著他，這也是她苦苦等待的結果。

枕在蕭之傑的膝蓋上，沈曉葉仰望著他那張陽光般充滿輪廓的臉。亭外的雨已經停了，剛才那瘁不及防的熱吻現在還令她頭暈目眩，但卻全身都洋溢著幸福的感覺。

沈曉葉兩眼迷離地問：「蕭，你能多說有關於你的一切嗎？其實我對你一點都不了解呢。」

聽了曉葉的問話後，蕭之傑原本清澈的眸子中竟平白增添了一絲陰鬱，陰冷如薄霧一般佔據了他的眼睛。他搖了搖頭，說：「我們不談我的家庭，好嗎？我不想談這個。」

「哦?!」曉葉不解地追問道，「有什麼不好談的？我都決定做你女朋友了，你還有什麼不好談的？就算你的家境再不好，再窮，我都不在乎的。我愛的是你這個人，和其他的無關。」

一滴淡淡的淚水從蕭之傑的眼眶緩慢滲了出來，他憐愛地望了一眼曉葉那完美的面龐，語氣低沉地說：「曉葉，不是我想對你隱瞞什麼，只是……」

「只是什麼？」

「曉葉，我現在真的還不能說。等過一段時間我再告訴你吧，就算是我在求你。」蕭之傑的臉上寫滿了憂鬱與痛苦。

曉葉看著蕭之傑的臉，她實在是不再忍心繼續問下去，但是在她的心裡，卻像是堵了一塊沉重的石頭，胸裡的氣流上也上不來，下也下不去。

她煩悶地站了起來，看了看天，然後對蕭之傑說：「蕭，時間不早了，我也得回去了。我們走吧。」

上了回城的公車，天色已經有些暗了。下過一場雨，雖然已經停了，可是空氣裡的晦暗並沒有被雨水衝開，反倒是更陰沉了。

道路兩邊的行道樹像列兵一般向後飛快地倒退著，依偎在蕭之傑的懷抱中，沈曉葉覺得自己特別溫暖。

她將臉貼在了車窗玻璃上，一口一口對著玻璃哈氣。熱騰騰的氣吐在玻璃上，立刻生起了一層模糊的霧。曉葉再用手指無意識地在霧上劃來劃去，等她劃完了定睛一看，不竟啞然失笑。玻璃上竟寫滿了蕭之傑的名字。

她回過頭來，望著蕭之傑，一臉的傻笑。

曉葉心想，如果一輩子都在這車上，依偎在他的懷裡，那是多麼美好的一件事啊。

車開在途中，響著轟隆轟隆的轟鳴聲，這公路不是很平整，常常會遇到或大或小的坑。而這些或大或小的坑總會讓老掉牙的公共汽車稍稍騰雲駕霧一番，在汽車騰空的時候，曉葉也會趁勢往蕭之傑的懷抱裡湊得更攏一點。她喜歡這溫暖的感覺。

忽然，沈曉葉感覺公共汽車行駛的速度突然放慢了，還東倒西歪，似乎是在避讓著什麼。她抬起頭來望向窗外，這才發現車已經開入了市區。

行道樹不見了，只有相互毗鄰的高樓大廈。

公共汽車正緩慢地行駛，試圖避過前方的一起車禍現場。

車禍現場圍滿了看熱鬧的人。

沈曉葉把頭伸出了車窗，也只看到了來回奔忙的警察與看著熱鬧的閒人。她根本看不到在這堆人後，究竟是什麼車被撞了，也看不清是不是有人傷亡。

蕭之傑說了一聲：「讓我來。」

他擠到了車窗邊，將手高高舉起，手上拿著的是他最心愛的數位相機。他劈哩啪啦地按著快門，在按完了幾張後，公共汽車已經駛離了車禍的現場。

蕭之傑興奮地坐了下來，眉飛色舞地說：「曉葉，今天我們接連遇到了兩起車禍，明天的校報，我的照片一定可以上頭條。」

曉葉並沒有蕭之傑想像中那麼激動，她皺了皺眉頭，說：「快把照片調出來看看吧。」

照片中，人頭湧動，在人群的縫隙之中，可以看到一輛被擠成一團廢鐵的小轎車。

蕭之傑叫了起來：「真是酷啊！這車一定是在高速的情況下撞到了安全島上。就算安全氣囊打開了，巨大的衝擊力也會把整個車廂擠出一團，活活把駕駛員給夾死。」

曉葉白了他一眼，說：「你不要這麼興奮好不好？這駕駛員也是一條活生生的人命啊。」她接過了數位相機，查看裡面存儲的照片來。

她的目光落在照片上，不禁一愣，接著呆了起來。

沈曉葉張開了嘴，大口大口呼吸著空氣。可是，她卻覺得窒息。

她渾身劇烈地顫抖，嘴唇變得發紫，又漸漸變得蒼白。

她伸出手指，只著照片，想要叫出來，可是喉管似乎變狹窄了，氣流根本不能通過。她只可以喘氣，但卻只有出的氣，沒有進的氣。她的胸口一起一伏，臉漲得通紅。

蕭之傑注意到了曉葉的不正常，問道：「怎麼了？你怎麼了？」

曉葉哇地一聲哭了起來，大聲叫道：「爸爸！爸爸！！爸爸！！！」

在照片中，越過洶湧的人群，看得到，出車禍的是一輛小轎車，一輛銀灰色的小轎車，一輛銀灰色的保時捷。

（05）

沈建國接到警方的電話後，大吃一驚。

他是在睡夢中被吵醒的，當時他正做著噩夢。在夢中，歐陽梅一會是活色生香的尤物，一會又是腐爛發臭的死屍。一會變成了謝依雪坐在窗臺上插花，一會又變成了嘴裡吐著蚯蚓戴著墨鏡的中年司機。他僵直了頸項，渾身冷汗。想要叫出聲來，卻發現自己無法呼吸。

當他驚醒過來的時候，還在慶幸這只是一個夢。可當他聽完電話後，全身又僵硬了。他的手一鬆，電話聽筒掉在了地上。

他怎麼也不會想到，吳慶生居然會開著車撞向安全島上的鐵製欄杆。車當場就撞成了變形金剛，不知道為什麼，安全氣囊沒有打開，他當場死亡。

沈建國很震驚，他立刻出了帝景大廈，叫了一輛計程車前往事故地點。

當他趕到外環公路時，除了看到圍觀的人群外，還看到自己的女兒沈曉葉正呼天喊地地哭泣著，滿面淚水。旁邊有個看上去還算順眼的男孩摟著曉葉的肩膀安慰著。這個男孩是誰？曉葉在戀愛了？

沈建國有些生氣，但是，現在卻不適宜對這事發火，他必須要處理更重要的事。

他陰沉著一張臉，拍了拍曉葉的肩膀，說：「哭什麼哭？是你吳叔叔出了車禍，不是你老爸我。」

不等曉葉反應，沈建國已經擠進了人群，找到負責的警察，介紹了自己的身份。

法醫小高在工作室裡忙碌著，這段時間真是怪異，天氣陰霾不說，還出現了各種詭異莫名的事故。就拿今天來說吧，剛收到了一具新的屍體，竟然是車主莫名其妙的在寬敞的馬路上，一扭方向盤，正面對衝撞到了路邊的鐵製欄杆。安全氣囊沒有打開，事主當場死亡。

小高揭開了蒙在屍體頭上的白布，看了一眼。這具屍體慘不忍睹，方向盤插進了他的肋骨中，破裂的肋骨直刺進了胃與心臟，傷口外凝結著烏黑的血水，散發著惡臭。

小高熟練地用手術刀劃開冰涼皮膚，審視著破碎的內臟。在小高的眼裡，這屍體已經不僅僅是一具屍體，而是一件不會說話的證物，會告訴他究竟以前發生了什麼。記得以前看過一本國外的推理小說，同時也是一本法醫學的專著，名字就叫《屍體會說話》，是美國一個很出名的女法醫所寫的。在書中，那位讓人尊敬的女法醫對所有從事法醫的人們說的一句話：屍體，不會說話，但是你卻要試圖找到其中隱藏著的資訊。屍體擺在這裡，不能動，更不能改變它的狀態，而你要做的，就是找出正確的線索，不要被假像所迷惑。你的努力，正是為了揭開迷團，找出真相，為屍體找到說法。

小高一直都遵循著這句話的精神，努力進行著自己的工作。

毫無疑問，這只是一場車禍。可是這車禍又是怎麼發生的呢？外環公路車少路寬，汽車行駛的速度一向很快。那輛銀灰色的保時捷是二〇〇四年出廠的，據說車況良好，可是安全氣囊卻沒有打開。

可為什麼安全氣囊沒有膨脹呢？小高隱隱嗅出了一點罪案陰謀的味道。

檢驗屍體血液內的酒精含量是一件必須的事，這可以知道車主是否酒後駕車。

小高將針管刺進屍體頸部的靜脈中，緩慢抽出了一管烏黑的血液，然後注射在了一支試管中。

他滴入了指示劑，顏色並沒有變化。看來這個叫吳慶生的倒楣蛋並沒有酒後駕車。

小高皺了皺眉頭，似乎若有所思。

他踱到工作臺邊，在抽屜裡取出了另一瓶指示劑。只滴了一滴在試管裡，試管中的血液冒了幾個微小的氣泡。

小高的臉上露出了興奮的表情。他又多滴了幾滴指示劑，試管裡的血液開始翻滾了起來，像是沸騰的開水。

小高一拍腦門，咧開嘴，露出了乾淨的牙齒。

他又回到了屍體身旁，在屍體的不同地方血管抽取血液樣本，注射在試管中滴入指示劑進行觀察。

他在紙上不停作著記錄，一直忙碌了一個多小時後，終於長吁一口氣，拾起了電話，撥給周淵易。

「什麼?在吳慶生的體內發現了A物質的殘留物?」周淵易大叫。

小高點了點頭，繼續說：「這A物質的殘留物很微量，如果不注意，根本不會往那個方向去考慮的。我只是因為最近這兩具屍體都發現了A物質，直覺地也滴了指示劑，否則也不會發現的。不過，吳慶生體內的A物質有個很奇怪的地方……」

「是什麼?」

小高喝了一口水，眨了眨眼睛，說：「我在屍體的各個部位都抽取了血液樣本進行檢測，最後得到了一個令人費解的結果，那就是血管的A物質含量都很低，幾乎不會對身體產生任何的不良反應。不過，有個部位的A物質含量就很高了，濃度超過了身體其他部位的很多倍。可以肯定，A物質就是透過那個部位給藥進入體內的。」

「哦?!是什麼部位？」

「眼瞼。」

眼瞼？A物質是透過眼瞼進入吳慶生體內的?這是什麼意思?說明了什麼?周淵易不解地望向了小高。

「不要這麼含情默默地看著我。」小高打趣道，但隨即恢復了嚴肅的神情，繼續說，「我已經打過電話詢問過江都大學醫學院的李漢良教授，他告訴了我，A物質除了讓心臟瓣膜破裂外，還有另一個不為人知的效用。」

「是什麼效用？」

「散瞳！」小高放下了水杯，眼睛直視著周淵易，面無表情地說道。

第六章

(01)

謝依雪從電梯裡走出，回到家中的時候已經氣喘吁吁。

那個神秘電話再也沒有打來過，她不知道這是為什麼，她更不知道打電話來的就是已經在情人灘上死掉的趙偉。

謝依雪坐在沙發上思來想去，總覺得這件事有哪裡沒有弄清楚，她忽視了一件很重要的事。但這事究竟是什麼，她卻想不起。她現在心裡被一團亂所糾纏縈繞，什麼都記不得，什麼也想不起。

她坐在沙發上，麻木地梭巡著屋裡的一切，她的目光落在了窗臺上插滿枯萎玫瑰的藤編花籃上。她終於想起了自己忽略的東西是什麼。

黃色的百合！沈曉葉拿回的黃色百合！

所有的一切都是從那黃色百合開始的。

當那個神秘電話打來的時候，就說過，他只要看到了窗臺上擺著黃色的花，他就會將謀殺付諸於行動。就在當天晚上，沈曉葉就拿回一捧黃色的百合插在了花籃中。這是巧合嗎？如果是巧合，那倒也罷了。如果不是巧合，又代表著什麼？

難道是沈曉葉想害自己嗎？謝依雪想到這裡不禁打了個寒顫。

是的，這古靈精怪的女孩一直都不喜歡自己，她一直都恨自己奪走了她老爸的愛。在沈曉葉出生的時候，她的媽媽葉清清就因為產後大出血而搶救無效去世，沈建國為了懷念自己的亡妻，才在女兒的名字裡取了一個葉字。

在伊莎坦布林酒吧，當謝依雪在周淵易那裡看到死去的歐陽梅的照片時，才是真正震撼了。歐陽梅長得更像是葉清清的孿生妹妹，就連嘴角的痣也長得一模一樣，位置不差分毫。

謝依雪看到歐陽梅的照片後，心當時就涼了半截。她終於明白了，不管是自己，還是歐陽梅，在沈建國的眼中，不過只是一個擺設，一個葉清清的替代品而已。

一個替代品，不過如此而已罷了。

當她走出酒吧的時候，感覺自己已經控制不住自己的腳步，所以才會恍惚地在天橋上遇到那個詭異的黑衣老太太。

一想到那個身穿黑衣的老太婆，謝依雪的心裡開始隱隱作痛。那老太婆巫婆一般的咒語不時在她耳朵邊上來回縈繞。

「都會死的……都會死的……都會死的……」

謝依雪將身體蜷在沙發上，腿緊緊地縮了回來，抱成一團，就像一隻受驚的貓。

這時，門鈴響了。

是沈曉葉回來了。

沈曉葉的心裡很是忐忑不安。

雖然她已經知道了死的並不是自己的父親，而是吳叔叔，但是她的心情並沒有好一點。畢竟吳叔叔是看著自己長大的，怎麼都還是有感情的。

另一點讓她感到心裡隱隱不安的，是父親發現了蕭之傑的存在。特別是父親打量蕭之傑的眼神，有點發白的眸子邊上佈滿了血絲，暗藏著怒火，似乎隨時就要燃燒起來。

她連忙拉了拉蕭之傑的袖子想要躲開，父親已經從人縫裡擠出來，一臉嚴肅地對她說：「曉葉，你先回去。給你小阿姨說我今天晚上有事要忙，不回家了。」

說完，父親就上了一輛警車呼嘯而去。

蕭之傑一直將沈曉葉送到了電梯大樓的大門前，就在他們準備道別時，蕭之傑飛快地在曉葉的臉頰上吻了一口，轉身就上了一輛開過的公共汽車。

曉葉站在大門前目瞪口呆了半晌，才清醒過來。

她轉過身來進了電梯，按下了電梯。

突如其來的愛情讓她有些暈忽忽的，她走進屋裡的時候臉上還泛著一抹紅暈。

可她進了屋，看到小阿姨謝依雪的一張臉，頓時就感到有些窒息了。

謝依雪拉長了一張臉，蜷縮在沙發上，兩隻眼睛卻放出了火光，一副像是想吃掉沈曉葉的表情。

曉葉覺得有些奇怪，雖然她和小阿姨相處得並不算太好，但也幾乎從來沒有交惡過，為什麼今天她拿這麼副臭臉對著自己呢？

還沒有來得及問一句，她就聽到謝依雪冷冷地問：「曉葉，還記得那天你拿回來的那捧黃色的百合花嗎？」

沈曉葉心裡咯噔一下，她以為蕭之傑送她花的事被小阿姨知道了。不過現在連老爸也見過蕭之傑了，也算不上什麼大問題了，所以她馬上就恢復了常態，答道：「是啊，當然記得，是我一個同學送給我的。」

「同學？」謝依雪愣了一下，「你能給我說說是哪個同學嗎？」

「蕭之傑。」說完，曉葉吐了吐舌頭，一溜煙鑽進了自己的小房間。她慌忙打開了電腦，說不定過不了多久，蕭之傑就到家打開電腦，上MSN。當然只是分手不到十分鐘，她已經覺得蕭之傑就像個影子一樣駐紮在她的心裡了。

這黃色的花不是沈曉葉買回來的？而是一個叫蕭之傑的男孩買回來的？

謝依雪覺得頭有點疼，這個叫蕭之傑的男孩到底是什麼人？

難道是這個男孩導演了這齣劇嗎？

他的用意是什麼？他想幹什麼？

謝依雪在心裡暗暗想，也許，我應該去認識一下這個叫蕭之傑的男孩，看看他到底想做什麼？

這時，沈曉葉的房間裡的電腦傳出了一首歌曲。

「我冷得無法呼吸，可是忽然彷彿回不去，像世界迷途在北極的魚……」

謝依雪覺得心裡陣陣發緊，她感覺自己正在慢慢深陷進一張看不見的網中，這網正在緩慢糾纏收縮，一根一根勒進她的皮膚，纏繞她的頸項，越收越緊，讓她無法呼吸。

而在噩夢的開端，就是那個電話。那個電話難道就是這男孩打來的嗎？

窒息的感覺再次湧上了她的心頭。

（02）

午夜十二點的時候，沈建國從警局出來後，心裡很憂傷。

他與吳慶生認識這麼多年了，自己的這條命也是老吳救出來的。但他竟然說走就走，真是讓人難以置信。到現在沈建國都不敢接受這個事實。

他不願意回家，只想在街上遊蕩。

因為白天的那場雨，江都市的夜晚顯得淒冷了許多。像是見了鬼一般，街上一個人也沒有，就連平時通宵不收的夜攤也不見了蹤影。

孤零零地走在長街上，雨水沖刷過的街道特別乾淨，還有一股淡淡的清水味道在空氣裡瀰漫。

路燈孤獨地亮著，在沈建國的身前身後各拉出了兩條黑色的影子，像水一樣包圍著他。

沈建國埋著頭不發一語地走著。

歐陽梅死了，吳慶生也死了，這兩個他最親密的人都在轉眼間消失了，再也不會在他的眼前出現，這樣的事實真的讓他感覺毛骨悚然，一種強烈的孤單感襲向了他，令他無所適從。他覺得好冷，不由得緊了緊身上穿著的棉質襯衣。這件襯衣是歐陽梅買給他的，現在摸著這冰涼的衣物，手指一陣陣發沁，透骨的寒冷。心中油然而生一種斯人已去矣的感覺。

忽然，他覺得眼前有一簇亮麗的色彩。他抬起頭來，看到了幾個五彩繽紛的霓虹燈大字：水晶洗浴宮。

不知不覺地，沈建國竟走到了他與歐陽梅第一次見面的地方。

為什麼會走到這裡來？沈建國有點不解。難道是歐陽梅的冤魂把自己引領到了這裡來嗎？她想告訴自己什麼？

沈建國的身體不禁打了寒顫。他遲疑了片刻，然後踱腳走進了洗浴宮。

躺在按摩床上，為他服務的是一個漂亮的女孩，叫小玉。這個女孩以前沈建國見過的，她曾經和歐陽梅同租過一套房。

沈建國趴在了床上，閉上了眼睛，任憑小玉的一雙嫩手在自己的背上揉搓。

他不想說話，更不想談及歐陽梅，可這小玉還是不識相地提起了歐陽梅。

小玉用的是一種故作姿態的臺灣國語，她柔柔地問：「沈先生啊，您當初怎麼會看上歐陽呢？她既不漂亮，又不溫柔，您幹嘛覺得她好呢？」

沈建國眼皮都沒有抬一下，他沒有理會小玉的問話，但小玉還是繼續說，「沈先生啊，您知道嗎？歐陽和您交往，只是為了騙你的錢去供他養的小白臉讀大學。您上當了，早知道這樣，您還不如找個漂亮的小妹妹當金絲雀來養呢。」

沈建國的心像是被針刺了一般，他轉過身，將肥胖的胸脯對著小玉，問道：「你不要說了！好不好？她已經死了！小梅已經死了！你懂不懂？」

小玉嚇了一跳，趕緊說著好話想下臺階。

但沈建國已經心生怒火。他什麼都沒說，從錢包裡摸出兩張大鈔，扔給小玉，然後冷冷地說：「記住，人為什麼有兩隻耳朵，一隻嘴巴？那是因為神在告訴我們，要多聽，少說。」

說完，他頭也不回地走出了包廂。

當沈建國再次回到冷清的大街上時，他又一次感到了孤獨。看了看錶，正好凌晨二點正。但是，他還是不想回家。他害怕躺在床上，又會夢到歐陽梅滿面血污地撲向他、親吻他、糾纏他，然後在他的懷抱中變得腐爛，直至一具枯骨。

為什麼自己會在無意識的時候走到這水晶洗浴宮來呢？他不知道這是怎麼回事。也許只是巧合吧！也許這只是潛意識中，自己還掛念著歐陽梅，所以才來到這裡的。

沈建國使勁搖了搖頭，想讓自己清醒一點。他感覺好了些，抬起了頭。這時，他看到對面的一家小網咖的卷簾門拉了起來，發出嘩拉一聲巨響，一個瘦瘦高高的男孩走了出來。

這男孩好眼熟。沈建國對自己說。哦，是今天在車禍現場，與曉葉在一起的那個男孩，好像是叫蕭什麼的吧？曉葉在戀愛了嗎？這丫頭，老是不聽自己的話。自己給她說過很多次了，在大學要以學業為重，不要過早交男朋友，但這丫頭就是喜歡我行我素，不把這老爸放在眼裡。其實呢，雖然自己叫曉葉不要在大學戀愛，可自己當初追葉清清的時候，清清也才剛讀大學。一想到葉清清，沈建國的心裡開始隱隱作痛。

唉……葉清清……一個永遠也不能癒合的傷口……

沈建國望著蕭之傑漸漸消失在黑夜中的背影，他忽然有了種似曾相識的感覺。

是的……他好像那個人啊……特別是背影……

那個人……那個人……那個人……

沈建國的頭有點暈了，後背上的根根寒毛豎立了起來。

一陣幽幽的風忽地掠過，讓他渾身一個哆嗦，這也讓他清醒了過來。

還是回家吧。

沈建國忽然想起，他明天中午約了江都大學附屬醫院的院長李漢良見面，討論進一批醫療設備的事。這醫療設備就是吳慶生本來準備今天白天見面的那家醫療設備廠的產品，雖然吳慶生不在了，但是這生意還是要繼續做下去。自己先把路鋪好再說吧，這家設備廠家即使沒有吳慶生，自己也是有辦法抓下來的，畢竟自己手上掌握著整個江都市最大醫院的訂單。

還是早點休息吧！沈建國對自己這麼說道。

正巧，一輛黃色的計程車緩慢駛過。沈建國招了招手，攔了下來。

計程車上，隨著車廂的抖動，沈建國昏昏欲睡。

朦朧中，他看到了歐陽梅張牙舞爪地撲向他，可是就在要撲到他的一瞬間，她嘿嘿一笑，臉變了，變成了另一個人。那是一張男人的臉，眉宇間竟與那個叫蕭之傑的男孩有幾分相似。

是那個人！

那個人……那個人……那個人……

迷迷糊糊中，沈建國覺得有一隻手緊緊扼住了自己的咽喉，讓自己無法呼吸。

一個哆嗦，車停下來了，他也醒了過來。

向車窗外望去，他看到了自己熟悉的那幢電梯大廈。

（03）

周淵易感覺自己正在接近事實的真相。

無頭女屍的身份雖然現在還沒有頭緒，但相信並不是太難查到的事。

還有吳慶生的死。看上去像一件交通意外，但小高在他體內查到的微量A物質，特別是在眼瞼的分佈特別明顯，這讓周淵易感到很興奮。

小高向他進一步說明，A物質從眼滴入後，會產生散瞳的作用，並給他詳細講解了什麼叫散瞳。

在配眼鏡的時候，需要驗光，透過主覺或他覺檢查出眼睛的屈光度，以此作為確定眼鏡度數的依據。要查到準確的屈光度，就必須用到散瞳驗光。

這是用散瞳藥將瞳孔散大到對光反射完全消失，然後再驗光。散瞳藥是利用藥物的藥性對支配瞳孔括約肌和開大肌的神經發生作用，使瞳孔放大。在瞳孔放大後，對光的敏感度減低，會在突然之間什麼東西也看不到，哪怕只是近在眼前，也會一片模糊。

周淵易打電話到國風醫藥公司，一個聲音很好聽，叫楊曉雯的會計很明確地告訴他，吳慶生因為早年在當兵時，眼睛被雪地刺傷，見光流淚，一直都有點滴眼藥水的習慣。看來是沒錯了，一定是吳慶生的眼藥水被人偷偷掉包，換成了具有散瞳功能的A物質。

當吳慶生開車開到外環道的時候，他因為眼睛見光流淚，就滴了這加了A物質的眼藥水，然後眼睛的瞳孔散開，什麼都看不見了，就像一個盲人一般。盲人開車的後果一想就會知道的，他一頭撞向了路邊的鐵製護欄，白白送了自己的性命。

這是謀殺，毫無疑問！周淵易一嗅到犯罪味道，整個人就開始興奮了。這是一個突破點！先去調查一下吳慶生的社會關係，看看有什麼人想置之於死地而後快。聽說吳慶生交了一個叫魏靈兒的女孩，而且這女孩是江都市衛生局魏局長的千金大小姐。周淵易決定拜訪一趟魏局長的家。

魏局長的全名是魏瀾，五十多歲，禿頂，呲牙，看上去猥瑣無比，但是說話卻很有份量。他拉開防盜門，看到門外站著穿著警服的周淵易，臉上露出了警惕的情緒。一雙烏黑的眼珠滴溜溜地亂轉著，然後側身讓進了周淵易。

魏局長的家裡金碧輝煌，純白大理石地面，一堵黑色電視牆前擺著東芝的背投，茶几上隨意擱了幾包極品雲煙。周淵易暗想，憑魏瀾的薪水應該做不了這樣的消費，看來在經濟上他也不會是個很乾淨的人，畢竟衛生局局長是一個肥缺中的肥缺。不過這些事不歸周淵易管，他只是掃了幾眼就直接問到了主題。

「魏局長，您知道吳慶生的事了吧？」

魏瀾淺淺啜了一口清茶，點點頭，滴水不漏地答道：「又是為了吳慶生的事？怎麼是你們刑警來，而不是交通警察呢？不是說這只是一起交通意外嗎？」

周淵易冷冷地說：「我們只是有了些新的線索，所以進行進一步的調查，也希望魏局長能配合我們的工作。」

魏瀾連忙回答：「沒問題，你們問什麼，我就回答什麼。」

「吳慶生和您的女兒魏靈兒的關係比較緊密吧？您是怎麼看待這個問題的？」

魏瀾微微一笑，說：「雖然這吳慶生的年齡只比我小十來歲，但他這人真的很不錯，很上進。我喜歡上進的男人，所以我並不反對他們之間的交往。」

「那您覺得吳慶生這個人會招惹上什麼人的嫉恨嗎？」

「嫉恨？」魏瀾臉上露出了警覺，「不可能的，他做生意一向都小心謹慎，和氣生財，哪裡會招惹來什麼嫉恨？」

「哦……」周淵易點點頭，說，「我可以和您女兒魏靈兒談一談嗎？」

「靈兒……」在魏瀾的臉上露出了幾分尷尬，「她已經一個多月沒回家了，平時她住在吳慶生家裡。當我聽到了噩耗後，就不停打她的手機與家裡電話，卻一直沒人接。不知道她到哪裡去了，我也很擔心。」

周淵易一聽，額頭上冒出了幾縷汗液，不知道為什麼，在他的眼前，突然出現了一個婀娜的女人身姿，從他的面前緩緩而過。他看不見她的頭，似乎她根本就沒有頭顱，頸子上什麼也沒有。周淵易可以感到從她的身上冒出了絲絲寒氣，像煙霧一般籠罩全身，令她的身影模糊。這幻覺中的女人是誰？莫非就是魏局長談到的他的女兒魏靈兒？不知道是怎麼了，在他的眼前，竟看到了一排冰冷冷的冰棺，整整齊齊擺在空曠的房間裡。什麼意思？難道魏靈兒已經死了？

周淵易清醒了過來。他問：「魏局長，您能說說魏靈兒有什麼特徵嗎？」

魏瀾不滿地看了一眼，說：「你什麼意思？你懷疑靈兒出了事？」

周淵易連忙說：「不是這個意思，我們只是防患於未然，幫你做個尋人啟示。」

「哦……」魏瀾想了想，說，「靈兒的媽媽死得早，她是我一把屎一把尿帶大的。現在她大了，我也管不了她了，但是我還是知道，在她的膝蓋後面，長了一顆黑色的痣，有指甲麼大。」

「謝謝了。」周淵易站起身，與魏瀾握了握手。魏瀾的手很粗壯，也很有力氣。

出了門，周淵易趕緊打了個電話給法醫小高。

「小高，你看看那具在帝景大廈發現的無頭女屍，看看在她的膝蓋後面有沒有一顆黑色的痣。」

小高驚訝地叫了起來：「你怎麼知道？對，有顆黑色的痣，大約有指甲這麼大一塊。」

周淵易掛掉電話，心裡很興奮。無頭女屍的身份確定了，看來案子也有了新的突破。

他夾著黑色的皮質公事包，上了吉普車，一踩油門，吉普像是出籠的野獸一般向前竄去。

周淵易決定再去江都大學附屬醫院去一趟，他想找找院長李漢良。他得再查查Ａ物質的去向，這很重要，現在已經有四個人的死亡與Ａ物質有關。

趙偉，歐陽梅，吳慶生，魏靈兒。

現在必須要知道，到底丟失了多少Ａ物質，究竟有什麼人有機會接觸Ａ物質，這些人與已經死掉的四個人都有什麼樣的聯繫。如果能找出某個人與這四個人都有一定聯繫的話，那麼這個案子的破獲就指日可待了。

當他的車開到江都醫院的時候已經是傍晚快下班的時候了，他埋著頭急衝衝地走進了醫院大廳，在櫃枱小姐那裡問了問，才知道今天李院長在江都大學醫學院講課，下完課直接回家，沒有再到醫院來了。

李漢良的家就在江都大學的家屬區裡，是一幢被法國梧桐包圍著的獨門獨戶的兩層法式老屋。

（04）

已經是深夜了，沈建國還沒回家，謝依雪睡了，何姐躺在保姆房裡的單人床上發出了輕輕的酣聲。只有沈曉葉還開著燈上網聊著MSN，當然，和她聊天的是蕭之傑。

沈曉葉一想起在水庫的時候，問到蕭之傑家庭情況時，他左閃右避，她就耿耿於懷，心裡就像是埋了一塊石頭，沉沉的。

在MSN上等了一個多小時，蕭之傑才上線。

倆人談了很多事，聊了很久。但曉葉一直想問問蕭之傑家裡的情況到底為何，可是每當她繞來繞去把話題繞到這方面的時候，蕭之傑就警惕地把話題引到他處，令曉葉心裡很是鬱悶不已。

到了最後話不投機，蕭之傑逕自下了線，連一句告別的話都沒有說。那個時候正好是凌晨兩點的時候，恍惚中，沈曉葉的眼睛變得模糊了起來。

為什麼會這樣呢？蕭之傑到底是個什麼樣的人？

從下午在水庫的舉動來看，他是真正喜歡自己的，可是為什麼他不願意提及他的家庭？他家裡難道有什麼秘密嗎？為什麼他不願意告訴自己？

不知道什麼時候，她聽到了防盜門打開了聲音，是父親沈建國回來了。平時他回家都會打開曉葉的門看上一眼，為她關上窗戶，為她掖一下被單。

但奇怪的是，今天父親並沒有拉開門，而是在門外踱來踱去，腳步聲來回徘徊，過了一會，煙味就從房門的縫隙滲進了曉葉的房間裡。

父親有心事，他在想什麼呢？

最近是怎麼了？為什麼每個人好像都有心事？每個人看上去都怪怪的。

先是在情人灘上死了兩個人，死的情形竟然和自己前一天晚上編的鬼故事一模一樣，真是讓人想到就害怕。然後是吳叔叔又死了，還聽說父親公司那幢樓今天還發現了一具無頭女屍，真是讓人覺得毛骨悚然，不寒而慄。

身邊的人看上去也覺得跟往常不一樣了。蕭之傑本來好好的，可一談到他家裡的情況，他就像是變了一個人。

而小阿姨謝依雪也怪怪的，一回家就沒個好臉色，還問起了蕭之傑的情況，八卦得好像狗仔隊一樣。這大概是孕婦容易產生的焦慮症吧，聽說胎兒壓迫了肚子裡的血管與神經，總會讓孕婦產生一些不一樣的想法。

現在奇怪的又是父親沈建國了。他回家居然不睡覺，一根一根抽著煙，還來回踱步，不住地歎息。出了什麼事？是因為吳叔叔的死嗎？

想來想去，沈曉葉也全無睡意了，她翻來覆去睡不著，後來乾脆坐了起來，打開電腦，登上網路。MSN上一個人也沒有，睏意漸漸湧來，她才下了網路躺在床上。

閉上眼睛，屋外的聲音也沒有了，大概父親還是睡了吧。沈曉葉攤平了一雙手臂，讓自己的身體放鬆。大腦漸漸混沌麻木，眼前一片漆黑。

在混沌中，似乎有一張網在自己的面前，四周都是模糊的，地面浮著一層濃稠的、白得像奶油的霧。隱隱中，看到有山有水，卻只有一個輪廓，浮在半空，如海市蜃樓一般。有一個人影隱約漂浮，看不到腳，瘦瘦高高。他向自己走了過來，一步一步靠近，越來越近，越來越近……

看到了他的臉，是蕭之傑。曉葉歡笑著向蕭之傑奔去，可是卻始終到達不了他的身邊。在他們之間彷彿有一堵看不到的牆，柔軟、綿長、透明，卻無處不在，橫亙其間。

曉葉歇斯底里地叫著：「傑，快到我身邊來……」

朦朧中，蕭之傑冷冷一笑，轉過了身，只留下了一個蒼白的背影。他要離去?!

曉葉哭了，抽泣著叫道：「傑不要離開我……」

蕭之傑身體回轉，只有身體的上半部分在轉動，下肢像是懸浮在空中，隱隱約約看不清楚。他的臉又一次出現在曉葉面前，麻木不仁，沒有表情。他的嘴角咧了咧，一絲烏黑的鮮血滴淌出來。

「傑，你怎麼了？」曉葉大叫。在驚呼聲中，面前那堵看不見的牆似乎不見了，曉葉一身輕鬆地向蕭之傑跑去。眼看就要觸摸到蕭之傑溫暖的身體，忽然曉葉的身體一輕，她往下墜去……是懸崖?!

曉葉伸出手臂，在身體下墜時，摳住了一塊硬物，是懸崖的頂端突起。她掙扎著呼喊：「傑，救我……救我……」

蕭之傑愣愣地看著這一切，眼中只有茫然與空洞。過了良久，他蹲下身來，捉住了曉葉的手掌。

曉葉想笑，她知道蕭之傑是愛著自己的。

但就在此時，蕭之傑的手掌一鬆開，曉葉向下墜去，向下面看不到底的深淵墜去，快速地墜去。

自由落體。

只有風聲。風像一把刀子割著她的皮膚，疼痛，更疼的是心痛。曉葉大叫，也許，是在哭泣吧……

沈曉葉哭喊著坐起了身，才發現這只是一個夢，一個噩夢。

她渾身顫慄，冷汗浸濕了貼身的衣服。

她站在冰冷的床邊，向窗外望去。天已經亮了。

她拉開房間的門，看到父親沈建國正攤開了四肢平躺在沙發上，呼呼地扯著酣。

「這是怎麼了？為什麼一切都變得莫名其妙的？」

曉葉歎了一口氣，闔上門，重新回到了床上。

不過，她再也睡不著了。在她的眼前凌亂地閃過一張又一張的畫面，一會是在情人攤上死去的那對情侶，一會是蕭之傑，一會是挺著大肚子的小阿姨謝依雪，一會是躺在沙發上四肢攤開的父親沈建國。更莫名其妙的是，自己還夢見了死了的吳叔叔，還有在果山公路上看到那個嘴裡吐著蚯蚓的公共汽車司機。

一汪一汪烏黑的血液在視野裡慢慢彌漫擴散，佔據了整個眼球。腥騷的血液氣息在鼻翼邊上滲透盤旋。

當曉葉又一次尖叫著坐起，才知道原來自己在朦朦朧朧中，又做了一次噩夢。

(05)

沈建國從沙發上爬起來的時候，才覺得頭重腳輕，暈頭轉向。他沒有吃何姐做的烤麵包，就抓起公事包下了樓。

銀灰色的保時捷沒有了，另一輛車被交警扣了，現在只有坐計程車去公司。

今天是星期天，中午約了李漢良吃午飯。

李漢良是整個江都市外科界的第一把刀，胸腔外科與神經外科，他都算得上是權威中的權威。

像他這樣的專家，不是誰請他吃飯他都會出來的。

現在正在抓醫德醫風，誰也不想被抓。李漢良的薪水很高，他完全沒有必要為了幾個小錢讓自己的形像毀損。但是，只要是沈建國出面來約他，他都會出來的。

因為，他們之間有著過命的交情。

那是七年前的事了。

醫生可以治好病人的病，但是對於自己的身體，往往都是不能照顧好的。李漢良就是一個典型的例子。

七年前的夏天，李漢良坐在開往郊區的大巴士中昏昏欲睡。窗外的行道樹飛快地向後倒退，轉眼即逝，窗沒關緊，一絲熱風從縫隙灌進了開著空調的車廂裡。幾隻蒼蠅令人討厭地在車廂中飛來飛去，嗡嗡直叫，讓人心煩意亂。

李漢良半躺在車廂的最後一排，幾乎沒有人發現他的存在。只有坐在前排的一個三十多歲的男人在無意中回過頭來，這個人正是沈建國，當時他正準備到郊區省的一家醫療設備公司談一個獨家經營權。

當沈建國看到李漢良的臉後，心裡突然咯噔一下。

李漢良的眼睛半閉著，臉頰上滲出大顆大顆的汗液，正順著面龐滑落，臉變成了豬肝般的顏色，嘴唇青烏。

當時車正經過果山下的那株巨大的黃桷樹，那棵樹正隨著熱風輕輕搖曳。

沈建國一看到李漢良就知道他是生病了，而且生的病正是十幾年前沈建國在當兵時得的病一樣——急性闌尾炎！

沈建國大叫停車，讓司機返回江都市，把病人送進醫院。但司機與車上的其他乘客卻大呼反對，郊區有一個當時全國最大的小商品集散市場，趕這輛車的多半是去進貨的商人。在這個時間就是金錢的年代，誰也不願意為了一個病人耽誤自己的行程。

沈建國當機立斷，先叫司機把車停下，然後他扶著已經半昏迷的李漢良下了車。

在樹陰遮蓋的狹窄公路上，沈建國背著李漢良一路狂奔，連續攔了幾輛車都沒有停下。最後還好遇到了一輛路過的軍車，才把李漢良送到了江都市郊區的一家醫院。

趕到醫院的時候，李漢良的闌尾已經穿孔了，醫生要求輸血。李漢良是B型血，小醫院裡沒有血庫，眼看李漢良就會沒命了。

沈建國捋起袖子大叫：「我是O型血，萬能輸血者，抽我的吧。」

自然，李漢良被救了一命，但沈建國想談下的醫療設備獨家經營權沒有成功。不過，過了一個月，這家醫療設備公司主動找到了沈建國，要把這筆生意交給他做。原因很簡單，當這家公司的人想把設備做進江都大學附屬醫院，都被院長擋了下來。後來經過多方托人，才得到了院長的一句話：除非讓沈建國來做，否則任何人都休想把這設備做到醫院來。

這也是沈建國挖到的第一桶金，只是這時候，他才知道原來那天他救的人竟是江都大學附屬醫院的院長。

這樣的友誼是堅不可摧的。

還沉浸在回憶的時候，計程車已經開到帝景大廈的停車場。

沈建國走進了電梯前，忽然在心裡產生了一股莫名的恐懼。他又想到那天，電梯莫名其妙在十三樓停下來的事。一想到這事，他就覺得心裡忐忑不安，心臟撲通直跳。

電梯門打開的時候，裡面沒有人，沈建國有點不願意一個人走進電梯裡，等了好一會，卻像是見了鬼一般，沒有一個人坐電梯上樓。怎麼這麼奇怪呢？現在可是上班時間啊！

沈建國無奈地走進了電梯，按下了按扭。

在電梯門就要緩緩關上的時候，忽然門外響起急促的腳步聲，還有一個女人的聲音在大叫：「等等我！」

沈建國如釋重負地打開了電梯門，門外站著的，是正大口大口喘著粗氣，臉漲得通紅的楊曉雯，國風醫藥公司的會計。不知為何，她的眼裡閃過了一絲慌亂與焦慮。

楊曉雯看到沈建國，立刻露出了驚訝的神情，問：「沈總，原來您在這裡，我找了您一上午了，打你手機也打不通。」

沈建國拉開公事包，看了看手機。原來是昨天去警局的時候關掉了，出來後一直忘記了再打開。他赧然地說了聲抱歉，然後問：「你找我有什麼事？」

楊曉雯大聲叫道：「有、有事！出、出大事了！」

大事?又有大事發生?出了什麼事?沈建國覺得有些頭皮發炸，他戰戰兢兢地問道：「出了什麼大事?」

楊曉雯瞪著眼睛，說：「沈總，你知道為什麼昨天吳總在果山山腳下，沒等到鄰省那家醫療設備公司的老總嗎?那家老總沒有親自來，只是他的小舅子來了，開了一輛賓士。他不熟悉路況，開過了山腳的那個岔口，誰知道和一輛公共汽車撞在了一起，當場死亡……」

沈建國聽了，只覺得大腦裡嗡的一聲，一片空白。過了良久，才問道：「是昨天什麼時候?」

「上午十一點的時候吧……」楊曉雯回答。

沈建國的身體微微搖晃了一下，他感覺重心有些不穩，連忙用手扶住了電梯的牆壁。

上午十一點……賓士……果山山腳不遠的地方……公共汽車……

莫非……正是自己看到的那起交通事故?

在沈建國的眼前，又浮現出那個中年司機，墨鏡掉到一旁，嘴裡正爬出耀武揚威的蚯蚓，慢慢蠕動著醜陋的身體……

沈建國渾身顫慄。

他感覺喉管正慢慢萎縮、乾枯，氣流無法順暢排出。

——這是一種無法呼吸的感覺!

第七章

(01)

趕到李漢良家的時候，正是用晚飯的時間了，周淵易看了看錶，覺得這個時候去打擾李教授不是一件很禮貌、也不是一件很聰明的事。他決定在法式老屋外等上一會兒再進去。

起了一點風，涼颼颼的，法國梧桐寬大的葉片隨風搖曳著，發出沙沙的聲響，響聲忽高忽低，沒有規律。周淵易摸出了一根白色的萬寶路準備點上，這時，他的肩膀一震，身後有個人拍了拍他的肩膀。

回過頭來，周淵易看到了一張明媚的笑臉。

「周隊長，怎麼，不認識我了?」面前站著的是一個看上去有些面熟的女孩，年約二十來歲，眼睛大大的，眸子裡閃著像水一般的東西。

「你是……」周淵易還真想不起這女孩是誰了。

「嘻，你還真認不出我了?我是徐婷婷啊。」

周淵易這才想起，徐婷婷就是他去電信局瞭解謝依雪家電話清單時協助他工作的那個女孩。

「咦?!周隊長，你到學院教師宿舍區來做什麼呢?你找誰呢?」徐婷婷撲閃著大眼睛問道。

「哦，我是來找李教授的，李漢良教授。」周淵易有些侷促地回答，在漂亮女孩的面前，他總是有幾分侷促的。

「你現在來找他呀?怎麼你不早來幾分鐘呢?李教授剛走，附屬醫院來了個急診病人要動腦部手術，臨時一個電話就叫走了他。」徐婷婷笑嘻嘻地說。

「哦?!你怎麼知道呢?」周淵易話裡有些淡淡的失望。

「我當然知道，因為是我剛把李教授送上車的。」

「是嗎?怎麼是你送李教授上車的?」周淵易有些不解。

「呵呵，因為李教授是我的大舅舅，我和媽媽都住在這裡。」徐婷婷一邊說，一邊捂著嘴笑。

周淵易不竟感歎，這個世界可真是小啊，怎麼這個案子裡牽涉到的人物總是有著各種關聯呢?就連工作中遇到的一個協助人員竟也和自己想要請教問題的李教授是親戚。真是巧合啊。

「周隊長，你還沒吃飯吧?現在正是吃飯的時間，看你待在這裡著，一定是想等大舅舅吃完飯再去找他。這樣好了，反正你也等不到舅舅了，就到我家去順便吃頓飯吧。」不等周淵易回答，徐婷婷就拉著周淵易的衣袖往那幢紅磚法式兩層樓的大屋走去。

長餐桌上擺著一盤魚香肉絲，一盤桂花肉片，一碟清炒菠菜，一缽花生豬手湯，湯還微微冒著熱氣。

「隨便吃點吧，真是不好意思，沒什麼菜。」徐婷婷熱情地招呼著。

「這麼多菜，還說沒什麼菜？」周淵易沒剛才這麼侷促了。

「呵呵，今天我媽媽和她中學同學出去了，就我和大舅舅兩個人吃飯，誰知道我一做好菜他就走了。我正愁一個人沒辦法解決這麼多菜呢，幸好你來了。來，吃飯吧，幫我把所有的菜全吃光。」徐婷婷舉起了手中的筷子，高聲說道。

周淵易吃了一口菜，味道真不錯，魚香肉絲鹹鮮適度，桂花肉片滑嫩爽口，豬手湯煲成了奶油般的乳白色，菠菜綠油油的，像是剛從地裡摘下來。

周淵易一邊吃，一邊環顧著整間屋子。李漢良的家裡佈置得典雅大方，就連客廳的一隅也放了一個巨大的書櫥，裡面整整齊齊擺著醫學專科書。一台二十九吋的電視放在黑色皮質沙發對面，沒有俗氣的電視牆。幾株綠色熱帶植物擺在電視兩側，令屋裡生出幾分盎然的情趣。果然是教授的家，不管怎麼佈置，都顯出了幾分文化的氛圍。

忽然，徐婷婷抬起頭來，問：「周隊長，你來找我大舅舅幹什麼呢？」

「哦，是為了一點案子上的事……」周淵易有些心不在焉地回答。

「案子？」徐婷婷猛然大叫，「怎麼，你懷疑大舅舅？有沒有搞錯？」

「哈……」周淵易醒悟過來，連忙解釋，「我不是這意思，只是遇到了一點醫學專業上的問題，想請教一下他。」

「討厭，嚇我一跳呢。」徐婷婷嬌嗔道。

聽到徐婷婷的嬌嗔，一剎那間，周淵易的臉竟漲得通紅，幾顆鬥大的汗珠從額頭冒了出來。

「你的事急嗎？」徐婷婷突然問道。

「有點急。」

「這樣吧，我們到醫院去，現在大舅舅正在動腦部手術，這個手術大約會做五個小時左右，你去醫院的手術室外等他吧。」

「可是，他在哪個手術室呢?聽說江都大學附屬醫院的手術室有七個，二十四小時都排滿了的。」周淵易問。

「咳……乾脆這樣，吃完了飯，我帶你去吧。」徐婷婷趕緊撥動著筷子，加快了吃飯的速度。

江都大學附屬醫院，是江都市最大的一家醫院，三幢二十多層的高樓設計成了帆狀矗立在市區中央，像是正準備揚帆出發的艦隊。最高的一幢是外科大樓，左邊稍矮的是內科大樓。右邊的是門診部，門診部占了六層樓，樓上是檢驗部。

周淵易與徐婷婷來到醫院的時候已經是晚上十二點了，離手術完畢大約還有一個多小時。不過手術的時間很難確定，常常都會因為突發情況而延長。

空蕩蕩的走廊上，燈火通明，到處漂浮著消毒水的味道，除了幾個等待手術完畢的病人家屬，再也沒有其他人。

徐婷婷拉了拉周淵易的襯衫袖子，說：「我們去找找神經外科的值班醫生吧，今天是劉醫生值班，他是我大舅舅的得意門生，你有什麼問題，問他也是可以的。」

「好。」周淵易答道。

推開值班室的門，這個叫劉斯仁的醫生正劈裡啪啦敲著電腦，一看到進來的徐婷婷，馬上就站起身來讓出了座位，眸子裡閃動著光芒，連聲說道：「婷婷，好久不見了，真是稀客啊，請坐請坐。」

這劉醫生二十七八歲，戴著一幅金邊眼鏡，長得滿斯文。當他看到徐婷婷身後的周淵易，眼中不禁閃過了一絲陰霾。

「劉醫生，你瞭解A物質這藥物嗎？」一坐下，周淵易就直接進入了主題。

「A物質？」劉斯仁的身體顫抖了一下，說，「知道，當然知道，這是李教授發現的一種藥物，我們也只瞭解了這物質的一小部分特徵，還有很多東西不被我們所瞭解。」

「那你瞭解它的數量管理嗎？」

「這個……」劉斯仁猶豫地看了看周淵易，又看了看徐婷婷，卻說不出話來……

（02）

黑暗的角落中，蕭之傑蜷縮著身體坐在地上，背靠著冰冷的牆壁，手指中一根香煙升騰起嫋嫋的煙霧。他陷入了沉思，卻沒有去吸一口手指間的香煙，只是任憑它隨意地燃燒。直到香煙燒到了他的手指，他才將煙頭扔到了一邊。

他在沉思什麼？

屋外響起了嘈雜聲，有人在大聲呼喊：「蕭……蕭……快來……」

蕭之傑皺了皺眉頭，慌忙站起了身，一個箭步衝出了黑暗的小屋。

是誰在呼喊他？

一大早，見父親出了門，沈曉葉也跟著下了樓。她不知道自己要去哪裡，她只是不想待在家裡，這個死氣沉沉的家裡。

下了樓，有點冷，天空也陰沉沉的，黑壓壓的一片像要垮下來似的。

沈曉葉急衝衝地從樓下走過，來到了馬路上，正巧一輛公共汽車駛到了她的面前，打開了門。沈曉葉什麼也沒管，就自顧自地上了車。她不知道這車開向哪裡，她只知道，不管去哪裡，都不會比家裡更讓人感到壓抑與痛苦。

她坐在靠窗的座位上，右側的玻璃窗關不緊，不管怎麼都留了一個縫隙，冷風不住地從這縫隙灌了進來，令這車廂裡像個寒窖一般。今年的天氣真是詭異到了極點，現在可是九月哦，居然就冷得這個樣子了，讓人從心裡深處感到陣陣寒意。

沈曉葉瑟縮了一會後，就決定在下一站就下車，不管是哪裡。

車終於停下來了，曉葉第一個跳下了車。

這裡還是市中心，一下車，曉葉就看到街上一盞霓虹燈，上面寫著水晶洗浴宮五個色彩斑爛的字樣。現在已經是白天了，但這霓虹燈並沒有消失，還殘存著昨夜的旖旎與繁華。

沈曉葉知道，這種洗浴宮肯定是與色情有關的場所，她不想再待在這裡染上一身晦氣，於是轉過身來向街的另一面走去。當然，她怎麼也想不到，就在幾天前死在後校門外情人灘上的那個女子曾經是這麼一個污穢場所裡的紅小姐，她更想不到，這個女子竟和自己的父親沈建國有著不可言喻的關係。

在街的另一頭，沈曉葉看到了一個還開著門的網咖，卷簾門半開半合，一張骯髒的藍色布條擋住了視線。

曉葉平時最討厭網咖這類地方，在她的心裡，只有不良少年才會在網咖裡廝混。煙味、汗味、腳臭味混雜其間，鍵盤旁堆滿煙頭與吃過的速食麵空碗。想一想都覺得噁心，沈曉葉決定快步走過這間網咖。

網咖的左邊是一條窄巷，只能供兩人並排走過。在江都市，即使是市區，也常常有這樣的窄巷，在這裡大多是社會底層的平民居住。遠遠的，就可以嗅到一股餿臭味。

沈曉葉捂著鼻子轉過了臉，背對著這巷子口。這時，她忽然聽到背後傳來了一陣急促的腳步聲，跑得好快，跑得好急。

曉葉還來不及轉過身來，已經被一個人撞倒在地上。

她的膝蓋撞擊在冰冷的地面，好疼，一塊紫色的淤青馬上就浮在了腿上。

好個冒失鬼！沈曉葉轉過身來正要發怒，一看到面前的人，愣住了。

在她面前站著一個佝僂的老太婆，一身黑衣黑褲，就連布鞋也是黑色的。臉上佈滿溝壑，皺紋像一條條溝渠縱橫在蒼老的面龐上。她乾枯的眼睛裡儘是渾濁的顏色，看不出她到底有多大的年齡，唯一可以肯定的是，她的年齡一定不小了，眼珠裡全是藐視一切的神色。她直勾勾地盯著曉葉，一動不動，像是一個地獄裡逃出來的黑巫婆。

這老太婆死死地瞪著沈曉葉，良久，然後猛地發出了尖利的笑聲。

「哈——哈哈——哈哈哈——」

是神經病嗎？曉葉對自己說。怎麼自己這麼差的運氣，想要出來散散心，偏偏這麼不巧，碰到了一個古怪的老太婆。

這身著黑衣的老太婆使勁地笑著，狂傲地笑著，不顧一切地笑著，笑得彎下了腰，笑得手扶著肚子，笑得渾身不住顫慄。她似乎看到了世界上最好笑的事，她似乎可以體會到世界上別人所不能覺察到的快樂。她是個瘋子！瘋子！！瘋子！！！

「我得逃離這裡。」沈曉葉對自己說，可她在這時才發現自己的全身根本不受自己的控制，兩隻手渾然沒有半點力氣，兩隻腳也像是不屬於自己的了。這是怎麼了？為什麼就像是身處夢魘一般？曉葉被恐懼籠罩，剎那間，她彷彿被一隻看不到的大手緊緊扼住了咽喉，令她無法呼吸。

是的，無法呼吸！

突然，老太婆停止了狂笑，這笑聲消失得那麼突然，彷彿一瞬間就剎住了車。四周一片寂靜，死一般的寂靜。

她面無表情，鄭重其事地望著沈曉葉，緩緩抬起了手指，豎著食指放在嘴唇邊，彷彿在說：「姑娘，別說話，安靜！安靜！！安靜！！！」

曉葉像是被妖孽纏身，一動不動，連話也不會說了。她的喉頭如被枯枝纏繞，勒得透不過氣來。

老太婆臉頰微微動了一下，然後放下枯枝一般的手指，指向了沈曉葉。她的喉頭湧動，乾癟的嘴裡發出了漏風的聲音。

「都會死的……都會死的……都會死的……」

言語裡沒有一點感情，恰似一個巫婆，念著她的咒語。

「都會死的……都會死的……」

「都會死的……都會死的……」

「都會死的……都會死的……」

不等曉葉反應過來，老太婆轉過身來，抬起頭望著天，又哈哈大笑起來。笑得歇斯底里，笑得蕩氣迴腸。

曉葉被這突如而來的恐懼包圍著，全身瑟瑟發抖，顫慄不已。正當她想要掙扎著從地上爬起來，她看到老太婆的肩膀抖了一下，然後又轉過了身，死魚一般的眼睛死死地盯著她，眸子裡什麼神采也沒有，就像兩個通向未知目的地的隧道一般，黑洞洞的。又像兩口張開的大嘴，想要吞噬掉曉葉。

沈曉葉受不了這巨大的驚悸，她張開嘴，大聲地尖叫起來。

「啊——救救我——救、救命啊——」

(03)

謝依雪起床的時候，看到沈建國與沈曉葉都出了門，何姐還在廚房裡忙碌著，但是已經是在忙著做午飯了。謝依雪看著空蕩蕩的房間，不由得捂著肚子嘆了一口氣。

昨天一晚上她都沒有睡著，她分明聽到防盜門響了一下，沈建國回來了。但他卻沒有進房睡覺，而是不停在客廳裡踱來踱去。他在想什麼？他為了什麼徹夜不眠？是為了那個叫歐陽梅的賤人嗎？

一想到這裡，謝依雪就感覺心裡一陣隱隱的疼痛，像一把鈍刀緩慢地劃過心窩。

她坐在柔軟的沙發上，隨手從身邊拿起了一本雜誌翻開。鬼使神差地翻開了一頁，上面的黑色粗體標題赫然寫著：懷孕期，別讓你的丈夫有外遇。

這是一本婦女時尚雜誌，這個標題讓謝依雪觸目驚心，不寒而慄。她慌忙合上雜誌，打開了電視。

電視上，正在演一個電視購物節目，是推銷健身器的。一個身材曼妙的年輕女人正在跑步機上慢跑著，一邊跑，一邊說：「只有保持最好的身材，才可以留住男人的心。」

謝依雪頹然地看著自己隆起的肚子，糟糕透頂的身材，她不禁想哭。

她按了按遙控器，電視換了個頻道。

電視就有這麼個好處，當你需要聽到一點聲音的時候，它就會嘮嘮叨叨說個沒完，為屋子裡增添一絲人氣。而當你不想聽的時候，只需一按，它就會閉嘴。

從某種意義上來說，電視比男人更可靠，因為它聽話！

可是哪裡去找一個聽話的男人呢？

謝依雪無聊地關上了電視，現在她只想讓房間裡稍稍安靜一會。

她隨意地抓起了身邊那本時尚雜誌，翻開了一頁。她看到了這頁刊登的是分類小廣告，有一則巴掌大的分類廣告被塗上了醒目的黑色框邊。謝依雪百般無聊地拾起了雜誌，瀏覽著這則小廣告。

「邦德事物所，竭誠為您提供調查業務，專業精神，保密至上。」幾句廣告詞文理不通，但卻深深吸引住了謝依雪的眼球。她看了看上面的聯繫電話，正是本市的區號，她心念一動，左右瞧了瞧，就拾起了電話，撥了出去。

謝依雪約這個叫吳畏的男人在卡薩布蘭卡咖啡廳裡見面，當她趕到那裡的時候，已經是中午了。在熱帶植物的掩映中，她看到了那個男人。

吳畏長得並不像想像中偵探的模樣，沒有穿黑色的風衣，更沒有戴一幅酷得沒邊的墨鏡。他三十來歲，身材微胖，臉有些浮腫，眼圈發黑，眸子中閃爍著歷練風霜的滄桑與生活壓力的困頓。他長得太普通了，普通得就像小巷裡的工人。他長得太平凡了，平凡得一走進人堆馬上就會消失得無影無蹤。

謝依雪有點失望，但是轉念一想，做偵探也許就是要長得普通平凡一點，否則老是吸引別人的目光，那哪裡還可以跟蹤窺視呢？

謝依雪期期艾艾地坐在吳畏的對面，以最簡單的方式說出了自己的希望：幫她查出蕭之傑到底是個什麼樣的男人，有著什麼不被人所知的秘密。

聽完謝依雪的話，吳畏很有職業道德地沒有過多追問謝依雪為什麼要追查這些。他接過了裝著錢的信封，伸出一隻食指，面無表情地說：「一天，只需要一天就夠了。明天這個時候，還是在這裡，我會告訴你所有關於蕭之傑的資料。」

「一天？」謝依雪臉上露出了懷疑的神情。不過這個吳畏能說出這樣的大話，說不定他在調查上真的有著獨到之處。

對於吳畏來說，調查一個人的身份，的的確確是一件很容易的事。他在幾年前，還是一個警察，後來因為四年前某個案子的失察，他不得不離開心愛的崗位。但是他在警方還是有著千絲萬縷的關係，只要動用其中的一小部分，他就可以很輕易地查出這個蕭之傑到底是個什麼樣的人。

他先去了一趟戶政事務所，在以前同事那裡的電腦裡調出了蕭之傑的資料。在七個同名同姓的蕭之傑裡，根據從謝依雪那裡拿到的年齡資料，他鎖定了蕭之傑的住址。

在他的要求下，戶政事務所的同事在電腦上將蕭之傑的照片放大。螢幕上，一張陽光般的臉微笑著望著吳畏，眼睛清澄，眸子裡的溫暖似乎可以把一切都融化。

看著這張臉，吳畏愣了一愣。在他的內心深處，彷彿有最柔弱的地方被針狠狠刺了一下，無比的疼痛。

長得好像那個人啊！太像了！活脫脫一個模子裡刻出來的一般！

哦，那個人！

吳畏臉上的肌肉抽搐了幾下，在他的心裡，隱藏著一段往事，他一直都把這往事藏在了最隱秘的地方，從來不願意把它揭出，暴露在陽光之下。

而現在，他在懷疑，蕭之傑是那個人的兒子嗎？如果真是這樣，為什麼這個叫謝依雪的女人要來調查他？難道那件事又要被翻出來嗎？

在他的心裡，感到了隱隱的痛。

不行，得做點什麼！

吳畏挺了挺胸，他感覺到了謝依雪交給他的那紮信封裡厚實的鈔票。他必須也得把謝依雪交給他的事做好，這是他的職責，畢竟，他是個私家偵探，江都市最好的私家偵探！

走出警局，陽光很明媚，撒在身上讓人感覺暖洋洋的。可是吳畏卻感覺到一絲寒意在悄悄滋生，慢慢蔓延，像漲潮的水一般，漸漸淹沒自己的身體。

（04）

李漢良從手術室裡走出來的時候，已經是淩晨一點了，這個手術動得相當成功。

這是一個腦部手術，足足動了接近四個小時，好在一切順利。兩個腫瘤分別達到了三釐米與兩釐米，還抽出了五毫升的出血。當走出手術室，向病人家屬展示腫瘤標本時，一個家屬滿面流涕地塞了個紅包在李漢良手術服的口袋裡。李漢良捏了捏，就知道裡面起碼裝了十萬元。但是他還是毫不客氣地退回了這個紅包，還說了一番救死扶傷是醫生的天職之類的無聊話。

當看到家屬感動地收回錢，李漢良無奈地搖了搖頭。錢這玩意兒是好東西，人人都喜歡，不過在手術室外，有一個江都大學秘密設置的攝影機，雖然自己就是院長，但是如果被學校方面的人知道收了紅包，丟掉烏紗是小事，名譽掃地才是真正的大事。

特別是最近，衛生局的魏局長打過幾次招呼，上面有人正在調查江都市醫療系統中的紅包與回扣問題，這時候出了事誰都擔當不起，誰也挽救不了。

想一想，真要發財，還是沈建國這邊來得穩當啊。

認識沈建國的這幾年，他幫自己辦了不少事，當然，自己也沒有虧待他。沈建國這傢伙挖的第一桶金也是在自己關照下才辦成的，不過沈建國每次也不會忘記了是誰讓他有這樣的好處。這幾年來，沈建國也知恩圖報，回報的遠遠超過了李漢良曾經給予過他的價值。

李漢良聳了聳肩膀，運動了一下剛才因為動手術而顯得僵硬的脖子，這才想起，原來第二天中午還要和沈建國在老地方吃頓午飯。好像是沈建國要向他介紹一個新廠家的醫療器械吧，大概是耗材，用量極大。沈建國是個聰明人，他從來不會在市區容易碰到熟人的地方與李漢良見面，特別是現在這個關鍵敏感的時期。

李漢良與沈建國通常是在果山上的一家魚莊裡見面，在那裡吃頓飯，沈建國交一份相關產品的資料給他，然後把回扣數量清楚明白地告訴他，而後就分手。以後的回扣，沈建國是不會當面交給李漢良的，他會自覺定時存進李漢良的銀行戶頭，不露一點痕跡。這才是李漢良對沈建國最放心的地方。

作為一個醫院的第一把交椅，賺錢的機會比比皆是，但是一不小心就會遇到陷阱，把自己給籠進大牢裡去。同一系統裡的中醫院院長就是吃了個大虧，收了一個新認識的醫藥代表的回扣，結果那是鳳梨日報記者喬裝的。一上報紙，他就立刻下台，政風室邀請去喝咖啡，到現在還沒出來。

走出了手術室後，李漢良先去更衣室換衣服。看著鏡子裡結實的身體，哪裡像一個六十出頭的人，四塊腹肌整齊地一塊塊排列，變成了一個粗曠的田字。在很多年前，這裡的腹肌曾經有八塊，畢竟歲月不饒人啊，他輕輕地歎了一聲。看著自己健壯的身體，李漢良身體的某個地方不由得開始躁動，他情不自禁地開始想像起明天中午和沈建國的約會。

沈建國是個善解人意的傢伙，每次在果山上的魚莊見面，他都會先走，並且為李漢良訂下一間房，房裡免不了會留下一個妙齡女子作陪。李漢良也只有和沈建國見面的時候才敢稍許地放縱自己。

呵呵，別想這麼多了，都快一點了，還是早點回家休息吧，明天還得養足精神呢。李漢良對自己說道。

他一邊活動著肩膀，放鬆著肌肉，一邊走到了值班室。這時，他看到了自己的得意門生劉斯仁和兩個人竊竊私語著。這兩個訪客一個是自己的侄女徐婷婷，另一個則很面熟，仔細一想，竟是刑警大隊的隊長周淵易。

周淵易見了李漢良，連忙回過身來，在他的手裡拿著一張薄薄的紙，上面寫著幾個人名。

周淵易問道：「李教授，你好。您看看這張紙上的八個人的名字，他們是不是有機會接觸到A物質的所有人？」

李漢良接過紙條，看了看上面寫著的八個名字，首先映入眼簾的就是自己的名字，這讓他不禁感到有些惱怒。不過他沒有表露出自己的怒意，只是鐵青著臉點點頭，說：「是的，就只有這麼八個人有可能接觸到A物質，除了我以外，他們都是我的學生。不過，你得把趙偉的名字劃去，他畢竟已經死了，應該不再會是嫌疑人了吧？」

「對，您說得對，謝謝了。」周淵易將這紙條放進了公事包裡。在這張紙上寫了八個人的名字，除了李漢良、趙偉、劉斯仁，王力詢問過的龍海、劉影紫以外，還有三個學生的名字。他決定明天一早就一個一個調查這些人在案發時的動向。

看著周淵易離去的身影，李漢良有些埋怨地轉頭對徐婷婷說：「你怎麼把這警察帶到醫院來了？你不知道這裡是工作的地方嗎？」

徐婷婷一臉委屈地說：「周隊長說有很重要的事要來請教您，他還說與趙偉的死很有關係呢。我知道趙偉是您最優秀的研究生，猜您也一定很願意見周隊長呢。」

李漢良怔了怔，說：「那倒也是，但是不管怎麼，你也不應該把他帶到醫院來。如果耽誤了手術，誰付得起這個責任？」

徐婷婷連忙吐了吐舌頭，調皮地說：「知道了，下次我就記得了。」

「還有下次？」李漢良在他侄女的鼻樑上刮了一下鬍子，然後轉頭對劉斯仁說，「以後再有什麼人來找我瞭解情況，你都等著我，不要隨便把事情告訴別人。這次是警察，如果下次是不懷好意的人呢？萬一是來打探我們科研成績的醫學間諜呢？下次一定要注意！」

「還有下次？」徐婷婷嘻嘻一笑，沒大沒小地伸出手來想在李漢良的鼻樑上刮一下，被李漢良敏捷地閃過了。

李漢良板著臉故作嚴肅地對徐婷婷說：「回家睡覺去。」

（05）

蕭之傑聽到屋外的鄰居在大叫他的名字，連忙從低矮的平房後竄了出來，他擔心自己的老媽又出什麼狀況了。

他衝到門口的時候，就聽到鄰居高大伯用尖利的聲音驚慌地叫道：「蕭，你媽媽又一個人跑到巷子口外去了，又在追逐著年輕的女人，說那些莫名其妙的話。」

「哦，知道了。」蕭之傑習慣成自然地點了點頭，然後向巷子口跑去。

透過鄰居擺在巷道兩邊的舊家具，蕭之傑隱約看到自己的母親身穿黑衣，像個巫婆一般，圍著一個摔倒在地上的女孩大吼大叫著：

「會死的……都會死的……會死的……全都會死的……」

在吼叫中，還夾雜著母親歇斯底里的笑聲，笑得那麼瘋狂，聲音是那麼的尖銳，就像一柄利劍撞擊著自己的耳膜。

蕭之傑衝了過去，一把抱住母親的身體，大聲地叫道：「媽，別鬧了，乖，回去睡覺吧。這裡沒人會死的，大家都好好活著呢。」

他的母親扭動著身體，扭動的幅度與頻率越來越小，最後終於平靜了下來。她瞪著一雙驚慌失措的眼睛，眼眶裡佈滿了血絲，身體微微抽搐，嘴裡不停吐著熱氣。

「媽，沒事了，一切都會好起來的。媽，回去睡一覺吧。」

蕭之傑扶著母親走向破舊的巷子口，他滿懷歉意地回過頭來想對摔倒在地上的女孩說聲對不起。可當他看到倒在地上這個女孩的模樣時，不禁愣住了。

蕭之傑怎麼也想不到，今天母親糾纏的，竟然會是沈曉葉！她怎麼會到這裡來？蕭之傑覺得頭有些疼，頭頂上的陽光也顯得特別刺眼，令人昏眩。

蕭之傑很熟練地在冰箱裡取出了一支兩毫升的注射劑，緩慢地推進了母親的靜脈中，過了一會，母親就安靜地在破舊的床上睡著了，還扯起了輕輕的酣聲。

他回過頭來看了看坐在床邊的沈曉葉，陰沉著臉說：「現在你知道了吧？我為什麼不願意告訴你我家裡的事。」

沈曉葉嘆了一口氣，眼圈微微有點紅，她說：「為什麼要這麼說呢？兩個人相處，是感情上的事。我接受了你，自然也會接受你的家庭。有什麼事，我可以為你分擔的。」

蕭之傑默默地坐在曉葉身邊，拂著她柔順的長髮，什麼也沒說。他只是默默地望著窗頭牆壁上掛著的父親的照片，照片上年輕英俊的模樣，乍看之下，就和現在的蕭之傑幾乎一模一樣，活脫脫一個模子裡刻出來的。

曉葉抬起頭來，問：「你媽媽的病，有多久了？去醫院看過嗎？能治好嗎？」

蕭之傑眼光呆然地回答：「有四年了，我父親去世的時候，媽媽接受不了這樣的事實，於是整天都以淚洗面。哭了一個月，她突然不哭了，嘴裡只會說一句話：『會死的，都會死的，會死的，全都會死的。』她出門全身都穿成黑色的，連襪子和鞋子都是黑色的，就像一個幽靈一般。

她出了門後，就會追逐著年輕的女孩不停地說這句話。我沒帶她去醫院看過，因為一定會把她關進精神病醫院的。一想到要把她關在孤單冷清蕭索的精神病院裡，我就無法接受。我已經失去父親了，更不想失去我唯一的親人。」

「那你爸爸是什麼病去世的呢？」

蕭之傑抬起頭，眼睛凝視著對面空蕩蕩的牆壁，彷彿陷入了最痛苦的回憶。

「那是四年前，他因為突發嚴重的心臟病住進了醫院。醫生檢查後，說要動手術。在做手術前就對我們說了，不做手術一點希望也沒有，最多三個月時間。但是動手術存在一定的危險性，讓我們有心裡準備。果然，他老人家進去後就沒有再出來。那年，我才十六歲。」

言語間，蕭之傑的眼眶中充滿了晶瑩的淚花。

「對不起……」沈曉葉連忙說。

「沒什麼。」蕭之傑擦了擦淚水，說，「已經過去了四年，我已經能接受這樣的現實了，可是我的母親卻一直走不出來。」

沈曉葉默然不語，過了一會，她說：「傑，一定會有辦法的。我們送你媽媽去醫院吧，她老這樣怎麼行？你還是學醫的，應該知道醫學一定可以解決這樣的問題。就算要把她關進精神病醫院，那也是為了她治病，我們還可以每天去看望她的。她不會孤單。」

蕭之傑搖了搖頭，說：「正因為我學了醫，才知道媽媽這病並不像想像中那麼好治療。也許會花上一輩子的時間去幫助她，她也不能從回憶裡走出來。再說，家裡也沒有給她治病的錢。」

他使勁抓著自己的頭髮，一臉痛苦。

沈曉葉只有轉移開話題：「傑，你讀書的錢是哪裡來的呢？」

蕭之傑露出了迷惘的眼神，回答道：「其實，我也不知道。」

「哦?! 你也不知道？」

「是的，四年前，為了給我爸爸動手術，我們幾乎用完了家裡的所有積蓄。從我們回到家的那一天開始，每個月我都會收到一筆匯款，不知道是誰送來的。而到了我開學的時候，也會準時有一筆學費與生活費寄到家裡來。正是這筆錢，讓我讀完了高中，並且開始了大學學醫的生涯。而我，也想以後成為一個精神醫學上的醫師，親手幫媽媽的病治好。」蕭之傑如一個男人一般地發誓。

「這個人是誰呢？真是好心腸。」沈曉葉歎道。

「是啊，這真是個好心人。可惜我調查了很久，都不知道這個人是誰。如果我知道了他是誰，一定會當面向他好好磕幾個響頭，向他表示我的感激之意。我想，我會用我的一生去報答他。也許，一生都不夠……」

「這個人之所以不告訴你他是誰，也許正是不想你報答他吧？」曉葉也覺得心裡很感動，她想不到在這個冷漠的世界上，還有這樣的好人，這讓她感覺到很溫暖。她喜歡溫暖的感覺。

床上，蕭之傑的母親熟睡著。她的年齡並不大，只有四十多歲，可是看上去竟是如此的蒼老，好像超過了六十歲似的，頭髮隱隱花白。她受了太多的苦，現在還生活在痛苦不堪的回憶中，回憶著自己死去的丈夫。

沈曉葉暗暗發誓，她要好好地照顧這可憐的老人，讓她感覺到溫暖。

是啊，溫暖是種多麼好的感覺啊……

（06）

沈建國一身冷汗地走進了辦公室，心臟緊縮著，撲通撲通直跳得厲害。他一推開門就看到一個人正坐在他的老闆椅上，冷冷地盯著他。

他一眼就認出來了，這是周淵易的助手王力。

在周淵易調查案件的同時，王力也沒有閒著，他去了很多地方調查了一番，最後終於來到了沈建國的國風醫藥公司。

王力一見了沈建國，就開門見山地問：「沈總，請教一下，吳慶生他有滴眼藥水的習慣嗎？」

「眼藥水？」沈建國怔了一下，說，「是的，我和老吳都有滴眼藥水的習慣。當年我們在當兵的時候，眼睛被雪刺傷了，見風見光都會流淚。」

「有意思。」王力笑道。

「什麼？什麼有意思？」沈建國不解。

「吳慶生發生車禍後，我們的技術科進行了很細緻的調查，發現了很有意思的線索，沈總，你想聽一聽嗎？」

「什麼有意思的線索？」

「吳慶生用的眼藥水被人調換了，他開車時滴的，根本就不是眼藥水，而是散瞳藥水。知道什麼意思嗎？當他滴了藥水後，眼前就白茫茫的一片，什麼也看不清，所以才會發生這麼一起不可思議的車禍。」王力答道。

「啊?!這麼可怕？誰會害他？老吳是個老好人，從來沒有樹敵，怎麼會發生這樣的事？」沈建國大叫。

「呵呵……」王力一笑，說，「除了這事，還有一件更不可思議的事呢，你想聽嗎？」

「還有什麼事？」

「事實上，吳慶生發生車禍時，如果保時捷的安全氣囊可以順利打開，那他也可以逃過一劫的。可惜那天安全氣囊並沒有打開。」王力直勾勾地盯著沈建國的眼睛。

「你的意思是……」

「安全氣囊被人破壞了！」王力一字一句地說道。

「啊?!」沈建國不由得一聲驚呼。

技術科的人幹得很不錯，在對保時捷的殘骸進行恢復後，終於發現了，安全氣囊是被人為破壞的。破壞的方式很簡單，只是更換了車廂內汽車音響的位置，割斷了一根電線，令安全氣囊的訊號傳導失去了靈敏度。這樣的方法只有專業的汽車修理工才知道，一般的人聽都沒有聽說過。

王力對這點線索很有興趣，他又瞭解到吳慶生本來是開一輛賓士，而賓士據說在同一天因為闖紅燈被交警扣押了。王力來到了交警隊，找到了這輛被扣押的賓士，仔細檢查後，意外發現這輛車的安全氣囊也被破壞了。破壞的方式與保時捷一模一樣，也是汽車音響的位置被調換了，一根電線被刀片劃斷。

這說明了什麼？

有人在暗中做手腳。

這個隱藏在暗處的人，既在吳慶生的眼藥水裡做手腳，加進了可以散瞳的A物質，又在吳慶生與沈建國的車上做手腳，破壞了安全氣囊。他想幹什麼？

毫無疑問地，這個人既想殺死吳慶生，又想殺死沈建國。

現在吳慶生已經死了，那麼，下一個目標很可能就是沈建國本人。

現在的沈建國，正處於極度危險中！

沈建國聽完王力的話，不由得倒吸一口涼氣。為什麼會有人想殺自己？他百思不得其解。

沈建國自認為在這一生中，從沒有做過什麼傷天害理的事，得罪的也只有一些生意上的人，而這些仇家也絕對做不出如此卑鄙下流的事。畢竟生意上的恩怨不值得取人性命這般大動干戈。

他擦了擦額頭上的汗，正想問王力如何防範時，王力已經站起身來，說：「沈總，你也別擔心，我們會派人保護你的。」

說完，王力已經走出了辦公室，只留下了一個虎背熊腰的背影與冷冷的一句話：

「平時不做虧心事，半夜不怕鬼敲門。」

聽了這句話，沈建國的心微微顫了一下。自己果真沒做過什麼傷天害理的事嗎？他捫心自問。也許，自己真的做錯過什麼事，所以招來了一個隱藏在暗處的傢伙，對他進行瘋狂的報復。

可是，自己到底得罪了誰呢？

他閉上了眼睛，頭枕在柔軟的皮沙發靠背上，皮沙發輕輕搖晃中，他陷入了沉思……

矇矓中，一個瘦高的身影出現在他的眼簾中，有些模糊，看不清是誰，卻聽到這個人在對著他冷冷的笑。這笑聲充滿了譏諷，彷彿一隻正在玩弄垂死的老鼠的老貓一般。

他嘿嘿嘿嘿地笑，呵呵呵呵地笑，哈哈哈哈地笑。笑得癲狂，笑得歇斯底里，笑得不由自主，笑得情不自禁。

他是誰？

沈建國從幻覺裡甦醒過來，他猛然想起了在幻覺裡對他笑著的人是誰。

是那個人！是那個人！是那個人！

那個人早就死了！沈建國對自己大聲叫道，那個人再也不會出現在自己的夢中了！他已經死了！他已經從這個世界上消失了！

可是，那個人仍像一個冤魂不散的陰影，固執地在沈建國的腦海裡盤旋著。

沈建國使勁拽著自己的頭髮，用力拉扯著，想讓自己清醒。可他仍然覺得頭像爆炸了一般疼痛。

他站了起來，但雙膝卻忽地一軟，跪在了地上。兩隻腳麻木了，彷彿不再屬於他，自己如同沒有了靈魂的行屍走肉一般，不受控制。

彷彿窒息了，用力呼吸，也吸不到新鮮的空氣。

沈建國拍著自己的腦袋，寬敞的辦公室裡傳出了砰砰砰的聲響。

過了良久，他才平靜下來。

他跪在地上喘著粗氣，在他的腦海裡，不停浮現出一張又一張的畫面。在他的臉上，也一會兒陰，一會兒晴。一會兒陰鬱，一會兒猙獰。

他在想些什麼？在他的腦海裡，到底浮現什麼樣的畫面？

又過了一會兒，他站了起來，坐在了沙發上。

他想起了長得很像那個人的年輕人，他曾經兩次看到這個年輕人。一次是在吳慶生的車禍現場，這個年輕人正和自己的女兒曉葉手牽手站在一起。還有一次是在深夜的水晶洗浴宮外，看到他走出網咖，似乎還詭異地朝自己望了一眼。

這個年輕人到底是誰？難道是那個人的兒子？或者，是那個人的附身？這次是想要來索自己的命？

沈建國不敢想了，他渾身顫慄著。

他緊咬牙關，大聲地念著這個年輕人的名字：

蕭之傑！

第八章

(01)

按照在醫院裡劉斯仁那裡拿到的名單，周淵易開始了詳盡而細緻的調查。當然，這些事是不用他親自出馬的，只要一早交給刑警隊的手下們就行了。到了上午十一點的時候，出門調查的同事紛紛打回了彙報的電話。

名單上的八個人，包括李漢良在內，周淵易都要求手下們進行最精確的調查。不知道為什麼，在周淵易佈置任務時，他突然想起了什麼，特意要求手下對李漢良的行蹤做一個最詳盡的調查，要精確到每一分鐘。他也不知道自己為什麼會這樣想，也許是因為在醫院裡看到他時，李漢良顯露出的不配合，讓他有點本能的懷疑吧。

趙偉與歐陽梅被殺的那天，李漢良正在江都大學附屬醫院的六號手術室裡做一個急診腦部膜外血腫引流術，從晚上十點一直做到凌晨三點，然後就直接回家睡覺。而魏靈兒與吳慶生被殺的那天，李漢良在江都大學醫學院上外科學的課程，幾乎有一百多個學生可以為他作出不在場證明。而事實上，除了附屬醫院與吳慶生所在的國風醫藥公司有業務上的往來，根本找不到一絲一毫死者與他之間的關連，看來是沒有理由懷疑李漢良了。

兇手到底是誰呢？

周淵易垂頭看了看名單，趙偉已經死了，剩下的六個人中，有五個已經確定了當時的蹤跡，他們有三個是在和各自的異性朋友約會同居，一個是在上班，還有一個躺在有夫之婦的床上溫存。他們都有很充分的不在場證明。只剩下最後一個，因為沒有找到聯繫方式，而且不知道他到底住在哪裡，所以無從知曉案發的時候他到底在哪裡。

周淵易看了看這個人的名字——蕭之傑，然後用粗筆在名字上劃了一個觸目驚心的圓圈。

有點奇怪，這個蕭之傑只是一名上大三的醫學院本科生，怎麼會有機會接觸到A物質呢？是不是劉斯仁搞錯了？

周淵易連忙撥了個電話去詢問劉醫師。

劉斯仁電話裡的聲音有點古怪，大概是因為他案發當時是躺在一個有夫之婦的事實，在不得已為了證明清白的時候被警方知道了，而顯得有些侷促不安吧。

他沙啞著嗓音，急匆匆地說：「這件事說奇怪，也不奇怪的。是李教授叫蕭之傑來做藥庫保管員的。聽說蕭之傑的家境不好，父親死了，還有個瘋了的母親，就連讀醫學院的學費生活費也是好心人資助的。李教授知道了，就提供了這麼一個打工的機會給他。不過，學校裡家境不好的人也不止蕭之傑一個人，還有很多鄉下來的學生家境更差。不知道為什麼李教授會把這個機會讓給他。」

掛上電話，周淵易沉思片刻，然後又打了個電話給李漢良，他想親耳聽聽為什麼李教授會把看守藥庫的事交給蕭之傑。不過，家裡電話沒人接。打到附屬醫院，醫院的人說他也許在江都大學醫學院。打到醫學院，卻說根本沒看到李教授。他去哪裡了？周淵易有點後悔，居然忘記了找李漢良要手機號碼。

哦，對了，可以問徐婷婷。周淵易一拍腦門，笑了。不知道為什麼，他的臉竟微微有點發燙。

徐婷婷在電話裡很快就告訴了周淵易她大舅舅的手機號碼，然後飛快地掛上了電話。她大概很忙吧？周淵易有點失落。

「對不起，您撥的號碼暫時無法接通，請稍後再撥。」

電話裡傳出了雖然熱情，但卻依舊顯得冷冰冰的女聲。

周淵易不禁在想，李漢良到底去了哪裡？

當他悶悶不樂地擱下電話，這時，他的手機響起。

看了看來電顯示，竟然是徐婷婷打來的。

「周隊長，剛才我這邊事蠻多的，只給你說完大舅舅的手機號碼就掛了電話，真是不好意思。」

「沒關係，沒關係。」周淵易連忙答道，語氣裡有點侷促。在女孩子面前，他總是顯得有那麼一點侷促，特別是在漂亮的女孩面前。

徐婷婷在電話那邊呵呵笑了一下，笑聲像銀鈴一樣清脆。她繼續說：「真是的，我剛才又想了起來，如果是大舅舅在上課或者是在動手術，他的手機都是關機的。」

周淵易嗯了一聲，說：「是的，現在他的手機是關著的，但是他既沒有在醫學院給學生上課，也沒有在醫院。不知道現在他去哪裡了。」

「呵呵，你們做警察的人真有意思，尼采的那句話，懷疑一切，是你們的信條吧？」徐婷婷調侃著說，「說實話，你是在懷疑我大舅舅吧？嘿嘿，如果真是這樣，那你們一定猜錯了。我大舅舅是個好得不能再好的人，你能相信一個長期資助貧困學生的老教授會是殺人兇手嗎？大舅舅他幾年如一日地資助著一個學生，聽說那個學生就在江都大學醫學院裡讀書，父親病死了，母親瘋了……」

周淵易在這時，明白了為什麼李漢良會讓蕭之傑來藥庫值班，他也不由得對李教授陡生敬佩之情。他沉默了片刻，才想起手裡還拿著電話聽筒，他連忙對著電話說：「徐小姐，真是感謝你提供的情況。你的大舅舅是個好人，但是你也要理解我們，我們不會放棄任何一條線索，哪怕這條線索在以後被證實是錯誤的。」

「呵呵……」徐婷婷又笑了，「原來你還真懷疑過我大舅舅啊？」

周淵易不好意思，侷促地答道：「現在已經沒懷疑了。」

「哈……」徐婷婷調侃著說，「可是你已經懷疑過了，你得為你的草率付出代價！」

「代價？」周淵易有些不解。

「你必須得請我吃頓飯，為你的胡亂懷疑付出一點代價。」徐婷婷很認真地，一字一句地說道。

「好，沒問題。」周淵易也很認真地，一字一句地答道。言語間，他已經沒剛才那麼侷促了。

約好了時間地點，就在今天晚上的伊莎坦布林咖啡廳。放下電話，周淵易輕輕吐了一口氣，他此刻的心情竟然特別地好。

這時，他腰間的手機再度響起。又是誰打來的？不會又是徐婷婷吧？看了看顯示，是一個很陌生的號碼。

一個沙啞的聲音，緩慢地說：「周隊長，還聽得出我的聲音嗎？」

周淵易的眼睛頓時瞪得圓圓的，他已經聽出了是誰打來的電話。在他的瞳孔裡，放出了異樣的光芒。

(02)

沈建國先去了一趟交警隊，取回吳慶生被扣押的賓士。雖然這輛車舊了一點，但是總比沒有車好。

在取車的時候，沈建國發覺有人在跟蹤他。背上始終有一種被窺視的感覺，讓他覺得很不舒服，駕車的是一個剃平頭的年輕人。沈建國知道，這是警方在保護他。他已經成了隱藏著的兇手的目標。下一個被殺的，很有可能就是他！

被跟蹤雖然是件令人討厭的事，但是最起碼可以讓他感到安全。在這個時候，安全是最重要的。

不過，這依舊是件麻煩的事，因為中午與李漢良約好了在果山的魚莊裡見面。李漢良是個謹慎的人，特別是現在這段時間，衛生局正在大抓醫德醫風，要是被警察發現他與李漢良見面，嘴風不嚴隨隨便便把這事說了出去，傳進衛生局的耳朵裡，那就麻煩大了。

沈建國想打個電話給李漢良說一聲約會改期，但是李漢良的手機不管怎麼打都打不通。沈建國知道，李漢良一定是已經趕往了果山，他很看重與沈建國的會面，特別是吃完飯後為他安排的那個美女。李漢良只要出了門，就會關上手機，免得醫院又有急診手術電話就把他叫回去了。

看來是沒有辦法，只有硬著頭皮去見李漢良了。

沈建國熟練地駕駛著賓士在城區裡拐來拐去，想要擺脫為了保護他而跟蹤的警車。他實在是不願意讓別人知道他與李漢良的交往。雖然這樣會帶來某種程度上的危險，但是他猜想不會這麼巧吧？兇手偏偏會選擇這一天來對他不利。

沈建國知道有個地方可以輕易地擺脫跟蹤。他緩慢地把車開往了水晶洗浴宮附近，他知道旁邊有一條叉路很多的巷子，正好可以擺脫警車。他愜意地開著車，透過後視鏡望去，已經看不到後面的那輛警車了。沈建國冷冷一笑，在嘴上叼了一根香煙，一踩油門，向果山開去。

沈建國把車開到了果山的魚莊外，並沒有馬上進去，而是停在那裡，看看到底有沒有人跟蹤到了這果山上。

大約一刻鍾後，沈建國確定沒有人跟蹤，然後下車走進了魚莊。

果山上的魚莊通常都建築得像一個莊園，有山有水，還有曲曲折折的迴廊。在建造得像賓館一般的大堂旁，還有一個個包廂。包廂裡裝潢得富麗堂皇，極盡奢華。

李漢良等在他們約定的老地方，名為瀟湘院的包廂裡。

在李漢良的面前，擺了幾碟冷盤，和一壺日本清酒。他一看到沈建國就不滿地看了看錶，說：「怎麼現在才來？」

沈建國皺了皺眉，說：「安全起見啊，你知道，現在是非常時期，得注意一點。」

「非常時期？什麼意思？就算衛生局在查，也懷疑不到你我啊。」李漢良笑道。

沈建國揉了揉太陽穴，無精打采地說：「不是因為衛生局的事，而是因為一起命案。」

「命案？」李漢良失聲說到，「難道吳慶生不是車禍致死，而是被人謀殺的？」

「是的，在他的眼藥水裡，被人滴進了可以散瞳的藥水。」

「散瞳？」李漢良恍然大悟，「難怪這幾天警察老是來問我關於A物質的詳細使用情況，追問下落。原來是這麼一回事。」

沈建國黯然地說：「老吳死了，歐陽梅死了，歐陽梅的小白臉死了，吳慶生的女朋友魏靈兒也死了，就連來和我談生意的鄰省那家醫藥設備公司派來的人也莫名其妙車禍死了。你說，這都怎麼回事啊？」言語間，沈建國竟顯得有些蒼老了，就連他的兩鬢也平白生出了幾根顯眼的白頭髮。

「是的，趙偉與歐陽梅的死我知道，警察也給我說了，在歐陽梅的血液裡檢測出了A物質，趙偉也是我最得意的學生之一，我也很悲痛。可是，這兇手究竟是誰呢？」李漢良的眉頭也緊緊擰成了一條線。

「而且，所有死了的人，都和我有著各種各樣的關係。」沈建國無奈又有些害怕地繼續說，「警方有理由相信，下一個兇手的目標，很有可能就是我！」

「你?! 你究竟惹了什麼不該惹的人？」

「我?! 你還不知道我嗎？我老老實實做生意，雖然在藥品上我們賺了一些不義之財，但也算合理合法，取之有道，我什麼時候又得罪過什麼不該得罪的人呢？」沈建國捫心自問，還真的想不出自己對誰做過不該做的事。

不過，除了那個人。

他一直不敢把這件事牽扯到那個人，那個人在他的心中，完全像個永遠不願意揭開的傷疤，一旦揭開，會有無數骯髒污穢的鮮血噴薄而出。可是，這件事萬一真的與那個人有關呢？

蕭之傑那張與那個人幾乎完全一樣的臉龐慢慢浮現在了沈建國的腦海中。蕭之傑與那個人有什麼樣的關係？難道是他的兒子嗎？他們就如同在一個模子裡刻出來的，長得實在是太像了！

如果蕭之傑真的是那個人的兒子，如果他知道了自己以前對那個人做的事，他會報復嗎？答案也許是肯定的。如果真是這樣，那麼身邊發生的一切就可以合理地解釋了。

一定是他！他要一個接著一個地殺死自己身邊的每個他最親密的人，讓他痛苦，讓他孤獨！一定就是這樣的！

不行，不能讓他這麼做下去，自己必須先做點什麼！

沈建國感覺腦子裡一片混亂，但是他終於在這片混亂裡找到了一個介入點。在他的臉上浮現出了一絲詭異的微笑。

「建國，你在笑什麼？」

當聽到李漢良的問話，沈建國才恢復了清醒。他一臉詭異地對李漢良說：「老李，我那天晚上在水晶洗浴宮附近，看到了一個年輕人，長得很像一個人。你猜，像哪個人？」

「哪個人？」李漢良一臉詫異。

「四年前的那個人！」沈建國面無表情地說道，但是聲音裡卻隱隱帶了點顫抖，他感覺到一絲沒有來由的恐懼。

在李漢良的臉上沒有露出沈建國期望中的共鳴，反而是一種釋然的表情。李漢良輕鬆地說：「你指的是蕭之傑吧？這個人我早就知道了。他就在江都大學的醫學院學習，現在讀大三，我還安排他在我的實驗室裡值班。」

「啊?! 你認識他？那你怎麼不早給我說呢？」

「給你說這個幹什麼？我早就知道有蕭之傑這麼個人了。他就是那個人的兒子，我們當初做了對不起那個人的事，總該補償一下他的兒子吧？從我知道有這麼一個蕭之傑的存在後，我就每個月給他寄學費與生活費，還安排他就讀江都大學讀書。你想一想，蕭之傑的父親死了，母親瘋了，我不去照顧他，還有誰來管他？否則他遲早會流落街頭，變成罪犯。」

沈建國像不認識李漢良一般，死死地瞪著李漢良的臉。良久，他終於喃喃地問：「老李，難道你就不怕他知道了那件事後，報復你我嗎？」

「呵呵……」李漢良慘然一笑，「管不了這麼多了，我但求心中無愧。」他站起了身，就離開這包廂。

自從提到了那件事後，李漢良就已經對這次約會的目的索然無味。什麼回扣，什麼美女，對他都沒有任何吸引力了。他的離去也沒有遭到沈建國的反對，因為沈建國正像個木偶一般呆坐在低矮的桌子前，一口一口猛灌日本清酒。

在李漢良走出包廂，準備關上木門時，他轉過頭，緩慢地，一字一句地對沈建國說：

「別忘了，其實我這麼做，不僅僅是在幫我自己贖罪，其實，也是在幫你贖罪！」

沈建國的身體猛然顫慄了一下。

(03)

謝依雪在家中坐立不安，她在等待一個電話，一個私家偵探吳畏打來的電話。

電話靜悄悄地放在客廳一隅，始終沒有響。

謝依雪不管保持什麼樣的體態，都無法平靜，她不一會就會拿起電話來試試，看電話是否壞了。

電話沒有壞，壞的是她的心緒。她把所有的希望都寄託在了吳畏的調查上，她希望找出這個蕭之傑究竟與沈建國有什麼樣的過節，究竟是不是他打來的那個神秘電話。如果真是他打來的，他究竟想幹什麼？他的用意何在？如果他與沈建國真的有著過節，那他接近沈曉葉又是什麼居心？難道……

謝依雪越想，就越覺得心裡發毛，整個心頭都在顫慄不安。

她煩悶地用遙控器調換著電視的節目，每個台的節目都索然無味，讓她心情糟糕透頂。

她不停地調換電視頻道，這令她更加煩悶不已。肚子的嬰兒好像又踢了她一腳，她皺了皺眉頭，狠狠地說：「你踢，你再踢？當心我馬上去醫院把你拿掉！」

一說完，她就後悔了，因為她看到正在廚房裡打掃的何姐伸出了頭朝這邊望，眼睛裡滿是疑惑。

謝依雪趕緊強作歡顏地說：「呵呵，我在嚇寶寶呢。」

何姐麻木不仁地繼續拖著地，就像一個機器人，她什麼也沒說。

電話還是沒有響，謝依雪的心裡忐忑不安。她看了窗臺上的藤編花籃一眼，裡面的幾朵紫紅色的玫瑰已經枯萎了，花瓣癱軟地垂下，像一具具等待入葬的屍體，了無生機。

這屋子裡真的是死氣沉沉。每個人都死氣沉沉。

沈建國回了家不進房睡覺，只願意在客廳的沙發上躺上一晚。

沈曉葉交了一個神秘莫測的男友，回家一言不發，只知道在房間裡玩MSN。

何姐只知道在廚房裡忙碌，一句話也不願意多說，活像個透明人。

而謝依雪自己，又何嘗不是死氣沉沉？只知道捂著肚子，等待嬰兒的出世。自己的身材已經變形得不成樣子，為了一個不愛自己的男人，還要為他生一個她期盼已久的兒子，這真是一種悲哀，莫名的悲哀！

謝依雪想哭，她的眼圈已經不由自主地紅了，一汪淚水嗪在其中。

她猛地吸了一下鼻子，大聲地對正在拖地的何姐說道：「何姐，你去花市幫我買一大把花吧！」

何姐停下了機械的動作，接過了幾張鈔票，應了一聲，就出了門。

何姐一出門，所有的顧慮都拋到了一邊。謝依雪趴在柔軟的沙發上，禁不住號啕大哭起來，如喪考妣。

她才開始哭不到一分鐘，就聽到叮咚一聲，門鈴響了。

是誰在按門鈴？是何姐吧？她又忘記拿什麼？

謝依雪趕緊跑到廁所裡洗了把臉，然後打開了門。

門外站著的不是何姐，而是兩個人，兩個男人！

私家偵探吳畏與刑警隊長周淵易。

周淵易正是接到了吳畏的電話，而和他一起來到了謝依雪的家。

吳畏大搖大擺地坐在了沙發上，翹起了二郎腿，然後對謝依雪說：「真是抱歉，沒有經過你的同意，我就擅自到你家來了。而且在沒有獲得你的同意下，還多叫了個朋友來。」

謝依雪雖然一直盼望著吳畏的電話，但是她並不希望吳畏直接到她家裡來。如果被沈建國知道了她在調查，絕對會勃然大怒的。於是她沒好氣地說道：

「你是怎麼知道我家的？你又怎麼會把周隊長也請到我家來？」

「呵呵……」吳畏笑道，「別忘了，我是個私家偵探，而且是江都市最好的私家偵探。只要知道了你的名字，那麼找到你家並不是一件很困難的事。不過你放心，我是特意看到你家的保姆出了門才上來的，絕對不會影響你的隱私保密。而至於周隊長呢……」吳畏撇了撇嘴，說。「我針對你的委託，進行了調查。而得到的一些結論，裡面或許隱藏著些許犯罪的陰謀。我是個私家偵探，這是沒錯的。但是我也是一個遵守法紀的公民，我有向警方報告犯罪的義務。所以，我才請他來的。」

「犯罪？」謝依雪感覺自己的預感真的對了，難道這個蕭之傑真的有什麼陰謀？她感覺雙腿有些發軟，不住地微微打著顫。

「現在只是懷疑某人有犯罪的企圖與動機，但是我們還不能肯定，還需要更進一步的調查。」周淵易滴水不漏地回答。

「這……究竟是怎麼回事？」謝依雪迫不及待地問道。

「咳、咳……」周淵易咳了幾聲嗽。

吳畏很聰明地接過了話，說：「這裡面涉及了一些警方不方便公開的事，所以呢……呵呵，不過我是接受你委託的，我有義務要告訴你我知道的事。所以……」

吳畏還沒有說完，周淵易就起身，說：「你家洗手間在哪裡？我去一趟。老吳，我上洗手間的時候，你所說的，我都聽不見哦。」

周淵易離去後，吳畏笑了笑，說：「現在他不在了，我就可以把我知道的告訴你。」

謝依雪詫異地看著這兩人的雙簧，張大了嘴什麼也說不出來。

「呵呵，周隊長以前是我的下屬，和我關係特殊。想當年，我也是刑警隊的隊長呢。不過，那都是以前的事了。」吳畏一幅好漢不提當年勇的模樣。不過，他馬上就恢復了一臉嚴肅，正色對謝依雪說道，「你知道嗎？你委託我調查的蕭之傑，究竟是個怎麼樣的人嗎？」

「他是個什麼人？」

「在回答你他是什麼人以前，我先告訴你，每個案件，都離不開兩個要素。動機與時間。而動機尤其重要，除了少數變態狂，幾乎每一起案件都逃不過動機這兩個字。這世界上，沒有無緣無故的愛，也沒有無緣無故的恨。如果涉及到命案，那麼這恨的動機，就一定是達到了最顛峰。」

「恨？」謝依雪喃喃地問道，「你的意思是……蕭之傑的心裡，對我們家建國懷有最深刻的恨？」

吳畏默默地點了點頭。

「這究竟是怎麼回事？建國根本就不認識這個蕭之傑，他們之間又會有什麼樣的深仇大恨？他們之間又能有什麼樣的過節化解不開呀？」謝依雪有些語無倫次了。

吳畏微微搖了搖頭，說：「有些事，是永遠沒有辦法化解的，不管用什麼辦法，仇恨都會像種子一樣在一個人的心裡生根發芽，茁壯成長。到了一個合適的時間，就會噴薄而出，一發不可收拾。」他歎了一口氣，「我慢慢地對你說吧，這件事要追溯到四年以前……」

第九章

(01)

四年前的吳畏，剛過三十，身材勻稱，英姿颯爽，精力旺盛。小腹上盤踞了八塊標準的肌肉，胳膊上的老鼠肉塊塊凸起，哪像現在中年發福的模樣。事實上，在那個時候他除了是江都市刑警大隊的隊長外，還是江都市的業餘健美冠軍。

而作為刑警隊長，他屢破大案，被上級看作了最好的培育對象。他的前景看似一帆風順，一路看高。可是，一切的轉變都來自於四年前的那個冬天。

江都的那個冬天並不冷，一點也不冷，暖和得一點也不像是冬天。按照犯罪心理學的說法，凡是異常的氣候，往往都會刺激原本心態正常的人做出平時不敢做的事。比方說有一個案子，是一個平時很老實的教師，突然在不知從何而來的欲望中姦污了自己的未成年學生。又比方還有一個案子，兩輛自行車發生了微小的擦撞，兩個車主在一番口角後，其中一個突然抓出一把刀向對方捅去。而當他們清醒過來的時候，都根本不記得自己到底做過什麼事。

那個冬天，吳畏一直都在處理一些莫名其妙的凶案，這些凶案往往都是從一件小事突然迸發出激情，出人意表地發生。每個兇手都在歇斯底里地痛哭流涕，悔不當初。但這些案子都無法讓吳畏有太多的激情，心裡一直像是堵著什麼東西。

他知道，他在期待一起真正的案件，一件可以讓他激動的案件。

那個時候，江都市的警局還沒有翻修。因為天氣的暖和，走廊上散發出一股黴味，陰冷潮濕的走廊牆角長滿了暗綠色的地衣與苔蘚。每次走在這裡，吳畏的心裡都會生出一絲煩悶！

那天，正當他穿過走廊，即將進入自己的辦公室時，忽然聽到屋裡的電話大聲作響，震耳欲聾。

拾起電話，放在耳邊，沒有人說話，當吳畏放下電話的時候，電話鈴又大聲地響了起來。

這個聽電話的細節，吳畏一直都記得很清楚，因為他後來才意識到，這個電話竟會影響到他的一生。如果早知道是這樣，也許他根本就不會接這個電話，而是直接接上電話答錄機，聽過後就交給相關的人，自己就不需要為此改變所有的生活。可是，那個時候吳畏根本沒有想到這麼多，他只是把電話放在了耳邊，很有禮貌地問了一句：「請問哪位？」

一個很沙啞的聲音，是一個女人的聲音。大概是因為感冒的關係，對方的聲音很低沉，辨認不出年齡。這聲音低沉得不像是站在電話那頭，而像是在很遠很遠的地方，遙遠得彷彿是來自地獄。

「吳隊長？你的膽量大嗎？你敢去調查一件事嗎？也許這件事會嚴重到你不敢想像。」

這聲音很乾澀，澀得幾乎可以讓吳畏想像到對方乾裂的嘴唇，一隻同樣乾裂的舌頭正在舔著它。

「什麼？你說什麼？」吳畏沒有聽懂對方是什麼意思。

「我是說，你敢去調查一件事嗎？你敢去調查一下昨天晚上江都大學附屬醫院裡發生的事嗎？人命關天！」這聲音依然乾澀。

吳畏的心裡咯噔一下，江都大學附屬醫院？昨天晚上發生了什麼？人命關天？他隱隱嗅到了一股犯罪的味道，這讓他很興奮。他大聲追問：「你說什麼？江都大學附屬醫院昨天晚上發生的事？究竟發生了什麼？」

不等他說完，對方已經掛上了電話，聽筒裡只剩下嘟嘟的聲音。

吳畏放下了電話，他竟覺得有些恍惚，這個電話就像是在夢裡接到的一般，那來自遙遠地方的聲音，有一種不真實感。

也許是在夢中嗎？後來他一次又一次地詢問自己，如果真是在夢中就好了，這一切就不會改變他的生活了。

可惜，吳畏從來都不是一個知道害怕兩個字怎麼寫的人。他放下了電話，做的第一件事就是抓起搭在椅子上的外衣，向門外走去，他決定去一躺江都大學附屬醫院，看看究竟發生了什麼事。

奇怪的是，當吳畏走進江都大學附屬醫院，一點也沒看到異常的現象。走進急診科，除了幾個打架鬥毆頭破血流的小伙子，看不到任何犯罪的陰影。

吳畏來到了醫教科，找到了科長，一個長著胖臉的老頭，說明了來意。當然，他只是說接到了一個匿名舉報電話，據說醫院裡昨天晚上出了事，他到這裡來調查一下。

但是，這個胖老頭斷然回答，說醫院裡絕對沒有出任何事。語氣堅定，眼神裡流露著閃爍的光芒。他還多次查看吳畏的證件，企圖證明吳畏只是個冒充警察、危言聳聽的小流氓。這讓吳畏很不舒服，於是轉身出門。

走出醫教科，吳畏對自己說，也許那個電話，只是一個無聊的惡作劇吧。他想走出醫院大門，可是忽然他覺得自己的背後熱熱的，像是有隻眼睛在盯著他。

轉過頭去，除了幾個在聊天的閒人，卻並沒有什麼其他人。這怪怪的感覺是怎麼了？難道在這看似平靜的醫院裡，真的發生了什麼事？

吳畏轉過身去，又向醫院深處走了進去。

後來回想到這裡，吳畏都在思考，究竟是什麼力量驅使他又走進醫院的。如果沒這重新進醫院的舉動，也許他永遠也不會接觸到那些骯髒到每個毛孔都滴淌鮮血的事物，也許他會順利再破幾個平常普通的案件，然後一步步高升，說不定現在已經坐到了副局長的位置。但是現在再思考這些，已經是馬後炮了。事實上，那天他鬼使神差回到了醫院，從他跨入醫院的那一剎那起，他的生活就發生了徹底的改變，這改變是他無法逆轉的。

不過他時常捫心自問，自己是不是真的後悔了，他總是對自己說，沒有！從來都沒有過！

（02）

當吳畏重新走進了江都大學附屬醫院，他聳了聳肩膀。他根本沒有想明白，自己為什麼會因為一個匿名電話，而來到這裡。匿名電話常常都是一些無聊的惡作劇。可是吳畏卻抓住了這個電話開始調查，也許這是他天生敏銳的直覺吧。

他剛走進醫院的一剎那，一輛黑色的廂式貨車從他身邊擦過。這是一輛黑色的貨車，是由一輛麵包車改裝的。在黑色的貨車兩側，寫著五個白色的粗體字：江南殯儀館。

這是一輛靈車。

這輛靈車無聲無息地駛過吳畏的身邊，然後向一個有著拱頂，爬滿常春藤的大門裡駛去。那大門裡是哪裡？

吳畏邁步向那邊走了過去，他還沒有踏進門，就被一個老頭攔了下來。這老頭咧著嘴唇大聲說：「裡面是太平間，不是你該來的地方！」

這時，吳畏頓時想起了那個匿名電話。

「人命關天！」

一定是死了人！死了的人一定與太平間有著什麼關係吧？於是吳畏亮出了證件，這老頭露出了奇怪的神情，但他還是讓吳畏進了大門。

太平間是一排靠著圍牆而建的紅磚平房，爬滿了常春藤。這個冬日異常暖和，常春藤葉片呈現出了一種沒有生機的墨綠色，葉片的一面因為雨水的經常沖刷而顯得有一點點亮，而朝下的一面則全是塵土，骯髒不堪。在潮濕陰冷的牆角邊長滿了幾乎接近黑色的地衣與苔蘚，這裡是平常很少有人駐足的，只有當病人去世的時候，才會間或出現幾個人影。

殯儀館的靈車就停在這排紅磚平房外，兩個身穿白大褂的工作人員正抬著一具擔架向車裡裝，旁邊只有一個十六七歲的男孩默默垂著淚水。

「可憐啊……」吳畏身後傳來了一聲歎息。回過頭來，不知道什麼時候，這守門的老頭也跟著進來了，低聲對吳畏說，「這孩子可憐啊，他爸爸因為心臟病，昨天手術搶救失敗，去世了。這孩子才十六歲，他爸爸也不過四十歲。聽說他媽媽一聽到這消息就精神恍惚，暈倒在了地上。可憐啊……」

吳畏跟著垂下頭歎了一口氣，他知道，這個世界上，生命真的太脆弱了。

就在這個時候，他聽到了一陣嘈雜聲，還有此起彼伏的腳步聲，正向他所處的位置衝了過來。

他抬起頭來，一個披頭散髮的女人衝到了他面前，赤著一雙腳，臉上滿是污穢。這女人站在吳畏面前，定住了，然後張開了嘴，大聲尖叫了起來。

「啊——」

叫聲悽惶到了極限，無比悲涼。

吳畏目瞪口呆，他不知道出了什麼事，眼睛梭巡了一下四周，他只看到幾個醫務人員正以一種警惕的目光注視著他。

良久，這女人因為過度勞累，終於停止了尖叫。當她安靜了不到一秒鐘，突然抬起了頭來，很冷靜的，一字一句地對吳畏說：

「會死的，都會死的，會死的，全都會死的。」

一說完，她就歇斯底里地狂笑起來。她的雙手扶住了吳畏的肩膀搖晃著，非常用力，幾乎用盡了她全身所有的力量。幾個身穿白衣的醫生和穿粉紅色制服的女護士衝了過來，力圖分開他們。

吳畏在這笑聲裡，感覺全身無力，頭暈目眩。

當醫生護士拉開了這女人時，吳畏雙肩疼痛。這女人的力氣真大，兩隻手就像一對鋼鉗一般。

「這個女人就是昨天那位病人的妻子，聽說她瘋了。」身後的老頭一邊嘆氣，一邊無限同情地說道。

醫務人員架走了這瘋女人後，吳畏覺得這或許是一條線索。他決定查一下昨天的這個心臟手術。

這個心臟瓣膜修復手術是急診手術，是由醫院院長李漢良親自動的刀。李漢良是江都市乃至整個西南地區的胸腔外科神經外科的權威，而且醫德有口皆碑。

那位去世的病人叫蕭建，長期都有心臟病史，這次因為散步的時候突然捂著胸口倒在了路邊而被送進醫院，急診室醫生檢查後，認為需要立刻動手術搶救，於是打電話叫回了李院長。

在手術室裡搶救了三個小時後，蕭建終於因為心律衰竭而去世。病歷說明上毫無破綻，李院長在手術過程中一點失誤都沒有，也許這真的只是因為蕭建病入膏肓吧。

吳畏有氣無力地走出了醫院，以他現在的狀態，根本不願意再開車回家，所以他招手叫了一輛計程車。

當他一坐在座位上的時候，忽然覺得胸前的西裝內袋裡硬硬的，好像有什麼東西咯住了他。吳畏伸手從內袋裡拿出了一張紙條。

這是一張病歷紙寫的紙條，折得四四方方。是誰放在口袋裡的？是那個瘋了的女人嗎？看上去不像，她明明是兩隻手抓住了自己的肩膀。那又是誰呢？是後來拉走那個女人的醫生或者護士嗎？

回憶一下那幾個穿白大褂的醫生，還有穿著粉紅色制服的護士，可是在吳畏的記憶裡，已經想不出那幾個醫生護士到底長什麼樣了。

這很正常，因為當時他的注意力全集中在了那個瘋女人身上，即使那幾個醫生護士用了很大的力氣把她分開，吳畏也沒有去注意這些醫務工作者們。

在醫院裡最多的就是身穿白色制服或者粉紅色制服的醫生護士，因為見得太多，反倒對他們熟視無睹，忽視了他們的存在。

記得以前在警校曾經講過一個關於集中注意力的著名案例，在一群學生聽課的時候，突然衝進兩個人，一邊咒罵一邊打架，但是在極短的時間內就同時出了教室。老師馬上提問，問學生們這兩個打架的人穿什麼衣服，長什麼樣子，但居然沒有一個學生能夠回答。因為當時所有的人都把注意力集中在了打架的動作上，而沒有去注意他們穿什麼衣服長什麼樣子。據說，這叫注意力的盲點。

今天吳畏遇到的，正是注意力的盲點，他根本就想不起究竟是誰把這張病歷紙放進了他的西裝口袋。

吳畏慢慢地打開紙條，這紙條折疊了很多折，他打開了一層又一層。這看似不大的病歷紙，竟折疊了好幾折。

吳畏小心翼翼地展開了紙條，然後垂下眼簾，仔細看看上面到底寫了什麼字。

（03）

紙條上一片空白，一個字也沒有寫，卻不知道這張紙是怎麼折的，白紙上出現了九道明顯清楚的折痕。

吳畏睜大了眼睛，又將手中的紙條來回看了好幾遍，可是紙上還是一個字也沒有。

有沒有搞錯？這究竟是什麼意思？是誰放了這麼一張空白的紙條在自己的西裝內袋裡？難道是一個無聊的惡作劇嗎？可是這惡作劇的用意又何在呢？

吳畏覺得頭有點疼，叫前排的司機將車窗搖下來一點。吳畏覺得應該好好整理一下自己的心緒。

疊出九道折痕的白紙，是什麼意思？難道這個九折，有著特定的意義嗎？

九？九月？九日？九點？

說實話他都不知道為什麼，自己居然會因為一個莫須有的匿名電話，就跑到醫院來。但究竟要查什麼，就連他自己也不知道。除了在醫院裡看到一個因為丈夫去世而顯得瘋瘋癲癲的女人外，就沒再見到任何奇怪的事。

唉，別管它了。吳畏這樣對自己說，他閉上眼睛仰著頭，靠在了柔軟的計程車後座上。

就在這時，他的身體一抖，一股巨大的力量差點把他從座位上拽了下來。這是因為司機突然猛地甩了一下方向盤，一個急轉，巨大的慣性使然。

吳畏緊緊拽住了前排的靠椅，大聲對司機叫道：「怎麼了？你怎麼開車的？」

司機無奈地回答：「不好意思，沒辦法，前面那輛車突然左轉，連方向燈都沒有打，我也沒辦法。」

吳畏深深呼出了一口氣，望了望已經超過了的那輛停住的車。

司機說：「那輛車的司機一定是酒後駕車，現在這些新考了駕照的司機，真的不要命了。」

吳畏搖了搖頭說：「他們不要命，我還想要命呢。」

司機笑了笑：「像我們這樣的老司機，就絕對不敢喝酒的。自從我開車以來，基本上三十年沒沾過那玩意了。現在我的酒量也一定不行了，別說喝酒會醉，就是算術算到九的時候，我也會頭暈的，呵呵。」

「哈……」吳畏也跟著笑了起來。但是他的臉上卻沒有一絲笑容，他皺緊了眉頭，似乎想起了什麼。

九等於酒？

難道這個疊了九折的紙條，是要對吳畏說明這一點嗎？那酒又與人命關天有什麼樣的聯繫呢？

在吳畏的眼中漸漸放出了一絲光亮。

吳畏拍了拍計程車司機的肩膀，和氣地說：「師傅，麻煩您換個方向，我們回醫院去。」

下了車，吳畏並沒有走進醫院，而是在醫院的圍牆外隨意走動著。他一邊踟躕而行，一邊陷入了沉思。

他一直都埋著頭，當他走到醫院後的一條狹窄的馬路邊時，忽然聽到了一陣喧鬧聲。抬頭一看，這是一家裝潢得還算不錯的飯館，幾個夥計卻正在用力地向下拉著卷簾門。他們是在準備關門停止營業嗎？

吳畏以前曾經來光顧過這家飯館，味道還不錯。這裡的老闆是一個獨身的老頭，有五個夥計，他親自下廚，手藝蠻好。這裡的東西就是貴了一點，當然，在醫院旁開飯店，價格自然便宜不了，反正是賺病人與家屬的錢。在醫院裡已經花了不少錢了，只要味道好，再多花點錢在吃飯上，病人與家屬也不會太在乎的。所以這家飯館的生意一向不錯，想必那獨身的老頭也狠賺了一筆吧。

不過，現在正是晚飯時間，怎麼這老闆生意反倒不做了，這會兒正忙著關門呢？吳畏不禁心生疑竇。

他走上前去，問了一下正在往下拉鐵捲門的夥計：「怎麼不做生意了？」

這夥計一臉精明地答道：「先生，您要用餐的話，就請換一家吧。我們老闆另有新發展，他不做生意了。」

「哦?!為什麼呢？」

這夥計撓撓頭，說：「誰知道呢？老闆的事，我們做夥計的人，哪能知道他的想法？我又不是他肚子裡的蛔蟲。」

吳畏啞然失笑，他正要轉身離開時，卻聽到了夥計的一句話鑽進他耳朵中。

「嘿嘿，居然有人花大錢頂下了老闆的店，卻把我們這裡的廚師、夥計全開除了，一個也不留。他也不怕味道變了，老顧客全跑光。」

吳畏心念一動，回身問道：「你們的店被別人頂下來了？是誰呀？幹嘛連你們的廚師都沒留下來呢？」

「喊，誰知道那人想幹什麼，這傢伙昨天晚上還和幾個醫師在我們這裡吃飯喝酒，還不住誇我們這裡的味道好。沒想到今天一大早，他就來和老闆商量，頂下了這裡。」說完，這夥計就一邊罵著，一邊拉下了鐵捲門準備離開了店面。

吳畏連忙上前一步，問：「這個頂下店面的人叫什麼名字呢？」

夥計想了想，說：「好像是姓沈吧？哦，對了，是叫沈建國。」

吳畏大吃一驚。這沈建國的名字，吳畏倒是聽說過的，據說是江都市藥品行業中新嶄露頭角的一個厲害人物。上次，吳畏曾經因為一個財務糾紛案子，在暗中調查過他，不過那個案子沒調查幾天，就被上級命令交給了經濟犯罪科的同事。但是後來那個案子也大事化小，小事化無，不了了之。反正，吳畏知道，沈建國絕對不是一個簡單人物，錢也不少。他為什麼會突然頂下這家小飯館呢？真是奇怪。

吳畏抬頭看了看，然後走進了對面的另一家飯館。

坐在桌子前，他索然無味地吃著一盤炒麵，眼睛透過落地的玻璃窗，望著那家已經關了門的飯館，招牌在風中微微搖晃著，緊閉的大門顯出了幾分蕭索。

不知道為什麼，他總覺得醫院裡如果真的發生了怪事，那這件事一定與他遇到的那個瘋女人有關係，畢竟那張紙條是在他遇到這個女人後才塞進了西裝內袋的。那麼這到底是要告訴他什麼呢？

那個女人是因為丈夫病重去世而發瘋的，而他丈夫生前接受了心臟手術。

手術?!

酒?!

難道酒與手術有關？

不會是在暗示動手術的醫生，是在酒後做的手術吧？

一想到這裡，吳畏不由得心生一陣寒意，兩隻腿不由自主地顫慄。

難道電話裡所說的人命關天就是指的這個？吳畏不敢再去想像了。

動刀的是李漢良，江都市乃至全西南，都稱得上外科第一把刀的權威，會做出這樣的事嗎？不可能吧？是自己在疑神疑鬼吧？

俗話說，一個人不喝酒，兩個人不玩牌。李漢良如果真是在手術前喝了酒，那和他一起喝酒的人是誰呢？

望著對面已經關了門的飯館，吳畏心中咯噔一響。

難道李漢良是在和這個沈建國一起喝酒嗎？難道是因為他們怕喝酒的事被人知道，所以趕緊頂下了飯館，趕走了所有曾經目擊的夥計與廚師？如果真是這樣，那該是多大的一件瀆職行為！李漢良與沈建國得為那個病人的死付上全部的責任！

一想到這裡，吳畏感覺到了事件的重大性，他連忙扔下幾張鈔票，向外跑去。他必須要找到那個關門打烊的夥計，也許他就是一個目擊證人。

(04)

結果很令吳畏鬱悶，當他推理出這個飯館裡的人也許會是目擊證人的時候，那夥計已經消失得不見蹤影了。

他歎了一口氣，心說，只有想辦法找到這個夥計。

他先來到了附近的派出所，從登記紀錄上查到了飯館所有店員的姓名與暫住地址。這些店員們合住在一間破舊的套房裡，離飯館並不遠。

當吳畏來到這裡的時候，卻吃了閉門羹，敲了很久的門都沒有人開門。

聽鄰居說，這些夥計們一回了家，就收拾行李，大包小包地離開了這裡。據說還有一輛巴士在樓下等著他們，他們一上車，車就往火車站的方向開去。

吳畏又去了飯館老闆住的地方，那是不遠處的一個花園小洋房。卻從小洋房警衛那裡聽到，一早他就回家說，賣掉了店鋪，回鄉下養老去了，至於這老闆的老家在哪裡，卻沒有人知道。

線索一下全斷了，不過吳畏卻更加相信自己的判斷。如果沒有問題，為什麼會這麼急著將所有那家飯館的人全都送走？這裡一定有問題！

不過，就算處理完飯館這邊的事，還有醫院那一邊呢！如果真是酒後手術，那麼當時手術在場的護士肯定不會不知道這事。

但是，怎麼才能知道醫院當時是哪幾個護士在場呢？

第二天，吳畏還是開著吉普車來到了醫院，他知道，醫院方面一定會隱瞞這件事的。酒後手術簡直就是一件醫療醜聞，捅出來後會令醫院名譽掃地，特別是當時主刀的，還是醫院院長，全市的外科權威。如果揭開這個傷疤，露出裡面骯髒的內幕，後果會是相當驚人的。

他不停地在醫院外科大樓裡徘徊著，他不知道該從哪個方向去調查其中的內幕。

就在他來回乘坐電梯上上下下，困惑不已的時候，電梯在二樓手術室停住了，進來了兩個護士。她們竊竊私語著，根本沒有把還站在電梯裡的吳畏放在眼裡。

電梯本來就是個讓人放鬆警惕的地方，裡面的人進進出出，你來我往，誰也不認識誰。在電梯裡，人們往往會放下自己的假面具，露出不易被人察覺的一面。所以，這幾個護士的話題也吸引了吳畏的注意力。

一個護士唧唧喳喳地對另一個護士說：「你知道嗎，手術室的小王和小李辭職了？昨天晚上就收拾東西走了。」

「哦?!」另一個護士詫異地說，「是嗎？她們怎麼會辭職呢？」

「誰知道啊？大概是他們與李院長關係好吧，嘻嘻。」

「啊？關係好還辭職啊？」

「嘻嘻，這個你就不懂了，聽說李院長是個大色鬼呢，說不定是他把她們弄到哪裡的行宮去了，嘻嘻，不用上班了……」

話說到這裡，電梯門開了，這兩個護士也到了想去的樓層。

當她們走出電梯後，吳畏若有所思。

看來連當時手術時，協助的護士也被醫院收買了。辭職是假，拿了一筆錢息事寧人才是真。

線索又斷了。

怎麼辦？現在該做什麼？

還不如直接去接觸李漢良吧？不過，現在手上一點證據也沒有，怎麼單刀直入呢？吳畏突然想到了一點。去找頂下了飯館的沈建國！

沈建國在醫藥界算得上是知名人物，他為什麼會頂下這麼一個小飯館，而且還送走了所有的員工夥計。聽聽他怎麼解釋，一定會露出破綻。

結果又很令吳畏失望。

沈建國笑嘻嘻地解釋說，在飯館中，他的確和幾個醫生朋友在吃飯，他提供了名單，裡面沒有李漢良，只是幾個普通的住院醫師。他之所以要頂下這飯館，只是因為一句氣話。

他在吃飯時，吃到了一盤魚香肉絲，糖醋加得太多了，泡椒卻太少，口感很是差勁。於是他就叫來了老闆問，你這到底是魚香肉絲還是糖醋肉絲。

那老闆一向對自己的手藝自信，鍋鏟砸到桌子上，怒道，你覺得不好吃就別吃。

於是兩人爭執了起來。

在氣頭上，沈建國說，要是你不會做菜，你就別開這店了，這店還不如我來開，我一定可以讓這裡的生意好上一百倍。

老闆圍裙一扔說，好，你只要馬上拿二百萬塊出來，我就把這店頂給你，讓你來做。

二百萬塊肯定是獅子大開口，不過對於沈建國來說，卻只是九牛一毛。他笑了笑，拿出黑色的皮包。在皮包裡，正好有剛從醫院收回的錢，二百萬整。

於是飯館就歸了沈建國。

不過，沈建國也為這飯館頭疼。他對餐飲業一點興趣也沒有，正不知道怎麼處理。他決定利用這裡離醫院近的優勢，開一家醫藥超市。而以前的廚師夥計都不可能用來做營業員，所以只有送走他們。

這些夥計廚師都有意去南方發展，所以沈建國為他們買了去火車站車票，並給了一筆去南方火車票的錢，遣走了他們。

走出沈建國的辦公室，吳畏皺了皺眉頭，心裡對自己說，這傢伙，做得可真夠絕，幾乎把所有的線索全掐斷了。

以後該怎麼做，吳畏一點主意都沒有。

上了吉普車，吳畏覺得頭有些暈，於是靠在座椅上陷入了沉思。

就在這時，他的電話響了起來，看了看來電，是警局的上司李副局長打來的。

他一踩油門，向警局開去。他覺得有必要向副局長彙報這件事。

（05）

李副局長坐在辦公桌後，嘴裡吐出了一嫋淡淡的煙霧，眼睛半瞇著，注視著吳畏，慢慢地說：「這就是你的懷疑？就因為一個不知什麼人打來的匿名電話，以及一張沒寫一個字的紙條？」

吳畏有不好的預感，但是他還是說：「是的，雖然我現在的證據不夠充分，但是我相信一定可以找到更詳盡的證據來支持我的想法。」

李副局長站起了身，走了吳畏身邊，拍了拍他的肩膀，說：「小吳，怎麼說呢，你調查的事呢，到現在還只是空中樓閣。沒有人舉報，更沒有人來報案。李漢良李教授也算得上是我們江都市醫學界的一塊招牌，治好了很多人的疾病。如果你繼續調查下去，會引來上面很大的壓力。你看，今天你才去了醫院，又找了國風醫藥公司的沈建國，馬上我就接到了一大堆的電話。我看啊，這事你就緩一緩。馬上有個去警察大學進修的名額，我已經向上面報了你的名字，上級也很支持你去學習。就這麼辦吧，你把手上的事交出來，我安排其他人去處理。你準備一下。這是一個機會啊，小吳。我馬上就要退休了，身體也不好，等你進修兩年回來了，這個位子還不是留給你的……」

吳畏抬起眼皮，冷笑了一聲，說：「副局長，先是飯館的廚師夥計，然後是護士，現在輪到我了。您大概也是準備大事化小，小事化無吧？別忘記了這裡面可能牽涉著一條活生生的生命啊！」

李副局長臉色一變，瞪著吳畏，眼睛幾乎要噴出火來：「小吳，你什麼意思？你不要在這裡含沙射影的。什麼叫大事化小小事化無？什麼又叫一條人命？莫名其妙亂搞！」

吳畏什麼也沒說，只是瞪著李副局長，眼中全是堅毅。

李副局長惱羞成怒地說：「吳畏，我給你兩條路。要嘛，你去進修，要嘛，你就捲鋪蓋走路。」

吳畏嘿嘿一笑，站了起來，摸出了腰間別著的槍放在面前的辦公桌上，又掏出警官證遞給李副局長，冷笑著說：「好吧，我選第二條路。不過，我不會放過這件事的，我會繼續調查下去的。」

李副局長目瞪口呆之間，吳畏已經瀟灑地走出了潮濕而又長滿了苔蘚的警局走廊。當他走在了大街上時，深深吸了一口新鮮的口氣，然後長長地呼出。

他對自己說：「好了，現在我該去進行我的調查了。我會讓這些人不好過的！」

就在這時，他的手機響了。看了看號碼，很陌生。

吳畏沒有想到，這個電話竟然是李漢良打來的。李教授約了吳畏在醫院附近的一家茶樓見面。

「真是對不起，沒想到我的事竟讓吳警官憤然辭職了。」李漢良握著吳畏的手，有些侷促地說道。

吳畏冷笑道：「你怎麼會認為是你的事讓我辭職的呢？這麼說來，你真的有事？」

「咱們明人就不說暗話了。」李漢良很大氣地招呼吳畏坐下，然後說：「我這裡當然有事發生，不然你也不會一直盯著我想要尋找蛛絲馬跡了。」

吳畏一屁股坐下，說道：「那你就說說，你到底發生了什麼事吧。」

李漢良呵呵樂了，他把他的食指豎在嘴唇上，說：「吳警官，你認為我會說出來嗎？我只是想告訴你，如果這事我不願意說出來，你是怎麼都查不到結果的。另外再給你說一句，如果你執意要想查出所謂的結果，那麼就算你懲罰到我了，又能怎麼樣？害到的只是生病的患者。我每年可以拯救大約兩百條生命，如果你把我抓進監獄關上五年，那麼你間接害死了一千個病人。如果我以後不能再繼續我的醫學事業，那麼你害死的病人就更多。」

吳畏啞口無言。他不能否認李漢良說的不是假話，但是他也無法容忍罪案就在他的眼前發生。他坐在那裡一動不動，陷入沉思，甚至沒有注意到李漢良是什麼時候離開茶樓的。

在接下來的幾個星期裡，他的調查一無所獲，他甚至連一個醫院的人都見不到。那個去世的病人，妻子瘋了，兒子還在讀書，一點線索也找不到。

吳畏心想，也許他陷入了困境，但這困境不會太長久了。可他怎麼也想不到，他不僅僅是在幾個星期找不到半點線索，而且在接下來的整整兩年裡，他還是沒有找到更多的線索。

好像每個人都在幫李漢良，也的確，在他監視李漢良的這幾個月裡，李漢良起碼救了幾十個人的性命。

吳畏在考慮自己是不是做錯了。就算他找到了李漢良瀆職的證據，那又能怎麼樣呢？他陷入了無可自拔的泥沼之中，左右為難。於是，他只好用酒精來麻醉自己，整天在酒館裡喝酒，喝得天昏地暗。

其間，警局的李副局長也曾邀請他重新回職，但是自尊心卻讓他硬生生地拒絕了李副局長的好意。他寧願自己辦了一家資訊諮詢公司，也就是所謂的私人偵探社。

還算好，他曾經的名聲為他帶來了不少的生意。可惜，這當中大多數都是調查婚外情，或者商業糾紛。從來沒遇到真正的罪案，這令吳畏感到很沒意思，在他的血管裡流動著渴望的血液，他渴望解決真正的犯罪案件。

直到他遇到了謝依雪，直到他看到了蕭之傑的照片。他一眼就認了出來，這個蕭之傑正是當年死在醫院那個病人的兒子。因為他們實在是太像了，就如同在一個模子裡刻出來的一般。

他想，這大概是個真正的罪案吧。一想到這裡，他的血液開始沸騰了起來。

也許，從謝依雪的這個委託中，他甚至可以查到幾年前的那起事件的真相。

於是，他通知了周淵易，當年，周淵易正是他的下級，而如今，周淵易已經做上了當年他的位置。

所以今天到謝依雪家裡來，他也請周淵易一起來了。

第十章

（01）

謝依雪聽完了吳畏的話，挺直了腰，問：「你說了這麼多，究竟想告訴我什麼？」

吳畏笑了笑，說：「難道你還沒有明白嗎？四年前的那樁事，雖然我並沒有查出到底是怎麼回事，但這事肯定與李漢良和你老公有關。而當時醫院裡死的那個病人的兒子又出現了，而且還和你們身邊的人走得那麼近，而你們身邊的人正一個一個莫名其妙地死去。這說明了什麼？」

「難道你是在說……」謝依雪不由得打了個寒顫，「蕭之傑是在報復嗎？他想為他的父親報仇嗎？」

吳畏歎了一口氣，說：「我們現在沒有證據證明這一切，只能說不排除這個可能性。」

「那……那我們該怎麼辦呢？」謝依雪期期艾艾地問。

吳畏正要回答，這時周淵易從洗手間裡走了出來，說：「謝女士，你家人的人身安全，我們會重視的，一定不讓你們受傷害。」

謝依雪喃喃地念叨著蕭之傑的名字，突然她的臉色變得一片煞白。她站起身來，大聲叫道：「蕭之傑！他現在和曉葉在一起的！」

她像發了瘋一樣撲到了電話旁，撥了沈曉葉手機的號碼。可是沒有人接聽。

她顫抖著聲音，叫了起來：「蕭之傑一定是想殺死我們身邊的人，一個一個地殺死！現在輪到曉葉了！他要殺死曉葉！」

吳畏與周淵易聽著這席話後，面面相覷。

還是周淵易打破了沉默，他大聲對吳畏說：「走，我們回局裡去，馬上想辦法找到蕭之傑與沈曉葉。」

周淵易有條不紊地安排著一切。他讓所有的人注意江都市的每一個路口，以及容易隱藏人質的地點。他將蕭之傑的照片影印下來，交到了第一線的每一個警員手上，甚至發到了相鄰城市的警局要求協查。

江都市實在是太大了，交通也是四通八達。一個人要是想把自己與自己的獵物藏起來，簡直是太容易了。

吳畏一言不發地看著周淵易佈置這一切，他也知道周淵易的反應沒有一點錯誤。但是他總覺得在哪裡出了偏差。但究竟是哪裡做得不對，他也不知道。他也不知道還有什麼更好的方法可以找到蕭之傑與沈曉葉。

他踱出了屋，摸出了一根煙點上。

蕭之傑到底去了哪裡？

是不是應該換個位置思考？如果我是蕭之傑，想要報復這所有扭曲的一切，我會把沈曉葉藏到哪裡？

殺死的人都做得乾淨利落，沒有留下半點痕跡。如果延續以前的作案手段，他應該不會把沈曉葉藏起來，說不定他已經殺死了沈曉葉，現在要做的只是處理她的屍體。

一想到這裡，吳畏不由得倒吸了一口涼氣。

屍體他會藏到哪裡？事實上以前的幾起凶殺案，兇手根本就沒有想過要隱藏屍體。不管是死在江灘上的那對男女，還是被殺死在空置大樓裡的局長女兒，又或者是死於車禍的藥業公司老總，他們的屍體都沒有被故弄玄虛藏在什麼不可知的地方。這次會例外嗎？

過去吳畏就常常對連環命案進行研究。通常說來，連環殺手在犯罪的過程中，都會注意行為的連續性。這不僅僅是兇手的習慣使然，更重要的是可以滿足兇手渴望被重視的心理要求。

如果在二十四小時內找不到曉葉的屍體，那麼就可以考慮沈曉葉並不是被蕭之傑殺死了。

可是，蕭之傑會改變他的習慣嗎？

他究竟在哪裡？

直到傍晚，還沒有蕭之傑與沈曉葉的下落。

周淵易有些心急了，他的眼睛泛著紅光，像是暗夜裡的一隻野獸。他感覺自己在陷入困境，他知道如果在二十四小時裡找不到蕭之傑，這個案子就會愈發地難辦。

這時，他的手機又響起，是徐婷婷打來的。

「周大偵探啊，你忘記了沒有？你還差我一頓飯呢。」電話的那一頭，傳來了徐婷婷銀鈴一般的聲音。

「哦，是嗎？」周淵易被今天的事弄得有些心神不寧。但是他隨即就想起來了，他曾經因為懷疑徐婷婷的大舅舅李漢良而欠下了這頓飯。

不過今天聽了吳畏說起四年前的那段公案，他又出現對李漢良產生了新的懷疑。但是這些懷疑是沒有證據支援的，僅存於理論和推理上。

看來與徐婷婷一起去吃個飯也未嘗不可，正好可以順便從側面瞭解一下李漢良的情況。再說，徐婷婷也算得上是個有吸引力的女孩子。那天在她家裡吃的那頓飯，給周淵易留下了非常深刻的印象。

不過，這麼做是不是有些對徐婷婷不太公平呢？自己這麼做是不是顯得有些太卑鄙了呢？以後讓她知道了，說不定連朋友都沒得做。再說現在手裡的案子還壓在這裡，他必須要儘快找到蕭之傑與沈曉葉，否則這件事讓上面知道了，沈建國方面的壓力會很大的。

正當周淵易對著電話聽筒遲疑猶豫的時候，徐婷婷像連珠炮一般說道：「怎麼了，周大偵探，沒時間，還在忙啊？再忙吃飯的時間總得擠出來吧？對不？我就在你們警局外不遠的稻香村。你如果不來，我會很失望的哦。」

聽完了徐婷婷的話，周淵易很輕柔地答道：「我會來的，半個小時後趕到。」

連他都不知道自己怎麼會發出這麼溫柔的聲音，就像是對著自己的女友一般。

周淵易沒有女友，他沒有女友已經很長一段時間了。曾經的女友們都忍受不了他，他從來都是工作起來不要命，甚至會忘記與女友約會的時間。一接到任務就會馬上出發，就算是在和女友吃飯也不會改變他的決定。在女友面前，他從來沒有試過溫柔的說話，不是他不會，而是他根本做不出溫柔的模樣。可以試想，一個整天面對最殘暴的罪犯與最怪異犯罪的警察來說，想要做出一副溫柔的模樣，的確是太難了。

但是今天他居然對徐婷婷說出這麼溫柔的語氣，連他自己都覺得奇怪。難道這個徐婷婷會成為他命中注定的某個人嗎？

周淵易不敢再想了。他繫上了襯衣領口上的紐扣，在手下詫異的眼光中，走出了門。

（02）

稻香村是一家所謂的民俗酒樓，正印證了一句話：「堂前一棵樹，村姑來服務」。一個打扮土得掉渣，臉蛋紅撲撲的女孩將周淵易領到了包廂中，他看到了徐婷婷正笑吟吟地坐在圓桌後。

在徐婷婷的面前擺了一本小說，大概是她在等待周淵易前來的時候，抓緊時間正在閱讀吧。

她一看到周淵易進了包廂，連忙將書合攏，放進了包包中。

周淵易還是看清了那本書的封面，這是一本珠海版的世界探案經典日本卷。那套日本卷一共有十本，周淵易也珍藏了這麼一套，閒暇無聊的時候常常翻出來看上一看。從徐婷婷正在看的這本書的封面上來看，雖然只是晃了一眼，但是周淵易還是很輕鬆地認出這本書的名字，叫《黑手幫》。

《黑手幫》是日本本格推理大師江戶川亂步的經典作品了。雖然周淵易更喜歡變格派橫溝正史的作品，但是對亂步大師的作品也做到了每本必讀。他沒有想到，徐婷婷竟也是個推理小說迷。

「你也喜歡看推理小說？」正好可以從這本書打開話題，周淵易如此問道。

「嗯，我很喜歡看的。不過我覺得亂步的文章寫得沒橫溝正史的好看。我最喜歡橫溝的《吹著笛子來的惡魔》。」徐婷婷答道。

周淵易的心裡砰的一聲，這個女孩的品位竟和他一樣。他又說：「我也不喜歡亂步，但是我更討厭的推理作家是……」

「松本清張！」兩個人同時說出了名字。

周淵易與徐婷婷竟有同樣的愛好與品位，這無疑讓話題與氣氛融洽了起來。

點了幾個菜，才發現他們竟然對菜品的愛好也幾乎相同，都喜歡吃麻辣的川菜。

周淵易開始對這個女孩子產生了濃厚的興趣。這個看似柔弱的女子，竟在他的心裡掀起了不大不小的波瀾。

不過想起他來的目的是企圖從側面瞭解李漢良的情況，周淵易不禁心裡生出一絲猶豫。「我可以這麼利用這個女孩嗎？我可以傷她的心嗎？」他的心不由得柔弱了起來。

他埋下頭一言不發，只顧著消滅盤中的蒜泥白肉。

「怎麼了啊？怎麼不說話呢？是不是案件遇到了僵局呢？」徐婷婷善解人意地問道。

當然，周淵易是個合格的警員，他絕對不能洩露案件裡的機密，特別是這個案件有可能涉及到徐婷婷的大舅舅——江都大學附屬醫院的院長李漢良。

他悠悠地歎了一口氣，不置可否，繼續用筷子撥弄著盤子裡的菜。對面這個漂亮的女孩已經讓他心神大亂了。

於是周淵易岔開話題，又與徐婷婷討論起推理小說來了。不過，因為他最近一直忙於工作，已經很久沒看過新的推理小說了。所以當徐亭亭談起淩十行人、島田莊司的名字時，周淵易都感到了陌生。

事實上，周淵易的心思放在案子上，他也想竭力去套徐亭亭的話，從側面瞭解李漢良到底是個什麼樣的人。可是在他心中，又一直存在著一個芥蒂，他總覺得這樣是在利用一個他有著好感的女孩。

所以，這頓飯吃得索然無味。徐婷婷也看出了周淵易的心不在焉，但她並沒有說什麼。也許她認為，做警察的人都是這樣，即使是在與美女約會的時候，也會惦記著自己的工作。而這種敬業的職業精神，也正是徐婷婷所欣賞的。

吃完飯後，周淵易送徐婷婷回家。當然，回的是江都大學校園裡，李漢良的那幢法式老屋。

李漢良還是沒在家裡，大概是在動手術吧。

徐婷婷在走進屋裡的時候，回頭望了一眼周淵易，笑語嫣然地問：「周警官，要不要進來喝杯咖啡？」

周淵易心裡咯噔一下。要不要進屋喝咖啡？這是電影裡用到了濫俗的橋段，正是暗示可以繼續交往的意思。可是……案子正在膠著的狀態，蕭之傑與沈曉葉的下落不明，還牽涉著好幾起命案，現在怎麼能有談情說愛的功夫與心思？

周淵易不情願地說：「算了吧，還是下次。我還得回局裡忙一下工作。」

當他轉身離去的時候，從徐婷婷的眼裡，分明看到了失望的神色。

他剛走出幾步，突然聽到身後徐婷婷在叫他的名字。回過頭來，徐婷婷已經跑到了他的身邊。

徐婷婷從手提包裡拿出了一本書，遞給了周淵易，正是那本珠海社出的《黑手幫》。

「周大偵探，這本書你拿回去看看吧。今天吃飯的時候，我就看出來了，你已經很久沒看過推理小說了。還是多看看吧，說不定可以找到破案的靈感。」

周淵易笑了笑。破案哪有這麼容易的？推理小說裡的東西，都是虛構的，沒有現實生活裡的案件複雜與殘酷。如果推理小說真的有用，那這個世界就不需要警察了，需要的只是推理小說作家。

不過周淵易沒有說這些話，他還是接過了這本書，放進了自己的包包裡。

因為他知道，男女之間最開始的時候，借書是最好的見面藉口。因為借了書，一定得約時間還書。而還書的時候，又可以借新的書。

周淵易的臉上，露出了微笑。

回到局裡，周淵易立刻問手下們有沒有蕭之傑的消息。可惜，得到的答案是否定的。

王力在接到了周淵易下午打來的電話，就開始了對蕭之傑的尋找。在江都大學，他找到了蕭之傑的地址。等上門後，才知道蕭之傑當天與一個女孩外出了，而與他們一起離開的，還有蕭之傑得了精神病的母親。

蕭之傑在走的時候，曾經對鄰居高大伯說，他會離開幾天，請高大伯幫他看一下家，連鑰匙都給高大伯了。看來，短時間內他不會回到家裡來。

他去哪裡了？他把沈曉葉帶到哪裡去了？他想幹什麼？

當天下午，王力就發了內部的協查通報，把蕭之傑的照片發到了各個路口的檢查站。可是，直到晚上都沒有發現蕭之傑的蹤影。蕭之傑就像一粒落到了撒哈拉沙漠的雨滴，如在人間蒸發了一般。與他一起失蹤的，還有他的媽媽和沈曉葉！

周淵易無奈地歎了一口氣，點上了一根白色的萬寶路。他感覺，這個案子暫時進入了死胡同。

（03）

整整二十四小時，都沒有沈曉葉與蕭之傑的消息，沈建國就如熱鍋上的螞蟻一般坐立不安。而妻子謝依雪則是鐵青著一張臉，對他一句話不說。每當四目相接的時候，謝依雪總是慌亂地躲開了沈建國的視線。

保姆何姐像個透明人一樣在屋裡，一言不發，東擦擦、西抹抹。雖然屋裡的電視開著，但是聲音卻像是從遙遠的地方飄過來一般。整個屋裡的空氣像是凝滯了，沒有一點生氣。與其說是一間住宅，還不如說更像是一座墳墓。

依雪是不是知道了一點什麼？莫非四年前那幕不光彩的事，被她知道了一點風聲？可是，事實上，那件事被包得滴水不漏，不可能會有人知道的啊！

那幾個護士去了其他城市的醫院，越混越好。那幾個飯館的夥計也離開了這裡，永遠不會再回來。沒有人會知道這件事的，所有人都被擺平了——除了一個人，吳畏。

但是，謝依雪不可能認識吳畏的。謝依雪與吳畏之間不會有任何交集，他們就像兩條永遠不會相交的平行線一般，風馬牛而不相及。

沈建國這樣想道。但是他怎麼也不會猜到，就在今天下午，吳畏就在這個房間裡，與謝依雪整整交談了一個小時。

沈建國坐在沙發上，面前的煙灰缸裡擠滿了煙頭。過了良久，他終於站起身來，走進了臥室，然後砰的一聲關上了門。在臥室裡，他拿出了手機，撥出了幾個號碼，是李漢良的電話。可是，回答他的，只有幾句冰冷的女聲：「對不起，您撥的號碼未開機，請稍後再撥。」

李漢良在哪裡？他在幹什麼？難道是在做手術嗎？

沈建國又打了個電話給江都醫院的朋友，得到的結果卻是，那天晚上並沒有安排李漢良動手術。

——難道李漢良也神秘失蹤了？

他突然感到一種四面楚歌的感覺，他突然發現，身邊竟然連個說話的人都沒有。最好的兄弟吳慶生死了，聽警方的暗示，死在廢棄的大廈十三層裡的那具無頭女屍，正是吳慶生的女友魏靈兒。

當然，警方沒有給他說誰是嫌疑人。處於警方的立場，也不可能告訴他嫌疑人是誰。但是，沈建國卻隱隱感覺到，這一系列的事，都與那個叫蕭之傑的陽光男孩有關。而所有的事，又牽涉到四年前那不光彩的一幕。

這是多麼可怕的一件事啊。他已經知道了蕭之傑與女兒在一起，而他隱約猜到了蕭之傑的身份。這讓他感覺毛骨悚然——難道真是蕭之傑做的嗎？那他現在想對沈曉葉做什麼？

沈建國如墜進了冰窖之中，在臥室裡手指顫抖地點上了一根煙，他已記不清這是今天晚上的第幾根煙了，兩片嘴唇因為吸煙太多而感覺麻木。可是，他已經沒有其他辦法了，只能靠著香煙來麻醉自己。

身邊與自己有關的人，一個一個死去，先是歐陽梅，然後是魏靈兒，接著是吳慶生。下一個會輪到誰？會是他自己嗎？

他感覺到無助，還感覺到了孤獨。而更重要的是，他感覺到了絕望與恐懼。這兩種油然而生的思緒，如絞纏的蔓藤一般，在心裡繞來繞去，揮之不去。

沈建國的手指驀的一疼，是香煙燒到了他的指頭，他連忙扔開煙頭，向手指大口大口吹著氣。這時他才發現煙頭扔在了臥室的地毯上，眼看就要燒開一個洞，他連忙用腳去踩。就在這個時候，突然他的手機響了起來，令他心中一驚。

「喂，你好。」沈建國竭力在電話裡作出一副鎮靜的模樣。沈建國之所以能在幾年時間裡把生意做得這麼大，還做得這麼好，是和他的刻苦與敬業分不開的。即使是在最慌亂的時候，他也儘量在生意上做到不慌不忙。

「爸爸——」電話裡傳來的是女兒沈曉葉的聲音。

「曉葉，你在哪裡？」沈建國頓時方寸大亂，忙不迭地問道。

「我沒事。」

「你在哪裡？為什麼你的電話關機了？」沈建國焦急地問。

「手機沒電了⋯⋯昨天我忘記充電⋯⋯爸爸，我沒事的。」沈曉葉用滿不在乎的語氣答道。

沈建國心裡突然激起一股無名火，大聲在電話裡說：「你這孩子是怎麼了？不回來也不給家裡打個電話。你知道爸爸有多擔心你嗎？」

那邊沉默了良久，沈曉葉才諾諾地說了聲：「對不起……爸爸，我這裡還有點事，今天晚上不回來了……」

「你有什麼事？有什麼重要的事，竟然可以讓你徹夜不歸？」

「爸爸……明天我回來再給你說，好嗎？」沈曉葉說完後，立刻掛斷了電話。

「喂喂喂！」沈建國對著電話聽筒大聲說話。

他愣了一下，這才想起一件很重要的事——沈曉葉是與蕭之傑待在一起的！蕭之傑是個很危險的人物，而曉葉卻一點也不知道自己身處險境。

沈建國連忙按手機剛接到的電話號碼，重新打過去。可是，那邊卻沒有人接。

難道是女兒受了蕭之傑的蠱惑，或者剛才的電話，是在蕭之傑的脅迫下打的電話？

沈建國想報警，可是他又怎麼能說出自己的懷疑？一說出他懷疑蕭之傑的事，就勢必要說出蕭之傑的動機。那麼，四年前的那件事，就會被挖出來。這顯然是他不願意看到的。

也許，這件事應該他自己來處理。

他望著手機裡的這個已接來的號碼，竭力讓自己冷靜。從這個號碼的前兩位數字來看，電話應該是從遠郊的某個地方打來的。但究竟是什麼地方呢？要查到電話來源，只能找電信公司幫忙。可是現在已經是深夜了，而且電信公司也只能在警方的要求下，才能去查驗電話號碼的所在地址。

真是一件麻煩的事！

突然，沈建國想起來，李漢良的侄女就在電信公司上班，好像就是負責通信記錄的。那個叫徐婷婷的姑娘，沈建國曾經見過幾面，也許她可以幫自己這個忙吧？

沈建國連忙撥通了李漢良家的電話，他希望馬上能找到徐婷婷……

（04）

吳畏在自己陰冷潮濕的寓所裡，打開了電腦，在網上查起蕭之傑的資料。他的思路與警方並不一樣，他不喜歡從已有的資料去尋找相關的線索，他更喜歡從這些資料裡去瞭解蕭之傑到底是一個什麼樣的人。

只有知道了蕭之傑是個什麼樣的人，才能從蕭之傑的心態，去分析他的想法。只有這樣，才可以設身處地地去假設，如果自己是蕭之傑，那麼現在應該會去做什麼。

吳畏先打開了江都大學的網頁。在事前的資料裡，他已經知道了蕭之傑是校報的攝影記者，還掌管著校報的數位相機。

很幸運地，校報所有的文章與圖片，都同時發佈在了江都大學的校園網上。點開署名為蕭之傑的帖子，吳畏看到了一張張攝影圖片。這些圖片裡，有不少構圖精美的作品，花鳥蟲魚、五光十色。吳畏也看到了一些蕭之傑拍攝到的校園外的車禍現場，其中就有幾天前發生在果山水庫附近的一起車禍的圖片。

而真正讓吳畏深深感到震撼的，是兩套系列圖片。

一套，是發生在校園裡的突發事件。一隻可憐的小貓爬到了一棵大樹上，卻不敢下來了，一直在樹枝上無助地喵喵叫著。於是校園裡的學子都行動起來，想去救這隻小貓下來。但是樹太高了，怎麼都爬不上去。於是，蕭之傑站了出來。他找來幾張大小不一的桌子，一張一張重疊起來，小的疊在大的桌子上，轉眼就疊了很高。蕭之傑站到最高的桌子上，親手抱下了那隻小貓。而在地面接過小貓的人，正是沈曉葉。過程被蕭之傑的同學用數位相機如實記錄了下來，最後一張圖片，是沈曉葉用一根火腿腸餵貓吃，而蕭之傑正含情脈脈地望著曉葉。

這一切讓吳畏感覺到——蕭之傑是個有愛心的男孩。吳畏不能相信這樣的男孩，會做出可怕的事。

而另一套讓吳畏感到震撼的圖片，是蕭之傑自己拍攝的。這套圖片的主題是關於精神病患者。蕭之傑走訪了江都市所有收容精神病患者的醫院，拍出了一副副構圖凝重的照片。他用黑白調的照片，記錄下醫院裡精神病患者的日常行為，並配上了文字。

「這是一個被忽視的弱勢群體，他們幾乎被社會遺忘。又有多少人瞭解他們的生存狀態？又有多少人瞭解精神病患者不為人知的一面？」

吳畏看著蕭之傑拍的照片，一邊抽煙，一邊陷入了沉思。他總覺得這幅圖片將會與蕭之傑現在的下落有關，為什麼自己會做這樣的聯想，他也不知道。也許，這與他多年刑警生涯而產生的直覺有關吧。

對了，蕭之傑的母親就是精神病患者。難怪他會這樣關注精神病患者這個被遺忘的群體。

從蕭之傑鄰居高大伯那裡得到的資訊，蕭之傑的母親常常會莫名其妙跑到街上去，對著陌生人大叫：「都會死掉的！都會死掉的！都會死掉的！」她的丈夫就是四年前在江都醫院李漢良手術裡死去的蕭建，她因為受刺激太深，才患上了精神病。這麼多年來，一直都待在家裡。

為什麼她一直都待在家裡呢？也許是蕭之傑覺得母親待在家裡，他才可以更好地照顧母親吧？可是他現在是學生，哪有這麼多時間去照顧母親？而且，作為一個學醫的大學生，他更應該知道，待在家裡對母親的病情是毫無助益的，蕭之傑母親真正應該去的地方，應該是精神病醫院，蕭之傑不會不知道這一點。

那麼，今天蕭之傑會不會是送母親去精神病醫院了？今天沈曉葉一直與蕭之傑待在一起，難道是她勸說蕭之傑把母親送到了醫院？從沈曉葉的資料看，她也應該是一個充滿愛心，並且很細心的女孩。她很有可能做出這樣的勸說。

所有的一切都是吳畏的推測，而這些推測是沒有證據的，只是出於吳畏對蕭之傑與沈曉葉的性格分析。吳畏決定給全市所有的精神病醫院打電話詢問，看蕭之傑的母親是否被送到了醫院。吳畏也不知道這樣做有沒有用。如果真能用這種方式找到蕭之傑與沈曉葉的下落，他只能歸功於刑警的直覺。

非常幸運地，當他撥打第六個電話，詢問遠郊的一家精神病醫院時，終於得到了消息——蕭之傑的母親在下午被送到了醫院接受住院治療。

送他來的，有四個人。年輕的兩男一女，另外還有位接近五十歲上下的男人。其中一男一女的年輕人肯定就是蕭之傑與沈曉葉，那麼另外一個年輕男人與五十歲左右的男人又是誰呢？

這家醫院就在去遠郊果山水庫的路上，風景秀美、人煙稀少。

吳畏沒有繼續去猜想那兩個男人的身份，而是立刻打了個電話給周淵易。二十分鐘後，周淵易就開著越野車，來到了吳畏的樓下，然後他們一起驅車向遠郊的精神病醫院駛去。

當他們來到精神病醫院時，正好看到一輛黃色的計程車在他們之前到達了這裡。下車的人，卻是沈曉葉的父親沈建國。

不用說，沈建國是在聯繫了李漢良的侄女徐婷婷後，知道沈曉葉是從這裡打來電話的，所以立刻趕到了遠郊的精神病醫院。

他下車後，隨即看到後面停下的越野車。從越野車上，下來的竟然是周淵易與吳畏。當他看到吳畏時，不由得心裡一驚——吳畏怎麼會到這裡來？還是和周淵易一起來的，他要幹什麼？

吳畏看到沈建國時，第一個反應是——微微冷笑。他本來想問一句，沈先生，怎麼你今天沒開自己的保時捷，而是坐計程車過來的？但他馬上想起，沈建國的保時捷已經在幾天前，吳慶生的車禍現場裡，變成了一堆廢鐵。

周淵易與沈建國寒暄了幾句，他也知道吳畏曾經與沈建國有所過節，所以當他看到這兩人沒有交談時，也沒有多說什麼，更沒有為兩人做相互介紹。三人就如此尷尬地走進了精神病醫院的高牆大門。

只有一幢孤零零的深灰色大樓，佇立在不遠的地方，散發著微弱的橘黃色燈光，看上去很是陰深。樓前是同樣灰仆仆的草坪，也許是因為沒人管理，草坪上全是雜草，淩亂不堪。

周淵易、吳畏與沈建國三人，各懷心事、默默不語地穿過草坪，一同走進了灰色大樓。

第十一章

(01)

在一樓的值班醫生處，周淵易亮出了自己的證件，然後詢問到了蕭之傑母親的病房。在值班醫生的陪同下，他們乘坐舊式的電梯上到了三樓的女病區。就在三樓的病房走廊上，他們看到了坐在長椅上的四個人。

蕭之傑摟著沈曉葉坐在一側，沈曉葉已經疲倦地閉上眼睛，安詳地躺在蕭之傑懷裡，輕輕發出了鼾聲。她的身上，披著蕭之傑的外衣。

而在他們對面，還坐著一老一少。一個是江都醫院的院長李漢良。而另一個年輕人，周淵易他們都不認識。

周淵易重重地咳了一聲嗽，坐在那裡的四個人立刻警醒地望了過來，他們立刻神色各異地望著來到三樓的這幾個人。

沈曉葉看到父親，眼裡閃過的，顯然是慌亂的神色。她連忙從蕭之傑的懷抱裡掙脫出來，哆哆嗦嗦地問：「爸……你怎麼來了？」

而李漢良則望了一眼沈建國，又望了一眼沈曉葉，問：「哦?!你是她爸爸?!」說完，他又用難以言喻的神情，看了一眼蕭之傑，再看了一眼周淵易，欲言又止。

蕭之傑顯然不知道周淵易與吳畏的身份，他只是侷促地站起來，猶豫地對沈建國恭敬地說：「伯父，您好。」

沈建國面有慍色，他沒好氣地對沈曉葉說：「你這丫頭，怎麼出來這麼久，竟然不給家裡打個電話?你說，你怎麼在這裡?」

李漢良連忙走了過來，勸住沈建國，說：「老沈，這事怪我，你聽我解釋吧。」在李漢良面前，沈建國當然不好再繼續怒斥女兒，只好氣鼓鼓地閉上嘴。李漢良則拉住沈建國的胳膊，說：「老沈，我們換個地方再談好啦。他們都一天沒休息了，就讓他們幾個孩子歇一歇。」

他倆走到緊急通道的玻璃門後，而周淵易也與吳畏跟了過來，四個人在緊急通道裡交談了起來。

今天下午早一點的時候，蕭之傑在沈曉葉的勸說下，終於下決心，要把母親送到精神病醫院去接受治療。他覺得應該先問問李漢良教授，把母親送到哪家醫院治療效果會更好，於是打了個電話給李漢良。

李漢良是知道蕭之傑母親病發原因的，心中一直有愧。他本來想接她到江都醫院來，可是想到蕭之傑的父親蕭建就是在江都醫院去世的，他怕她接觸到江都醫院的環境，會引發新的病情，所以決定換一家醫院，於是介紹了這家遠郊的精神病專科醫院。

當時他正在帶學生做實驗。但是他覺得自己還是應該親自走一趟，帶蕭之傑把他母親安頓好，畢竟他在江都市有著自己的人脈，他介紹的病人，肯定會得到很好的照料。再說他怕蕭之傑身上的錢不夠，他至少可以在金錢方面幫一下蕭之傑。這樣一來，起碼可以讓他一直被愧疚所折磨的良心稍稍好受一點。

李漢良擔心在送蕭之傑母親去醫院時，蕭之傑母親突然病發無法控制，於是叫了一個男學生陪他一起去。他挑了一個身體健壯的研究生，這個學生叫龍海。而他並不希望這件事被太多人知道，所以並沒有讓醫院派車接送。

等忙完所有的事，終於將蕭之傑的母親安頓好後，時間已經很晚了，天也黑了。醫院地處遠郊，早沒了回程的車。巧的是，他們的手機都沒電了，所以沈曉葉沒有辦法與家裡聯繫。

而龍海則根本就沒有手機，他是從農村到城市來上大學的，家境貧寒。聽說為了供他讀書，他母親還到城裡來為人做保姆，補貼家用。龍海也是李漢良最得意的學生之一，實驗室也是由蕭之傑與龍海輪流值班，拿一個勤工儉學的機會給他們。

提起龍海的名字，周淵易也有了點印象。

記得在調查A物質情況的時候，周淵易的手下王力，曾經找李漢良的學生瞭解過情況，其中就找龍海談過話。聽王力說，龍海雖然看起來粗枝大葉，但說話卻有點娘娘腔，當時他還嘲笑了一番。不過現在周淵易倒對這個家境貧寒的研究生有了些好感。

出了精神病醫院，那輛送沈建國過來的計程車還等在那裡，沈建國早就料到了可能會沒有回程的車，所以給了訂金吩咐計程車在這裡等他。

可惜計程車只能坐四個乘客，沈建國正準備讓女兒、蕭之傑與李漢良上車，讓周淵易與吳畏送龍海回城。

但這時，周淵易走了過來，對蕭之傑說：「你可以跟我們坐一輛車嗎？我想問你一點問題。」

「你是誰？」沈曉葉突然問道。她與蕭之傑在這之前還沒見過周淵易，根本不知道他是誰。

周淵易笑了一下，亮出自己的證件，說：「我是警察。」

「那你找我有什麼事啊？」蕭之傑不解地問。

周淵易當然不能當著這麼多人，說他懷疑蕭之傑是幾起謀殺事件的嫌疑人，於是婉轉地說：「我想找你瞭解一點事……」

蕭之傑點點頭，說：「好吧，協助警方是我應該做的。」

他正準備跟著周淵易走的時候，沈曉葉突然叫了起來：「你們找他瞭解情況，也不用在這麼晚的時候找他吧？不能明天再說嗎？」

沈建國拽住了女兒，沒好氣地說：「找他當然是有事啊，你不要再說了，跟我回家！等我回家了再慢慢收拾你！」他當然知道警察找蕭之傑是為了什麼事，但這事又不能對女兒說出來。他只想快點回去，他一分鐘都不想看到與周淵易待在一起的吳畏。

李漢良也懷著一樣的心事，所以趕緊鑽進了計程車。龍海也上了計程車，跟他們一起離去了。

周淵易站在越野車前，望了一眼蕭之傑，然後說：「走吧，跟我上車吧。」

(02)

越野車上，周淵易兩眼直視前方，一言不發。車裡的氣氛有點尷尬，蕭之傑似乎並不知道自己為什麼會被這個年輕的警官叫走，一片茫然地望著擋風玻璃。而吳畏則吸著香煙，他拉開了一點車窗，冷風嗖地一聲灌進車中，立刻將他嘴裡吐出的煙霧吹得一乾二淨。

終於，吳畏打破了沉默。他慢慢地對周淵易說：「小周，我們就在車上問吧？」

從規章上來說，這是很不符合訊問條例的。訊問嫌疑人，必須要兩個以上的警察同時在場，並且要做筆錄，並保證是嫌疑人在自願的情況下進行訊問。而現在，吳畏是個離開警察工作崗位的私家偵探，他並沒有資格對嫌疑人進行問話。

當然，周淵易明白吳畏的想法。吳畏還對四年前的那起案子耿耿於懷，他一直都想找到證據來證明他當初的懷疑並沒有錯。吳畏的心裡一直憋著一股氣，他不願意讓別人把他看低了。這四年來他在私家偵探領域做得有聲有色，也與他剛正不阿倔強的性格有關。吳畏對現在這起一系列的謀殺案件有著非同尋常的好奇，他覺得也許從這起案子，可以挖掘出四年前那起案子的事實真相。

周淵易決定幫吳畏這個忙。他重重地踩了一腳剎車，將車停在回城的公路旁。

吳畏慢慢搖下車窗，窗外正好駛過一輛黃色的計程車，正是沈建國一行人乘坐的那輛。吳畏心想，車上的沈建國與李漢良一定看到這輛停在路邊的越野車了吧。這兩人看到越野車後，他們會想些什麼？他們會猜測一個警察與一個前任警察，會問蕭之傑什麼問題嗎？他們又會做如何感想？心裡會感覺到慌亂與忐忑不安嗎？

吳畏頓了一下，然後看了一眼蕭之傑，問：「你知道我們找你幹什麼嗎？」

蕭之傑無辜地搖了搖頭。

「你認識趙偉嗎？」吳畏開門見山，直接進入主題。

「當然，我認識他，他是我的師兄，也是李教授帶的研究生。」蕭之傑顯然認為吳畏是在向他瞭解關於情人灘上趙偉之死的案件。

「那你認識歐陽梅嗎？」

蕭之傑搖搖頭，說：「不認識，當然不認識。」

「那你在那天晚上，十二點到凌晨六點在哪裡？在幹什麼？有誰可以為你作證？」吳畏的語氣很是冰冷。

蕭之傑愕然地抬起頭，問：「你問這個幹什麼？你們不會是在懷疑我吧？」

蕭之傑雖然很不情願，但他還是說，那天晚上他回家了。他擔心母親的病又犯了，所以隔天就會回家一趟看望母親。那天晚上，他一直待在家裡睡覺，母親可以為他證明。至於趙偉的死，他也是第二天到了學校才知道的。

不過，按照吳畏與周淵易的立場來看，蕭之傑的說法，並不能被他們所接受。一則是因為蕭之傑的母親是他的直系親屬，所做的證明並不能取信；二則他的母親是精神病患者，連行為都不能自控，所說的話真實性更是不能被採納為證據。

吳畏又問了蕭之傑，在吳慶生發生車禍身亡的時候，他在什麼地方。

這個問題很好回答，那天蕭之傑與沈曉葉待在一起。當吳慶生發生車禍的時候，他倆正好乘車趕回城裡，還正好目睹了車禍現場。當時看到被擠成廢鐵的保時捷，沈曉葉還以為是自己的父親沈建國出了車禍，擔心得差點號啕大哭。

不過，這也不能減輕蕭之傑的嫌疑。因為吳慶生發生車禍，真正的原因是因為眼藥水裡被滴入A物質，引起散瞳反應，同時保時捷轎車的安全氣囊被破壞，一根電線被剪斷了。這些事都可能是兇手以前做的，事發時有不在場證據，並不能說明什麼。

下一個要問的問題，就是魏靈兒在沈建國公司所在的大廈十三樓被殺、並被割去頭顱的時候，蕭之傑在哪裡。

而事實上，魏靈兒準確的死亡時間並不能被確定，只能被確定是在發現屍體前二十四小時左右。蕭之傑同樣也不能說出自己有充分的不在場證明，因為他不可能做到在二十四小時中，一直有朋友在身邊為他作證。

這是一種悲哀，在英美法律系統裡，如果沒有證據，警方就會認定嫌疑人無罪。而在這個案件裡，如果蕭之傑找不到合理的不在場證明，那麼他就洗不清自己的嫌疑。

可是，真正令蕭之傑想不通的，是自己與趙偉一點關係都沒有，為什麼這兩個警察會懷疑到自己？

他忿忿不平地向周淵易與吳畏提出了自己的疑問。

吳畏聽了他的問題後，冷冷地看了一眼蕭之傑，然後說：「因為你有動機！」

「動機？我有什麼動機？」

「因為你想為你的父親報仇！」

蕭之傑大駭，他愣了好半天都沒反應過來。

「什麼？我為父親報仇？你們有沒有搞錯？」他怔怔的問，「我父親是因病去世的……四年前因為心臟病突發而去世的……當時是李教授親自做的手術……」

「如果有一天，你知道了，你父親並不是因為病情嚴重而去世的，而是因為一起醫療事故才去世，並且這件事與一個人有關。你——會不會想辦法報復那個人？」吳畏的聲音突然提高了音量，問道。

聽完這話，蕭之傑的臉色變得凝重起來。他定定地望著吳畏的臉，然後堅毅地說：「會！我當然會報復！」

不過他感覺自己鑽進了吳畏問話的圈套中，所以立刻補充到：「但是你所說的趙偉、歐陽梅、吳慶生、魏靈兒，都與李教授沒有關係啊！再說我父親的死，的確是因為病情嚴重，我自己也是學醫的，在那個手術中，李教授並沒有責任的，那根本就不是什麼醫療疏失。」

吳畏沉吟了片刻，然後一字一句地說：「是的，死了的這四個人，的確與李漢良沒有關係。但是，他們卻和另外一個人有關——那就是沈建國！他是你女友沈曉葉的爸爸！」

「可是，沈伯伯與我父親的死因，又有什麼關係呢？」蕭之傑還是一副茫然的表情。

「因為我懷疑，四年前，你父親之所以會在手術中去世，可能是因為李教授在酒後動的手術。而當天與他在手術前喝酒的，正是沈建國！」

吳畏說完後，蕭之傑的臉上立刻呈現出了不敢相信與憤懣驚異的神情。

（03）

蕭之傑身體向前傾了過去，拽住了吳畏的領口，大聲說：「你說的都不是真的吧？這不可能！李教授對我太好了，就像是父親一樣！什麼事都幫著我，絕不可能是罪犯的！」

吳畏撥開了憤怒的蕭之傑，說：「你知道嗎？我查過相關的銀行帳戶資料。每個月李漢良都會劃出一筆錢匯到你家裡的地址去。你說他為什麼會這麼做？」

「因為……因為他是個好人……」蕭之傑此時也不得不信了，他這才知道四年來一直資助他讀書的，竟然就是李漢良教授。他不敢確信李漢良是不是真的做過吳畏所說的事，心中巍然屹立的神像眼看就要坍塌。

「可是，請注意，他是從四年前就開始匯款給你了。他一定是怕自己忘記這件事，所以一直委託銀行幫他把錢匯給你。四年前，他根本就不認識你，你也不認識他，因為那時你還沒考進江都大學的醫學系。那麼，他為什麼要這麼做？你真的相信他是一個大好人嗎？這麼多貧困學生，為什麼他只幫你一個人？難道這不正是說明他心中有鬼嗎？他這是在贖罪！」

吳畏說完，蕭之傑頓時一言不發了，陷入久久的沉默之中。

難道，事實就像是吳畏所說的那樣嗎？

難道，李漢良真是一個披著羊皮的狼，知人知面不知心的偽君子？

如果是這樣，那真是太可怕了。蕭之傑不敢相信，他為心中的神像坍塌而感到難過，更為四年前父親的死，感到痛苦萬分。

他的眼圈紅了，然後幾串淚珠落了下來。

車廂裡死一般的的沈默，只有三個人沉重呼吸的聲音。

在吳畏問蕭之傑的時候，周淵易一句話都沒說。他這是想營造一個非官方的詢問環境，因為吳畏並不是警方人員，儘管這一點蕭之傑並不知道。

一開始的時候，周淵易是把蕭之傑看作一個與四起命案有關的危險犯罪嫌疑人。可是到了現在，他心中的懷疑有些動搖了。

周淵易轉頭望了一眼吳畏，兩人會心地交換了一個眼神。從眼神裡，他看出，吳畏也與他有著同樣的想法。

周淵易與吳畏都有著多年的警察生涯，他們見過太多犯罪嫌疑人的各種面孔。但像蕭之傑這樣的表現，還是第一次看到。

驟然得知事實的真相，出乎意料的真相，人的自然反應都是一樣的。特別對於蕭之傑來說，這種心中偶像坍塌的經歷，就如情感上的一次重創。沒有人可以繼續保持冷靜與理性。周淵易看得出，蕭之傑流下的淚水，是來自真情的流露，並不像是做作。

如果剛才蕭之傑的表情是偽裝的，周淵易只有嘆服他的演技。

周淵易回過身來，一言不發，猛的一腳踩向油門，越野車如離弦的箭一般，向城裡駛去。入城的時候，已經是淩晨三點了。周淵易突然問蕭之傑：「你是回家還是回學校？」

蕭之傑一愣，問：「你們不是把我當嫌疑人嗎？現在準備讓我回去了？」

周淵易點點頭。

蕭之傑還是選擇回了家，因為這麼晚，也沒辦法進宿舍了。

周淵易與吳畏找了一家通宵營業的小吃攤，要了幾瓶啤酒和幾份炒菜。周淵易晚上與徐婷婷吃的那頓飯，實在是吃得太侷促了，在醫院的時候就感覺有些餓。當然，酒是給吳畏準備的，周淵易要開車，所以滴酒不沾。

吳畏喝了一口啤酒，問：「就這麼放走蕭之傑？你不準備再找他多瞭解一些情況？」

周淵易反問：「你真覺得他是兇手？」

吳畏聳聳肩膀，答道：「我也知道，他不是兇手的可能性很大。不過至今他還找不出嚴密的不在場證據。我們不能放過任何一種可能性，所以應該對他繼續進行調查。」

周淵易點頭，說：「是的，我會繼續安排王力調查蕭之傑的。不過，如果他真是無辜的，那麼這個案子似乎就走進死胡同了……我們找不到下一個有動機的兇手了。」

就在這個時候，周淵易的手機突然響了起來，是蕭之傑打來的。

他剛走不久，現在打電話過來又是為了什麼事？

蕭之傑在電話裡，激動地說：「周隊長，我想起來了！趙偉死的那個晚上，我先回了一趟家，媽媽睡著後，我就去屋外的網咖上了一通宵的網，你們可以去網咖查一查。」

掛斷電話，周淵易向吳畏轉述了蕭之傑的話。吳畏失神地吸了一口香煙，然後猛灌了幾口啤酒，說：「看來，這案子真的走進死胡同了。」

當然，蕭之傑的話還是必須要去證實一下。既然那家網咖是通宵營業的，那麼現在應該還開著。於是周淵易匆匆將飯菜打包，與吳畏驅車向蕭之傑住的地方趕去。當他們來到那家網咖的時候，看到蕭之傑已經在網咖門口了。

為了防止未成年人上網，江都市已經實施很久的網咖制度。進入網咖的人，都必須憑身份證才可以上網。

在網咖裡，周淵易在上網原始記錄裡，查到蕭之傑果然在當天晚上十二點的時候進入網咖上網，而結帳的時間是早晨七點。

打開蕭之傑使用的那台電腦，查到了那天他上網的歷史記錄。用他的帳號進入江都大學的校園論壇，在事發的當天，他的確在很多帖子後面都留言回覆。幾乎是每隔半個小時就會回一個貼，而在半個小時裡，是根本沒時間趕到江都大學的情人灘，殺死歐陽梅與趙偉。

雖然說不排除蕭之傑買兇殺人的可能性，但是周淵易實在無法想像，一個窮學生會有足夠的金錢去雇請殺手。

至此，蕭之傑的嫌疑完全被排除。

（04）

送吳畏回家後，周淵易也開車返家。

天已經快亮了，他卻一點也不覺得困倦。看著天邊露出的魚肚白，他在沉思。

——這個案子現在已經走進了死胡同，找不到任何有動機謀殺的人。

這一系列的凶案究竟是誰幹的？

周淵易決定再重新整理一下思路。

最開始死的，是那對貌合神離的情侶，趙偉與歐陽梅。歐陽梅是沈建國的情夫，而趙偉是李漢良的學生。

有證據表明，在事發前，趙偉給沈建國的妻子謝依雪打過電話，說他要幫謝依雪殺死奪走丈夫的歐陽梅，並索要三十萬。那麼，歐陽梅就有可能是被趙偉殺死的。

而趙偉又是被誰殺死的呢？難道是他約來的同夥？難道是同夥為了獨吞那三十萬，所以殺死了趙偉？人真是可怕的動物，為了三十萬，竟做得出這樣慘絕人寰的事！

而這個兇手，因為使用到了A物質，所以他一定是與江都大學醫學系有關的人。換句話說，他一定與李漢良有所聯繫。

可是，這個人究竟是誰？周淵易卻一點頭緒都找不到。

再說第二件案子，按發現的先後次序，死的是魏靈兒。她是沈建國助手吳慶生的女友，同時也是衛生局長魏瀾的女兒。她為什麼會被殺？這是一個讓周淵易百思不得其解的問題。

按道理說，魏靈兒並沒有與任何人結怨，更沒有惹到與江都大學有關係的人。如果一定要找個理由，那麼就是——兇手是為了報復其他人，所以遷怒於魏靈兒。魏靈兒的關係人很簡單，就只有吳慶生與魏瀾。

如果說事起的緣由是吳慶生，那麼很有可能兇手是衝著沈建國來的。他的目的難道是要讓沈建國身邊的人一個一個都死去嗎？這個兇手實在是太過於殘暴了！

換個角度，如果針對的人是她的父親，衛生局長魏瀾，那又會有什麼人會做這事呢？衛生局長是個肥缺，惹到的人肯定不會少，特別是針對醫藥市場上的藥商醫商。但在生意場上，那些醫藥生意上的人，都是求財求利不求氣，個個都是大老闆，很難想像會有人因為洩私憤而去殺衛生局長的女兒，這很不符合邏輯。要是真惹急了，也只會去殺魏瀾，為什麼要殺魏靈兒呢？從掌握到的情況上來看，魏靈兒與父親的關係並不是太好。如果是因為魏瀾的原因殺死魏靈兒，那她實在是死得太冤枉了。

再換個角度，如果既是針對魏瀾，又是針對吳慶生，那麼他們之間有什麼交集呢？他們都是在醫藥圈子裡混的，而吳慶生追求魏靈兒，有很大程度上，是看中了女友父親手裡的重權。可是，吳慶生又會與魏瀾同時惹到什麼人呢？

而吳慶生的死就更可以做這樣的解釋。有可能是他自找的麻煩，也有可能是因為沈建國的原因。事實上，後一種的可能性更大。因為那輛保時捷平時都是沈建國在開的，安全氣囊被破壞了，受影響的更應該是沈建國。而且沈建國與吳慶生都有滴眼藥水的習慣，眼藥水被掉包則說明——會不會兇手認為，隨便死哪個都沒關係，兩個人都是他的目標？

但什麼人會有機會進入沈建國的公司掉包呢？而且這個人還與江都大學的藥物實驗室有關聯？

周淵易想得頭都有些疼了，但還是理不出一點有價值的線索。看來，這個案子的確是走進了死胡同，找不到一個有可能是兇手的嫌疑人。不管是從動機，還是從兇手可能的身份，都找不到一個可以尋找的突破點。

望著窗外漸漸升起的一輪紅日，周淵易忽然覺得有點疲倦，他這才想起已經一夜沒睡覺了。翻騰的思緒令他有些興奮過度了，為了儘快入睡，他在公事包裡找來一本書翻了翻。這本書正是吃晚飯時徐婷婷借他的那本《黑手幫》。

這本書，周淵易在讀警校的時候就看過了。但已經過了很多年，他早就忘得一乾二淨，所以現在重新讀起，倒也覺得很有趣。

這本書描述，一個公司的董事長突然接到電話，說有人綁架了他的女兒。等他付了贖金後，女兒也沒回來。他以為是女兒被撕票，剛報了警的時候，女兒卻回來了。原來他的女兒是個叛逆的少女，趁著幾天假日與男友去北海道泡溫泉了。她怕父親不同意，所以先斬後奏，根本就沒跟家人說。打電話的人，正是知道了董事長女兒的性格，趁她外出的時候假意說綁架了她。於是董事長不明不白被人騙走了贖金。

這是一個很簡單的故事，卻被江戶川亂步寫得絲絲入扣，讀來煞是有趣。特別到謎底揭曉的那段，更是看得周淵易啞然失笑。這還真像昨天晚上的沈曉葉失蹤事件。所有人都以為沈曉葉是被蕭之傑劫持走了，要對之不利。誰知道事實的真相卻是一對年輕人護送老人去醫院。

其實從推理的角度來說，這只是從兩個角度來看問題而產生的誤會。正是這樣的誤會造成了巨大的情節衝突。

沈曉葉的「失蹤」，又何嘗不是一次審視視覺不同造成的誤會？

一件事，常常都有好幾個表現的途徑，要是判斷的時候一不小心，就會誤入歧途。

兩個角度來看問題！

一想到這裡，周淵易突然心中一亮——為什麼不換個角度來看這次一系列的命案呢？

以前周淵易一直以為案件的兇手是趙偉的同夥，是因為想獨吞三十萬而殺死了趙偉。說不定，這正是走進了歧途，被兇手的障眼法所迷惑了。

說不定，兇手根本就不是趙偉的同夥。說不定，歐陽梅與趙偉的死，根本就是兩起單獨的案件——趙偉為了拋棄當按摩小姐的女友而殺死了歐陽梅，兇手又因為其他事殺死了趙偉！

對！的確有這樣的可能性！以前一直都侷限在趙偉身邊尋找相關嫌疑人，卻一直沒找到可疑的人。唯一一個有嫌疑又有動機的人，蕭之傑，最後也被確認為與本案無關。

現在，是不是應該去想一想，趙偉被殺是否有其他的原因？

周淵易心中頓時豁然開朗，連覺也不想睡了，興奮地在屋裡踱來踱去，等待著上班時間的到來。

第十二章

（01）

沈建國和女兒回到家後，他先關上了門，然後看著沈曉葉一言不發。

他這樣的眼神也讓沈曉葉感覺到不由自主的惶恐。

她不自在地說：「爸，你要罵就罵吧，別拿這種想殺我的眼神看著我。」

「少跟我沒大沒小的！」沈建國氣呼呼地說，「以後你不准再和那個叫什麼蕭之傑的男生交往了！」

沈曉葉一聽這話就急了，大聲問：「為什麼？你憑什麼不讓我和蕭之傑交往啊？」她的眼淚在眼眶裡打轉。

「憑什麼？就憑我是你爸爸！」沈建國蠻橫地答道。他當然不可能說出為什麼不讓女兒與蕭之傑交往，他害怕蕭之傑在知道四年前的真相後，會對女兒有所不利。他其實這麼做，是為了女兒好，但女兒卻一點也不領情，這不免讓沈建國感覺很是委屈。但家長的姿態必須要做出，所以他只好表現得一副蠻橫無禮的模樣。

唉……曉葉要誤會就誤會吧……遲早有一天，她會明白父親的良苦用心……

沈建國只能如此想道。

可是，女兒的心，他又如何能夠明白？

沈曉葉委屈地回到自己的臥室裡，砰地一聲關上了門，緊緊反鎖上，過了一會就從裡面傳來了她輕輕的飲泣聲。

沈建國無奈地歎了一口氣。

這時，沈建國與謝依雪的臥室門開了，謝依雪穿著睡衣挺著大肚子慢悠悠地走了出來。她並沒有拿正眼瞧自己的丈夫，只是輕描淡寫地問：「曉葉回來了？」

沈建國沒好氣地點點頭，然後摸出一根煙塞進嘴裡，準備點上火。

「你能不能不吸煙啊？你沒見著你老婆懷著小孩的？你也不想以後生個沒胳膊沒腿的畸形兒子出來吧？」謝依雪埋怨道。

沈建國本來心情就不好，他煩悶地揮了揮手，說：「你煩不煩啊？我這不是還沒點上嗎？我只是煙癮上來了，把香煙放在嘴裡，讓鼻子嗅一嗅。」

面對沈建國的強詞奪理，謝依雪報以一片沉默。她什麼也沒說，只是用手輕輕掂著肚子回到了屋裡。

沈建國也感覺很疲累，跟在謝依雪後面走進了臥室。

但他一進臥室，頓時就一陣無名火起，因為他看到臥室的地毯上放著打開的皮箱，皮箱裡塞滿了謝依雪的衣服。

「你這是幹什麼？想離家出走啊？」沈建國忿忿地問。

「什麼離家出走啊？我是那種人嗎？我肚子裡還懷著你的兒子，你這麼說也不怕傷了我的心？」謝依雪冷冷地回答。

「那你這是要去幹什麼？」

「老公，你不覺得這幾天家裡的情況有些異樣嗎？我總覺得不自在。我覺得這樣的氣氛對肚子的孩子不好，所以我想回娘家養幾天胎。」

是的，這段時間，這房子裡的氣氛是很壓抑。接二連三的死訊傳來，而女兒沈曉葉又和什麼叫蕭之傑的男人在一起，一切都煩透了，也難怪沈建國最近脾氣不好。

謝依雪的娘家在郊區果山水庫邊的農家，那裡空氣清新，放眼望去到處都是綠色的樹木，的確是個養胎的好地方。可是……她為什麼要在這個時候走？難道她真的聽到了什麼風聲？

沈建國突然想起了今天晚上在醫院裡見到了吳畏。這當時就讓他感覺到心驚肉跳，他很害怕吳畏會口無遮攔地跟別人說四年前的那件事。他最害怕的，是怕這件事最後傳進謝依雪的耳朵裡。把謝依雪氣走倒是沒什麼，哪裡還怕找不到女人？他怕的是失去謝依雪肚子裡的大胖兒子！他盼這個兒子很多很多年了，他怎麼也不能失去這個兒子！

所以，沈建國還是對謝依雪說：「這麼熱的天你還回娘家去，你就不怕動了胎氣？」

「你公司不是還有車嗎？就算保時捷沒了，還有其他車啊，你讓司機送我回去就行了。」

「那你一個人待在果山，我哪能放心啊？」沈建國還在挽留。

「誰說我一個人了？我讓何姐陪我回去，在那邊一起住幾天。等你這邊的事情處理好了，我就趕快回來。」謝依雪答道。

話既然說到了這個地步，沈建國就再也找不到任何拒絕的理由了。事實上，從他的角度來說，也可以理解謝依雪的想法。本來最近就是個多事之秋，一連串倒楣的事都找上他沈建國了。說不定接下來的幾天，偶爾還會有警察登門造訪，這對謝依雪的身體與精神狀態都會有不好的影響。其實謝依雪回家住上幾天，也是個不錯的選擇。

再說何姐的確是個不錯的保姆，這幾年來把家裡弄得清清爽爽，從不偷懶。有她陪謝依雪回家，倒也沒有什麼讓人不放心的。

看來只有這麼辦了。

沈建國鬱悶地躺在床上，倒頭就睡。

沈曉葉在屋裡，關上了門，趴在枕頭上默默地哭泣著。不一會兒，枕頭就被她的淚水沾濕了一大片。她不知道為什麼父親會不允許自己與蕭之傑在一起。

難道真像電視裡的劇情一樣，蕭之傑其實是她未曾謀面的同父異母哥哥？所以父親才不允許他們在一起？

這也未免太荒唐了吧？生活裡是不可能出現這樣的巧合，世界不會這麼小的。

胡思亂想了一會兒後，沈曉葉站了起來，走到床邊為手機充電。充電的同時，她撥了個電話給蕭之傑。電話通了，可是，蕭之傑卻沒有接這個電話，只是任鈴聲響了又響。

蕭之傑為什麼不接我的電話？他在幹什麼？他在想著我嗎？我是那麼想他，他會想我嗎？

沈曉葉又開始胡思亂想，又開始輕聲的抽泣。她不知道為什麼蕭之傑不接電話，她有點擔心蕭之傑是不是出事了。最近這段時間，出事的人太多了，下一個，會輪到蕭之傑嗎？

她不敢再想了，她忍不住又哭了。

不知不覺中，她竟在哭泣中漸漸睡去。

在夢中，她看到蕭之傑站在不遠的地方，被一層朦朧的霧氣圍繞著。她看不清蕭之傑的臉，只能看到蕭之傑張開了雙臂，等待她投入懷中。

沈曉葉向蕭之傑狂奔而去，她撲進了蕭之傑的懷抱，仰起了頭，想用嘴唇去尋找蕭之傑的唇。但當她抬起頭的時候，這才看到蕭之傑的臉——臉上全是血，從鼻子、嘴唇、眼睛、耳朵裡流淌出來，源源不絕，全淌在了她的臉上。整個世界一下變成了令人絕望的紅色，這紅色越來越粘稠，在粘稠的紅色汁液裡，漸漸散化出一張臉，卻不是蕭之傑。

那是沈曉葉父親沈建國的臉，他對著小葉怒吼：「你不能與他在一起！你不能！不能！」

「為什麼？」曉葉聲嘶力竭地問。沈建國沒有回答，只是猙獰地冷笑。他將手掌伸向自己的臉，然後抓住了眼瞼，狠狠向下拉。「嘶」的一聲，他的臉被拉了下來，在這張臉皮之下，又露出了另外一張臉。曉葉認出來了，那是死在情人灘上的趙偉！

趙偉冷笑，他張開嘴，嘴裡冒出一隻蚯蚓。他的嘴越張越大，舌頭與喉頭都從口腔裡翻了出來，漸漸也化成了一張臉，那是歐陽梅。

歐陽梅又在沈曉葉的夢境裡變成了吳慶生，再變成沒有頭顱只有醜陋胴體的魏靈兒。接著又變回了蕭之傑。

若干張人臉在周而復始地變化著，圍繞著沈曉葉，盤旋而過。

沈曉葉幾乎嗅到了血腥的氣味，有一種被壓迫的感覺向她逼來。越來越近，越來越近，越來越近……

她忍不住發出一聲尖叫！

「啊——」

沈曉葉醒了過來，渾身冷汗。她這才知道自己做了一場驚悚到極點的噩夢。這時，天已經亮了。

醒過來後，她第一件事就是撲向還在充電的手機。沒有未接來電，蕭之傑還是沒給她回電話，就連簡訊也沒有一條。

她又撥了個電話給蕭之傑。電話通了，可還是沒有人接聽。

蕭之傑這是怎麼了？情不自禁地，從沈曉葉的雙眼，滑下了兩行淚水。

（02）

蕭之傑一夜沒闔上眼。他聽到手機響了一次又一次，卻一直沒有去接聽電話。

他知道電話是沈曉葉打來的，但他只要一想起沈曉葉，就會想起沈建國，還有李漢良。

他實在是不敢相信，自己的父親是死在酒後動手術的李漢良手中。

只要一閉上眼睛，他就會看到死不瞑目的父親，正定定地望著他，嘴裡輕輕呻吟：「我死得好慘！我死得好慘！」虛空中，那張模糊的臉，一會兒變成父親，一會兒又變成母親。母親在天橋上追逐年輕的女孩，痲木地說：「全都會死的！全都會死的！」兩張臉疊到一起，又幻化成沈曉葉，正用溫柔的眼神望著他。

清晨，蕭之傑睜開疲倦的雙眼，站在浴室的鏡子前，他用刮鬍刀刮著鬍子，刀鋒的冰冷令他感到毛骨悚然。他又想起了父親的死，不禁陷入沉思。所有的一切都超出了他的想像，他感覺自己的思維已經跟不上事態發生的節奏。

過了很久，他才從思緒裡拔了出來，這時他看到鏡子中的自己，竟是如此憔悴。

蕭之傑無奈地聳了聳肩膀，然後打開手機。上面竟有二十三個未接來電，全是沈曉葉打來的。他幽幽地歎了一口氣，然後闔上了手機的翻蓋。

隨便吃了點早飯，他來到學校。校園裡已經平靜了很多，學生們不再為情人灘上的情侶之死而感到恐慌。林蔭道裡擠滿了卿卿我我的情侶，球場上也到處是年輕學生們。

日子還是要繼續過下去的，學習、考試，戀愛、生活……缺少一樣都不行。

蕭之傑夾著書，剛走到醫學院的大樓，就看到沈曉葉站在大門前，幽怨地望著他。蕭之傑什麼都沒說，轉過頭，就自顧自地往校外走去。

沈曉葉大步追了過來，攔住了蕭之傑，大聲問：「你這是怎麼了？昨天打了一晚上你的電話，你為什麼不接啊？我都快擔心死了！」

蕭之傑埋下頭，不敢與沈曉葉的眼睛對望。他喏喏地說：「昨天我太累了，一定是我睡得太死，所以沒聽到……」

「那你為什麼看到我就轉身要走？難道你不想見到我？」沈曉葉帶著哭腔問道。

蕭之傑猶豫了一下，才說：「不是……我剛才沒看到你……我只是……突然想起，我應該……」這幾句話他說得吞吞吐吐，但最後他還是強調著說，「對！我剛才是突然想起，我得去精神病醫院，我要去看一下媽媽！」

「哦……」沈曉葉鬆了一口氣，說，「好啊，那我陪你一起去吧。反正今天我也沒什麼重要的課。」

在去醫院的公共汽車上，沈曉葉甜蜜地靠在蕭之傑的肩膀上，定定地望向窗外。窗外，行道樹像列隊的衛兵一般，整齊地向後緩緩退去。蕭之傑沉默不語，沈曉葉不知道他在想什麼，她以為他還在思念醫院裡的母親。沈曉葉知道蕭之傑是個孝順的男孩，她就喜歡這樣的男孩！

沈曉葉希望一輩子都可以靠在蕭之傑的肩膀上，直到天長地久，天荒地老。

可是，她只靠在蕭之傑的肩膀上不到兩小時，就不得不直起腰身。因為，市郊的精神病醫院已經到了！這時已經是上午十點半了。

他們下了車，快步走進了精神病醫院的大門，在穿過寬敞的草坪的時候，看到有很多坐在輪椅上身穿條紋病服的患者，正三五成群地曬著太陽。

走進了破舊的住院部大樓，蕭之傑與沈曉葉直接上了三樓的女病區。走進了母親的病房，蕭之傑才詫異地看到，病房裡一個人都沒有，母親並沒有待在裡面。

蕭之傑趕緊走到醫生值班室，詢問母親去哪裡了。一個穿著白袍的醫生，心不在焉地說：「你媽媽啊……今天一大早，就有個親戚推他到草坪曬太陽去了。」

「哦？親戚？不會吧？」蕭之傑說，「我是她唯一的親人，我剛剛才趕到醫院來，怎麼還有親戚來看望她呢？」

「誰知道？反正你媽媽也認識那個人。那人說要推你媽媽去曬太陽，你媽媽立刻就答應了。」值班醫生說道。

誰會在一大早來看望母親呢？蕭之傑也搞不清楚。從值班醫生那裡，他知道了來看望母親的，是一個五十多歲的女人，打扮很是樸素，但言語卻不卑不亢。

也許，是某個連蕭之傑都不認識的遠房親戚吧。可這個親戚又是怎麼知道母親住進了精神病醫院呢？這事就只有這麼幾個人知道啊。

蕭之傑也沒有想太多。在他的心目裡，現在母親正是需要關懷的時刻，能多一個親戚來看望她，說不定也對她的病情會有好處。

他與沈曉葉正想下樓去草坪尋找母親，這時隱隱聽到樓下傳來一片嘈雜聲。一個護士驚慌失措地衝進了醫生值班室，大聲地叫道：「不好了！出事了！」這個護士的臉色蒼白，似乎是看到了最可怕的事。

「什麼事？」值班醫生毫不客氣地問。他早就為這些年輕護士平時見到一點小事，就大驚小怪的誇張表演感到厭惡。上一次這個護士說大事不好，就是因為在廁所裡看到一隻死蟑螂。他不想為了廁所沒打掃好，再次被護士的尖叫嚇到。

不過，今天這個護士的表情卻並不像是看到死蟑螂後發出的，倒像是親眼看到一場兇殺案，而顯得恐懼連連。

護士顫抖著聲音正想對值班醫生說句什麼，可是她這時突然看到了站在值班室裡的蕭之傑與沈曉葉，臉上的驚恐突然凝固了，一句話也說不出來。只是片刻，她的全身突然顫慄了起來，指著蕭之傑與沈曉葉，卻怎麼也說不出話來，兩隻嘴唇被牙齒緊緊咬著，幾乎滲出了血來。

「怎麼了？」蕭之傑問。

護士的身體顫抖了好一會，才吞吞吐吐地說道：「你快去大樓後的樹林吧……是你媽媽……」

一聽這話，蕭之傑的心裡，突然有了不祥的預感——媽媽出事了！

（03）

蕭之傑拉著沈曉葉衝下了樓，繞到了大樓背後的櫻花林裡。他們看到了一群穿著病服的患者，正三三兩兩站在樹林邊，幾個男護士正吆喝著讓他們離開。

蕭之傑從那些傻笑著還流淌著涎液的病人之間穿了過去。在櫻花樹叢裡，他終於看到了自己的母親！他一愣，然後兩行淚水情不自禁奪眶而出。一剎那，他感覺天昏地暗，整個世界都崩塌了！

蕭之傑的母親還依然坐在輪椅上，兩眼圓睜，直勾勾地望著前方佇立著的蕭之傑，卻沒有一點精神。她的嘴唇微微輕啟，卻一句話也說不出來——她永遠也說不出話來了。因為，在她的咽喉，有一道血淋淋的創口，鮮血正汩汩從創口裡流淌出來。如果再仔細地看一下，可以很明顯地看出，這道創口是被鋒利的刀劃開的。比如匕首，又比如刀片。

她已經停止了呼吸，死在了這片草坪上。鮮血從頸項湧出，將帶條紋的病服全都染成了鮮紅的顏色。鮮血漫過身體，從褲管裡流了出來，淌進了輪椅下的土地裡。輪椅旁的櫻花樹似乎比以前更加挺拔，一定是櫻花的樹根正拼命地吸吮土壤裡的血液，明年的櫻花一定會開得更加絢爛。

「我的天！怎麼會這樣？」蕭之傑不敢相信自己的眼睛。他怎麼也想不到，母親昨天還好好的，現在卻變成一具冰冷的屍體。母親雖然時常會犯病，但她從來不曾去招惹過什麼人，更不應該惹來殺身之禍。

蕭之傑向輪椅上的母親撲了過去，大聲叫道：「為什麼？一切都是為什麼？」

一個健壯的男護士想要阻止蕭之傑撲過去，蕭之傑大聲而又憤怒地叫道：「死的是我媽媽！快讓我過去！」

男護士緊緊拽住了蕭之傑，說：「我理解你的感受，但是現在這裡是命案現場。如果你想讓你媽媽沉冤得雪，那你就不要破壞現場，說不定這裡已經留下了兇手的線索。我們已經報警，警察馬上就會趕到的。」聽了這話，蕭之傑沒有再堅持。

此時的蕭之傑不禁悲從中來，他悲傷地慟哭起來。站在一邊的沈曉葉，也偷偷抹起眼淚。她實在是不知道，為什麼悲劇總是會降臨到她所愛的人身上。她更不知道自己該如何去安慰蕭之傑。

半小時後，兩輛鳴著警笛的警車飛快駛進了醫院裡。「嘎」的一聲急剎聲，警車已經停在了大樓後的櫻花林前。

從警車上，走下來的是周淵易。他眉頭緊蹙，臉上佈滿陰鬱。在車上，他已經從院方打來的電話證實了死者的身份。他怎麼都想不到死的竟然是蕭之傑的母親，而且顯而易見是死於謀殺。

周淵易實在是無法想像，一個老年的精神病女患者，為什麼會成為兇手的目標。也許，她也是系列連環殺人案件中，最新的一位受害者。之前的系列案件受害者，每個人都或多或少與沈建國扯得上一點關係，但蕭之傑的母親卻與沈建國一點關係也扯不上。如果一定要扯上關係，那就是蕭之傑的父親在四年前，也許間接地死在了沈建國手裡。可如果吳畏的推測成立，那麼蕭之傑的母親與沈建國是站在了事件的對立面，那兇手為什麼會殺了她呢？這真是匪夷所思！

而更令周淵易無法想像的是，與蕭之傑母親最後一個接觸的，竟然是一名五十多歲的女人。現在還不知道這個女人是否就是兇手，如果她是兇手，那麼兇手是女人嗎？這倒是出乎了周淵易的意料。

周淵易下車後，看到了正痛哭流涕的蕭之傑與沈曉葉，不禁心中一凜。這已經是二十四小時裡第二次看到這對年輕的情侶了，昨天夜裡是看到他們送蕭之傑的母親到這家醫院來，今天卻是看到母親死在了醫院後的樹林裡。這樣的情形，實在是令人唏噓不已。

周淵易不想再讓他們受到刺激，於是吩咐身後的助手王力帶蕭之傑與沈曉葉離開現場。

簡單勘測了一下命案現場，從樱花林裡發現的大量噴濺型血液，可以肯定樱花林就是案發的第一現場。而在輪椅上，沒有發現任何可疑的指紋。而死者的手指指甲裡也沒有發現肌肉纖維組織，現場也沒有搏鬥過的跡象。

看來兇手應該是蕭之傑母親認識的人，她是突然遇害的，所以根本來不及反抗。

而立刻趕來的住院部三樓女病房的值班醫生，也證明了周淵易的推斷。他說：「是的，死者肯定認識那個來看望她的女人。那個女人說是她的親戚，她也並沒有反對，還面無表情地向我點頭揮手，讓那個女人推她去草坪。」

周淵易點點頭，然後對陪同值班醫生前來的醫院保衛科長說：「麻煩你把醫院的監視器錄影帶交給我看看。」

保衛科長撓撓頭，尷尬地說：「哦？監視器錄影帶啊？」

周淵易用不容置疑的目光看著保衛科長，說：「當然，從錄影帶裡就可以找到那個與死者最後接觸的神秘女人。只要找到那個女人，就可以知道死者是怎麼遇害的了。」

保衛科長喏喏地說：「周隊長，您也知道的，我們是個小醫院……經費很緊……病人的治療費也收得很低……我們根本就沒有多餘的財力去購買什麼監控設備……」

周淵易憤怒地瞪了一眼，然後罵了一句：「亂七八糟！」

他回過頭來，對王力說：「把他帶走！」他指著的，是那個看上去心不在焉的值班醫生。

值班醫生大聲抗議：「怎麼了？為什麼要帶我走？我犯什麼罪了？」

周淵易不聲不吭地盯著值班醫生的眼睛，在他的凌厲眼神下，值班醫生不自覺地低下了頭，可是他嘴裡還嘟囔著什麼。

這時，周淵易對值班醫生慢慢說道：「我只是讓你跟我們回警局，協助我們做一下那個神秘女人的人臉拼圖！」

(04)

拼圖的確認過程，令技術科的小高心裡很是不爽。這個醫院的值班醫生，說話老是說不清。拿張尖臉的臉型出來，他說有點像；換張圓臉的出來，他還是說有點像。事實上，這個值班醫生根本就回憶不出那個女人長什麼樣了。

小高忍不住發了火，他大聲對值班醫生說：「你當時到底在幹什麼啊？怎麼連一個人長尖臉還是圓臉也記不清楚？」

值班醫生很委屈地說：「你不知道我的工作有多忙，每天要看到這麼多病人與探視的家屬，哪能記得每個人呢？」他聳了聳肩膀，「再說了，你也是學醫的，就應該知道，醫生根本沒有義務去記憶一個病人家屬長什麼模樣，我們還有更多的事要做！」

小高也承認值班醫生說得沒有錯，醫生的確沒有義務去記錄一個可能的嫌疑人長什麼模樣。但他還是執意問了一句：「那你還能不能回憶起，那個女人有什麼樣的特徵？」

值班醫生抱歉地搖了搖頭說：「我只記得那個女人在走到值班室時，躲在了病人的身後，一直埋著頭，我根本就沒看到她的臉……」

周淵易聽了小高的彙報，對於現在的狀況，也沒有更好的解決辦法。畢竟是出了人命關天的謀殺案，而且是一系列有關聯的連環謀殺案，如果不做出點什麼動靜來，市民是絕對不會滿意的！

王力湊過頭來，問：「周隊，現在我們該怎麼做？」

周淵易沉吟了片刻。他知道，現在最重要的，就是找出那個最後與蕭之傑母親見面的神秘女人。可惜，值班醫生記不住那個女人的模樣。而去問別人也沒用，醫院裡都是精神疾病患者，他們所做的證明，根本不可能被採納。

不過，似乎還有一點轉機——精神病院位於郊區，交通不便，只有一條班車線路經過，每半個小時一班。而從那個神秘女人的穿著來推測，她也不像擁有私家車的人。所以，說不定她是乘坐公共汽車到醫院來的，然後再搭乘公共汽車離開。也許有售票員看到了她，並留下了印象。

周淵易立刻吩咐王力去醫院附近的公車站，調查事發前後，有哪些人在那裡等候過汽車。非常幸運地，在車站旁有個賣香煙的小攤，生意慘澹。攤主是個四十多歲的中年男士。他已離婚，所以特別喜歡在做買賣的同時，窺視在車站候車的異性。那天他也沒有例外，一直在偷偷打量等車的女人，自然也留意到了事發時的那個五十多歲的神秘女人。他還清楚地記得那個女人長什麼模樣，也答應到警局做協助。

這真是個意外的收穫。

周淵易焦急地坐在沙發上，無力地吐著煙圈，等待王力把那個煙攤老闆帶回警局來。他仰起頭來，眼睛定定地望著天花板。天花板上的污漬一圈一圈無規則地排列著，就像一張張模糊的人臉。周淵易閉上眼睛，暫留在視網膜上的那些人臉般的污漬彷彿會移動似的，慢慢地重疊，幻化出一張又一張的陌生的面孔。這些面孔越來越清晰，就在周淵易即將看清面孔是什麼樣的時候，他忽然聽到手機音樂，又有人在找他了，周淵易睜開了眼睛，視網膜上的那些圖案頓時煙消雲散，消失得乾乾淨淨。

從來電顯示上看，電話是謝依雪打來的。

「喂……」周淵易心不在焉地問了一句。

「周警官……」從電話裡聽，謝依雪的聲音有點乾癟無力。大概是感冒了，這幾天天氣變化有些無常。周淵易這樣想。

謝依雪在電話裡告訴周淵易，她要到果山的水庫老家去住上一段時間，那裡沒有手機訊號，家裡也沒有電話。關於案子上的問題，她就幫不上什麼忙了。

周淵易隨便應付了幾句，就掛斷了電話。說實話，他也從來沒有把謝依雪的話放在心上，他也從來不以為謝依雪會對這個案子有所幫助。

當他掛斷電話，正想闔上翻蓋的時候，這才發現手機螢幕顯示有一條尚未閱讀的簡訊。

周淵易向來都是個電器白癡，對於商務手機的強大功能一直都只是一知半解。因為他的手機費可以報銷，所以他一直固執地認為，手機只要可以打電話就可以了，簡訊也只是一項可有可無的功能而已。

周淵易翻開簡訊，這才發現，消息也是謝依雪發來的。但是簡訊的內容卻嚇了周淵易一大跳，上面只有寥寥的幾行字：

「今天有人打電話來找我要殺歐陽梅的三十萬，時間訂在今天下午五點。地點到時再約。」發信的時間是早晨八點。

周淵易看了一眼手錶，已經四點了！離五點還有一個小時！

他很奇怪為什麼剛才謝依雪沒在電話裡跟他說這事。他連忙撥打謝依雪的電話，可惜，電話那頭只傳來了冰冷的女聲：「對不起，您撥的號碼已關機，請稍後再撥。」也許謝依雪已經進了果山水庫附近的山區老家，那裡已經沒有了訊號。

怎麼辦？現在應該做什麼？周淵易的腦子裡亂七八糟。

現在已經聯繫不上謝依雪了。今天中午她發這個消息來，也許正是想把皮球踢給周淵易來解決。歐陽梅的死，最大的受益者就是謝依雪。而謝依雪轉手就告訴警方，她是無辜的，把盆黃色的鮮花，只是因為一個意外，才放在了窗臺上。而她現在去了果山山區，也許正是為了躲避這應該到來的一幕吧。

不過，現在周淵易也只有接下這一招。

冷靜冷靜，千萬不要慌！周淵易深深吸了一口氣，然後慢慢吐出，竭力讓自己保持思考判斷的能力。

謝依雪現在進了山，不僅警方聯繫不到她，自然連那個來勒索三十萬殺人酬金的神秘人，也聯繫不到謝依雪本人。那麼——

周淵易已經想到應該怎麼做了。

他打開手機，撥了一個電話，然後匆匆帶了幾個手下，就開著越野車出去了。

這個電話，是撥給徐婷婷的。

第十三章

(01)

周淵易與手下以最快的速度趕到了電信局，徐婷婷已經在辦公室裡等著他們，所有的準備工作也都已經做好了。

周淵易在電話裡，就是讓徐婷婷幫他準備複製謝依雪的手機。

所謂的複製機，其實就是通常所說的碼機。是指將一台已知號碼的手機，做出一台可以同時使用的同號碼手機。一般說來，電信部門是絕對不允許幾個用戶同時使用同一號碼的手機，但出於偵辦案件的需要，再加上徐婷婷的斡旋，技術部門還是用最快的速度做出了這台複製機。

透過電信部門的技術手段，周淵易看到在今天下午，手機的通信記錄裡並沒有未接來電。看來那個勒索殺人的神秘人物，並沒有透過手機直接聯繫，而只是透過簡訊在聯繫。也許是出於擔心害怕謝依雪聽出他的聲音來吧？

可是，現在並不知道對方的電話號碼，那該怎麼和那個人聯繫呢？難道就眼巴巴地等對方發簡訊來嗎？

正當周淵易思忖的時候，手裡的電話突然顫了一下，發出滴滴滴的聲音——正是一條簡訊發來了。

是那個男人發來的嗎？周淵易手指微微一抖，然後趕緊打開了手機翻蓋。

「依雪，到家了嗎？這幾天我沒陪著你的日子裡，你一定要保重好自己哦——建國。」

這條簡訊是沈建國發來的。

周淵易失望地正準備闔上手機，這時，手機又滴滴滴響了起來。又一條簡訊發了過來。

打開一看，是一個陌生的手機號碼。周淵易心裡又是一緊，打開一看，裡面寥寥幾行字：

「地點：卡薩布蘭卡酒吧。」

「快查一查這個手機號碼！」周淵易轉身大聲對徐婷婷說道。

徐婷婷指尖飛快地在電腦鍵盤上掠過，片刻之後，她抱歉地說：「對不起，又是一個王八機。」

——沒錯，這個兇手，是個很有反偵察能力的人！

周淵易看了看手錶，離五點還有半個小時。他揮了揮手，對手下們說：「走，快走！去卡薩布蘭卡咖啡店！」

他正要出去的時候，忽然聽到徐婷婷叫了一聲他的名字。回過頭來，徐婷婷正似笑非笑地看著他，幽幽地說：「難道你不準備帶我一起去嗎？」

周淵易愣了一下，問：「為什麼我要帶你去？我們這是執行任務啊！」

徐婷婷笑吟吟地反問：「那你們準備派誰去送錢呢？」

周淵易這才明白了徐婷婷的意思。的確，兇手是來勒索謝依雪三十萬的，趙偉當初可以透過觀察窗臺上的黃色花盆而得到行動指令，那麼這個兇手也有可能知道謝依雪長什麼模樣。就算不知道謝依雪長什麼模樣，那他也一定知道謝依雪是個女人。現在周淵易出門的時候，事起倉促，帶出來的手下全是男的。現在再讓局裡調女警過來，還要交代案件背景與應付事項，時間肯定是不夠了。

周淵易懊惱地拍了拍自己的腦袋，沮喪地說：「唉，我怎麼忘記了？」

徐婷婷不急不徐地說：「現在你可以帶我去卡薩布蘭卡了吧？交錢的事可以放心讓我去做。別忘了，我是個推理小說的愛好者！」

「可是……」周淵易還有點遲疑，因為現在知道那個兇手已經殘忍殺死了好幾個人，現在讓徐婷婷去參加行動，實在是太危險了。雖然他與徐婷婷還沒認識幾天，但他知道，徐婷婷對他有好感，而他也覺得這個女孩蠻不錯的。他實在是不放心把交錢的任務交給徐婷婷。

徐婷婷大聲說道：「周隊長，周大警官，你就別再『可是』、『可是』了，就讓我去做吧。」

「可是……」周淵易終於想起了一個藉口，「你和謝依雪長得並不像啊！她是個孕婦！你才多大點？」

「這又什麼好怕的？我有辦法！」

不等周淵易說話，徐婷婷搶過了手機，劈裡啪啦按著鍵盤，不一會兒功夫，就發了一條簡訊出去：「你知道，我是個孕婦，不方便出門。這錢，我讓我的表妹給你送過來。你放心，她絕對可靠。」

「這樣行了吧？周大警官？」徐婷婷問。

說實話，看來只有這樣了，現在也找不到更合適的人選了。周淵易不由得佩服起徐婷婷來，這麼快就想出這個好辦法。看來多讀推理小說，是很有幫助的。周淵易不由得想起了前一天晚上徐婷婷送他的那本推理小說，心裡不禁在思忖什麼時候再找個機會去還給徐婷婷。想到這裡，他的耳根不由得一陣一陣發熱。他猜，此刻他的臉一定很紅吧。

過了一會，手機又滴滴滴響了起來。那個神秘的兇手回了一句：「OK！」

事已至此，別無選擇！

「走吧，我們行動吧！」周淵易與徐婷婷並肩走出了電信局，然後與幾個手下一起上了那輛越野吉普車。

(02)

電信局距離卡薩布蘭卡咖啡館的距離並不遠，十分鐘後，周淵易一行就來到了離咖啡館只有一條街的路口，停下了車。

周淵易拿出一個厚厚的信封，交給了徐婷婷，說：「這是三十萬，你快收好，一會見機行事。」徐婷婷重重地點了點頭。信封已經用膠水粘貼好了的，摸上去鼓鼓的。

周淵易還給了徐婷婷一對耳機通話器，徐婷婷戴上後，將頭髮撥了撥，正好遮住了耳朵。一切看上去天衣無縫。用耳機試了一下通話品質之後，徐婷婷下了車，裝作心事忡忡的模樣，頭也不回地向卡薩布蘭卡咖啡館走去。

當她剛走到咖啡館門口的時候，就聽到手裡的電話傳來簡訊的聲音。徐婷婷打開手機翻蓋，然後一邊看，一邊讀出了傳來的那條消息：「你到了嗎？」

「我到了，就在卡薩布蘭卡的大門外，錢就在我手裡的。」徐婷婷回了一條簡訊。

「好，現在你從大門左邊走到右邊，再從右邊走到左邊，來回三次。」神秘的簡訊瞬間就發了過來。

周淵易從通話器裡聽到了這條簡訊後，連忙用耳機吩咐徐婷婷：「快照他說的做，他一定就在附近，想從咖啡館大門口分辨出誰是他要找的人。」

徐婷婷一邊照做，一邊左顧右盼，卻沒有看到有什麼人在注意她。

當然，周淵易也在越野車裡四下梭巡，不過很遺憾，他沒有看到一張熟悉的面孔。

徐婷婷在咖啡館門口走了三個來回後，站在了門邊的石獅子前，但手機卻再也沒收到簡訊了。時間一分一秒地過去，空氣就像是凝固了一般。徐婷婷不免有些著急，於是情不自禁地向公路盡頭望去，偏偏卻沒看到周淵易開的那輛越野車。

她有些隱隱的不安，她在猜測著每個從她身邊經過的人，會不會就是那個隱藏著的兇手。

周淵易又不知道去哪裡了，他是不是在注視著自己呢？徐婷婷不知道，也不會知道。因為在這個時候，她又收到了一條簡訊：「現在你快乘坐計程車，到江都大學南校門！」

徐婷婷在通話器裡喃喃念出了簡訊裡的話，等待著周淵易的指示。可是，通話器裡卻只聽到沙沙沙的電流干擾聲，聽不到一句周淵易的話。徐婷婷不禁有點著急了，就在她茫然失措的時候，突然在面前停下了一輛計程車。司機伸出頭來，問道：「小姐，走不走啊？」

徐婷婷還想再等一會兒，看有沒有周淵易的指令。但她突然想道，這個計程車司機會不會就是兇手授意來接她的人呢？

一想到這裡，她不由得嚇了一跳，兩腿一軟，幾乎摔倒在地上。

徐婷婷強令自己保持冷靜，戰戰兢兢地仔細打量了一下這個司機，頓時差點沒笑出聲來。司機是個穿著寬鬆休閒服的男人，一幅很酷的墨鏡遮了半張臉，嘴角叼了一根細長的白色萬寶路香煙。不過仔細多看一下，還是可以認出，這個司機正是周淵易！

「你這是幹什麼？」徐婷婷一邊問，一邊上了這輛計程車。

周淵易答道：「我已經猜到了咖啡館不可能是交易場所的，這裡人來人往，對於兇手來說太不安全了。他一定會要你換個地方的，而且那個地方一定是人煙稀少的偏僻所在，而這樣的地方，我們的車也不好跟蹤保護你。所以我才臨時徵用了一輛計程車，開車來保護你。」他又問了一句，「他現在要求你換哪裡交易？」

「江都大學南校門。」

聽徐婷婷說完後，周淵易不禁點了點頭。江都大學南校門的確是個不錯的地方。那裡倚著江邊，江灘上還有處密密麻麻的小樹林。這一系列案件的第一個案子，就發生在這個名叫情人灘的江灘上，死的是歐陽梅與趙偉。

現在兇手竟然選這個地方來交易，也實在是帶了一點諷刺的意味。

因為那裡曾是命案現場，所以年輕的情侶為了躲開晦氣，早就放棄在這個地方幽會。這裡目前是一處人煙稀少的地方，而且視野開闊，非常利於兇手使用反偵察手段。

周淵易一邊開車，一邊想著對策。在他們即將要到達江都大學南校門的時候，周淵易還是沒想出怎樣保護徐婷婷的最佳方案。

徐婷婷似乎是看出了周淵易的困頓，她嫣然一笑，說：「周隊長，一會你把車開到江灘上，不要離開。如果兇手發簡訊來問，我就說自己一個女人來送錢，心裡害怕。再說回去的時候這裡很難叫到計程車，所以包下了你這輛車。」

周淵易點點頭，雖然這麼說很難解除兇手的懷疑，但在無奈之下，也只能試一試。

轉眼之間，他們已經來到了情人灘小樹林旁的那處旱橋上。旱橋下的涵洞正嘩嘩流出了來自江都大學經過處理的生活用水。

徐婷婷推開車門，江風很大，冷冰冰的風灌進了車裡，令她不由得打了個寒顫。

這會兒已經是下午六點了，眼看著天邊詭異地飄來幾朵烏雲，瞬間就遮住了太陽。天色頓時暗了下去，江風將旱橋下的小樹林刮得颯颯作響，一些不知從何而來的塑膠袋隨著江風，胡亂地飄蕩在空中。

「我現在該幹什麼？」徐婷婷裹了裹身上的外衣，問周淵易。

周淵易回答：「快發個簡訊給他吧，就說你已經到了南校門江灘旁的旱橋上。」

徐婷婷照做後，只過了一分鐘，就發來了一條簡訊：「你看到旱橋靠江都大學一邊的左側，有一個綠色的垃圾筒嗎？」

徐婷婷轉過頭去望了一眼，果然，在那裡有一個半人高的綠色塑膠垃圾筒。她透過通話器把對方的簡訊內容告訴了周淵易，然後她聽到周淵易在通話器裡疑惑地自言自語：「咦，他怎麼沒問為什麼在你身邊有一輛計程車停著呢？」

徐婷婷還沒來得及思考周淵易的問題，就聽到手機再次滴滴滴地叫了起來——新的一條簡訊來了。

（03）

這條簡訊，只有簡簡單單的幾個字：「把錢扔進垃圾筒裡。」

周淵易在通話器裡說：「就照他說的那樣做。」

徐婷婷走到垃圾筒邊，嗅到了一股爛蘋果的味道，噁心地捂住了鼻子。但她還是把裝著三十萬的厚信封扔進了垃圾筒裡。

徐婷婷回到車上，問：「現在我們該做什麼？」

「既然他沒發新的簡訊來讓我們離開，那我們就在這裡等吧。」周淵易答道。

「等?!」徐婷婷驚詫地問，「我們在這裡等，那他敢來取錢嗎？」她的話還沒說完，手機又滴滴滴地響了起來。

這條簡訊只有一個字：「滾！」

「看吧，他讓我們滾吧。」徐婷婷笑著說。

「好吧，那我們就滾吧。」周淵易聳聳肩膀，踩動了油門。他以最快的速度將車開到了一旁的山丘上，居高臨下地望下去，正好可以監視到旱橋附近的空曠地帶。方圓幾百米內，一個人影也沒有。在開車上來的這幾分鐘裡，不可能有人可以這麼快地取走信封。那三十萬還在綠色垃圾筒裡的！

不過，既然沒有人來，那個神秘的兇手又準備採取什麼樣的手法取走錢呢？

周淵易眼睛都不眨一下地注視著山丘下的情況，時間一分一秒地流逝，他沉默不語，眉毛緊蹙成一道「川」字。足足二十分鐘後，旱橋附近還是沒有任何動靜。

周淵易有點沉不住氣了，轉過頭來，對徐婷婷說：「你試著撥打一下對方的電話，看有人接沒有？如果有人接，你就問錢收到沒有。」

徐婷婷握著手機，撥出了那個號碼。片刻，她黯淡著一張臉，對周淵易說：「很遺憾，他已經關機了。」

周淵易點點頭。他明白，那個兇手一定是以為自己天衣無縫，現在說不定已經將那張拿來與謝依雪聯繫的手機卡扔得遠遠的，就等著來拿錢。「我絕對不能讓他得逞！」周淵易對自己如此說道。

就在這個時候，周淵易看到在旱橋的一頭，慢慢出現了一個人影。那是個穿著黃色雨衣的乾瘦老頭，手裡拎著一瓶白酒，搖搖晃晃地從旱橋下的涵洞鑽了出來。這個老頭埋著腦袋，東盯盯、西瞧瞧。很快地，他走到了綠色的垃圾筒旁，然後彎下腰，在垃圾筒裡翻起了東西。

這個老頭是誰？周淵易不由得疑惑起來。

他一直都認為在這起系列案件裡，兇手一直在與他捉迷藏。雖然他不知道這個兇手是誰，但他認為這個人一定在沈建國、李漢良的交際圈子裡。不管怎樣，兇手一定應該曾經出現在警方的調查範圍裡。

周淵易一直對這一點深信不疑！

但是現在這裡出現的這個身著黃色雨衣的老頭，周淵易卻從來沒見過。

別管這麼多了，這個老頭一定與案子有關！

周淵易飛快地拉上徐婷婷鑽進計程車裡，猛踩油門，計程車快速向旱橋駛去。但是令周淵易感到奇怪的是，當那個老頭發現有輛計程車駛來的時候，眼裡並沒有露出恐慌的神情，甚至連一點驚奇的眼神都沒有。他只是瞟了一眼計程車，就繼續彎腰翻找起垃圾筒裡的物件。

車停在了垃圾筒旁，周淵易推開車門，站在了這老頭的身後，掏出手槍，大喝一聲：「不許動！我是警察！」

老頭渾身一個哆嗦，當他回過頭來，看到周淵易手裡黑洞洞的槍口，頓時嚇得魂不附體。他高舉雙手，聲音顫抖地問：「幹什麼？我沒犯法啊……」從他嘴裡噴出很濃的酒氣。

「你在這裡幹什麼？」周淵易嚴厲地大聲問道。他其實也怕這個老頭並不是兇手，而只是一個與此案無關，只是湊巧走到這裡的陌生人。

老頭哆嗦著說：「我是個撿破爛的，剛巧走到這裡，發現有個垃圾筒。這個垃圾筒是才放到這裡來的，今天上午還沒有呢。我一時好奇，想看看裡面有沒有別人扔了，但是我可以拿去換錢的東西。」

看著這老頭的模樣，並不像是在撒謊。他的兩隻腿一直在打顫，手中酒瓶裡還剩一半的酒也跟著晃來晃去。

周淵易示意老頭站到一邊去，然後他站到垃圾筒旁。他湊過頭去向垃圾筒裡望了一眼，裡面根本就沒什麼東西，只有一堆幾乎腐爛的蘋果。

——但是，那個厚厚的信封卻不見了。那可是裝著三十萬現金的信封啊！

周淵易一驚之下，連忙一手用手槍指著老頭，另一隻手仔細搜了一下老頭的全身。可是老頭身上什麼都沒有，更別說那個鼓鼓的信封了。

周淵易沮喪之極，他不知道信封連同三十萬，兇手是怎麼拿走的。

忽然間，他似乎想起老頭說的話——這個垃圾筒是今天下午才出現在這個地方的。一上午的時間，已經足夠兇手佈下疑陣了！

周淵易轉過身來，抬起腿來，對著垃圾筒狠狠踢了一腳，綠色的垃圾筒頓時被踢開了。周淵易看著眼前的一幕，不禁大吃一驚。

——原本擺著垃圾筒的地方，地面上有一個大洞，而垃圾筒的底部也被割出了一個大洞。地面的洞口裡，黑糊糊的，還可以聽到水流的潺潺聲。下面是一條涵洞，是江都大學排出生活污水的管道。

周淵易明白了，那個索取三十萬的兇手，是在上午就佈置好收取現金的方案。他在旱橋邊挖開了一個洞直連下面的涵洞，又將底部有缺口的垃圾筒放在這裡。裝著錢的信封扔進垃圾筒裡，他在涵洞裡，只要搭個梯子，然後伸手就可以取走。

難怪當徐婷婷下了車，兇手並沒有問為什麼附近會有一輛計程車停在那裡。因為他一直待在涵洞裡，趕本就看不到旱橋上有輛黃色的計程車。

從投下信封到現在發現真相，已經足足有半個小時了。半個小時已經足以讓這個兇手通過涵洞從容不迫地離開了。

徐婷婷沮喪地歎了一口氣，說：「糟透了，居然讓兇手就在我們眼前溜走了！」

忽然，周淵易轉過身來，露出一個詭譎的微笑。他對徐婷婷說：「你怎麼這麼早就自認投降了？我覺得，我們還應該有轉機的。」

(04)

周淵易帶著徐婷婷，慢慢將越野車駛進了江都大學校園裡。幾個電話後，他的同事們也分別趕到了校園之中。

根據周淵易的分析，情人灘邊的旱橋下，那個涵洞只有兩條出口。一條出口就在旱橋下，而事實上，他們並沒有看到從這個出口裡有人出來，除了那個撿破爛的醉老頭。那麼，不用說，兇手一定是從另外一個出口逃脫的——而另外一個出口，就在校園裡。

周淵易偏過頭去問徐婷婷：「如果你突然拿到了夢寐以求的三十萬，第一件事會做什麼？」

徐婷婷不假思索地回答：「我會找個沒人的地方打開信封，看一下裡面的錢是不是真的。」

「不錯。」周淵易點點頭。然後他看了看手錶，距離交出三十萬的時間，已經過了兩個多小時。他對一個手下說：「看來現在他應該已經打開了信封，該我們行動了。」

徐婷婷詫異地問：「行動？你們有什麼樣的行動？」

周淵易笑著說：「過一會兒你就知道了。」

江都大學的校長也在這個時候及時地出現了，李漢良教授作為校方的代表，表示會全力協助警方的工作。但很顯然地，他看到侄女徐婷婷也在現場時，露出了難以言喻的表情。

周淵易在一張紙上，寫了點什麼，然後交給李漢良，麻煩他請人送到學校廣播站，馬上連續重複在校園裡的喇叭播放。

只過了一會，掛在校園行道樹上的喇叭響了起來：「各位同學請注意，如果你在校園裡看到一個面部或衣物上有藍色噴濺顏料的人，請立即撥打電話報告學校保衛處！」

廣播通過喇叭，在校園裡一次又一次地播出，所有的學生在聽到之後都露出了驚異的神色，同時也立刻向四周張望，希望能找到廣播裡形容的人。

周淵易這才告訴了徐婷婷，交給她那個裝著三十萬的信封，是他找技術科的小高用最快的速度特意製造的。小高在信封裡加了一個很小的機關，只要撕開信封，信封裡立刻會向周圍一米方圓噴濺出藍色的液體。而這種藍色的液體根本沒辦法透過水來清洗，幾天之內都不會消退。

現在大家要做的，就是找出那個身上被噴濺了藍色液體的人！

「你真棒！真不愧是周大偵探！」徐婷婷不由得翹出了大拇指。而周淵易則報以羞赧的微笑——他在徐婷婷面前，總是顯得那麼地侷促。

資訊傳遞的速度，是驚人的快。有學生反映，在藥物實驗室附近，看到了有個身著藍色服裝的男生一路狂奔，還用手遮著臉。而那個人在衝進了藥物樓後，就再也沒有出來。

聽到這個消息的時候，李漢良的臉色很不好看，常待在藥物實驗室裡的學生，無一例外都是他帶的研究生。難道那個兇手真的是他的學生嗎？在他的腦海裡，不禁漸漸浮現出一張面孔。年輕、英俊、有著陽光般的笑容——蕭之傑！難道真的是他嗎？

而這個消息也無疑應證了周淵易的推測，他一直都認為系列案件的兇手是與江都大學有關的，因為只有在這個地方，才可以弄到神秘的A物質。當然，他首先懷疑的，也是蕭之傑。

周淵易帶著大隊人馬來到了藥物實驗室，實驗室是一幢爬滿了藤蔓植物的三層紅磚小樓。一樓是幾間很寬敞的教室，每間教室都擺著幾排帶著水槽的課桌，桌子上擺著酒精燈、三腳架、火柴、試管、廣口瓶，教室裡無一例外地瀰漫著神秘的酸性液體氣味。

二樓是研究生們的自習室，自習室不大，類似書房一般。李漢良一向推崇學生們的自我學習習慣，提倡鼓勵學生自發學習，所以自習室也設計得很人性化。每間自習室都適合個別學生進行私下的藥物研究。

三樓則是藥物儲存室，李漢良的辦公室與值班學生住的房間。

當周淵易進入藥物樓後，踩在吱吱作響的木地板上，嗅到一股淡淡的來蘇藥水味道。這味道令他想到了醫院，不管是江都大學附屬醫院，還是市郊的精神病醫院，他都曾經嗅到過這樣的味道，這種味道令他情不自禁地想起了這一系列的命案。

一樓的實驗教室裡，有幾個學生在認真地做著試驗，有男有女，他們都是李漢良帶的研究生。他們說，從下午開始，就一直待在這裡沒有離開過，他們可以互相作證。而當問及是否注意到有人進入實驗樓時，他們都搖了搖頭——做實驗的時候，他們都一直心無旁騖，因為實在是太認真了。

在上二樓的樓梯間裡，周淵易看到樓梯轉角，有一件扔掉的廢棄衣物，展開一看，那是件原本白色的襯衫，不過現在襯衫上已經噴濺有明顯的藍色液體。不錯，這件正是那個勒索三十萬的神秘人遺棄的。

「真可惜啊！」一個警員惋惜地歎道。

「少廢話了，快看看二樓有人沒有！」周淵易說道。

警員們敲開了二樓所有的自習室，自習室裡的學生不多，只有幾個。警員也順便找了找三樓，然後把兩層樓的學生集中在了二樓的走道上。

周淵易仔細看了看找到的學生，發現只有兩個人他認識。

一個是剛從精神病醫院回到校園的蕭之傑。他還深陷在喪母的悲痛之中，兩眼泛紅。而沈曉葉正陪著他說著什麼。他倆是在三樓的值班室找到的，蕭之傑一直在李漢良的照顧下，利用空閒時間在藥物樓裡值班。

另外一個則是那個叫龍海的學生，就是那天晚上陪李漢良一起護送蕭之傑與母親去精神病院的學生。他是李漢良最為得意的弟子了。

周淵易一直都認為，兇手是與這一系列案件有關聯的，所以不應該是他沒見過的人。所以在看到這兩人的時候，第一直覺就告訴他，那個勒索三十萬的人，就在這兩個人之間。當然，這樣的想法很武斷，僅僅是他的直覺罷了，缺乏足夠的證據，但周淵易還是決定從這兩個人著手進行調查。

在他看來，在樓梯間轉角找到的那件襯衫，足足要花三百多元才能買到，這不是蕭之傑這樣的窮學生可以負擔的。所以周淵易將懷疑的目光轉向了龍海。

可是龍海又和這一系列的案子有什麼樣的關聯呢？這實在是難以想像的，他僅僅是李漢良的研究生，他有什麼理由去殺死這麼多互有關聯的人呢？

莫非——他是受了某個人的指使？

莫非——指使他的人，就是他的導師，李漢良？

一想到這裡，周淵易不由得一個寒顫，他不由自主想起了徐婷婷那雙會說話的大眼睛。

（05）

奇怪的是，在蕭之傑與龍海的身上，並沒有找到藍色液體的殘留。不僅僅是他們，從所有學生的身上，都沒有找到藍色的殘留色。

在周淵易從小高手裡拿過信封的時候，小高曾經說過，這種液體是從國外進口來的，美國的FBI也把它當作交付贖金時的特殊藥品來使用，萬萬沒有道理在這個時候失效的。在周淵易臉上，不禁露出了失望的表情。

這時李漢良突然走到了周淵易身邊，說：「周警官，遇到難題了吧？」

本來在周淵易的潛意識裡，已經將李漢良當作了與案件有關的嫌疑人。但他在這幾乎絕望的時刻，看到李漢良的表情很是誠懇，於是也不禁懷疑起自己的判斷來。

李漢良微笑著說：「周警官，說不定我可以幫你的。」

「哦?!」聽了這話，周淵易心裡一熱，「李教授，你能幫我？那真是太好了。」

周淵易把遇到的難題一一說給了李漢良聽。李漢良聽完後，梭巡了一圈站在走廊上的研究生們，然後對周淵易說：「周警官，把那件染有藍色顏料的襯衫拿給我看看。好嗎？」

李漢良教授拿到那件襯衫後，先湊到鼻翼旁嗅了嗅，接著他用剪刀剪了一小塊沾了顏料的衣角，放進了廣口瓶裡。廣口瓶裡倒了一點水，他取出一張試紙，在廣口瓶裡的水蘸了一下，然後放在燈光下仔細看了一眼。

「嗯，是鹼性的。」李教授喃喃說道。說完，他又取來一支試管，在試管裡加進了一種淡褐色的液體。液體被他倒進了廣口瓶裡。神奇的現象發生了——褐色液體迅速與廣口瓶裡的水融合在一起，只是片刻時間，廣口瓶裡那塊染成藍色的衣角碎片顏色漸漸淺去，最後所有的藍色竟然消失了。

周淵易在一邊看得目瞪口呆，他詫異地問道：「這是怎麼回事？」

李漢良微微一笑，說：「其實，這一切很簡單。藍色顏料帶鹼性，拿酸性液體浸泡一下，就可以達到酸鹼中和的效果，讓顏色消失。你說過，在拆開信封的時候，周圍一米內的地方都會噴濺到這種藍色液體，所以沒有理由不噴濺到拆信者的臉上。而現在，所有學生的臉上都沒有藍色的痕跡，那就說明顏料已經被處理過了。而唯一處理的方式就是用弱酸性的藥水來洗臉。」

「那……」周淵易遲疑地問，「那我們現在應該怎麼辦呢？」此刻他已經沒再把李漢良當作兇手了。如果李漢良與這起案子有關，那他是絕對沒有道理說出兇手是怎麼去除顏料痕跡的。

李漢良從抽屜裡拿出一大疊PH值試紙，遞給了周淵易，說：「一點也不複雜，既然用酸性藥物洗了臉，那麼兇手的臉上一定會留下殘餘的藥水。現在只要提取他們每個人的汗液，滴在PH值試紙上，查驗PH值就行了。如果誰的體液呈現出酸性，那麼這個人一定就是拿酸性藥水洗過臉——別忘了，一個人在正常情況下，汗液都應該是鹼性的。」

周淵易翹出了大拇指，讚道：「李教授，您真是太厲害了。」

站在一旁的徐婷婷則大聲說：「那還用說嗎？不然他怎麼做我舅舅啊？」兩人不禁相視之後，莞爾一笑。

周淵易走到走廊上，讓研究生們都靠牆站好，然後他取出了懷裡的PH試紙，很客氣地說：「再麻煩大家最後一件事，現在我要收集大家的汗液。很簡單的，就麻煩幾分鐘，請大家配合。」

他的話音剛落，就聽到走廊的一角，傳來一聲痛苦的呻吟。

發出聲音的是龍海！他絕望地看著周淵易，身體不住顫抖，眼裡流露出恐懼的神情。

周淵易的眼裡閃過一絲得意之色。他明白了，用酸性藥水洗過臉的，不是別人，正是這個李漢良最喜歡的學生——龍海！

他走到了龍海身邊，問：「你是不是要告訴我們，接下來的提取汗液工作不需要再做了？」

龍海黯然地點了點頭。

「是的，讓同學們都解散了吧。我承認，發簡訊給謝依雪的人，就是我。在情人灘旱橋上取走三十萬的，也是我。」龍海的聲音越來越小，幾乎連他自己都聽不到。

「嗯，很好。」周淵易一笑，掏出了手銬為龍海銬上，然後大聲宣佈：「收隊！」

第十四章

(01)

與李漢良、徐婷婷道別後，周淵易和同事們帶著龍海上了車，準備回警局。

在目送他們上車的時候，李漢良的眼神非常複雜。他最得意的兩個學生就是趙偉與龍海。前者和一個按摩小姐神秘地死在情人灘上，後者現在卻被送到警局，說不定他是一個很危險的殺人兇手！他幽幽歎了一口氣，對姪女徐婷婷說：「這是怎麼回事啊？看來不應該只教給學生知識，更應該教會他們做人的道理。」

重重地關上車門，周淵易對龍海說：「這下子你的麻煩大了。」

龍海沮喪地分辯：「周隊長，我只是想賺些外快。人不是我殺的！」

「哦?!」周淵易笑了一下，說，「這話還是等進了審訊室，你準備負隅頑抗的時候再說吧。」

龍海幾乎哭出聲來，他抽泣著說：「真的，我只是昨天晚上從精神病醫院回家的路上，聽到李教授與沈先生談論案情的時候，才知道有那麼三十萬的事。我想，真正的兇手一定不敢出面找謝太太要錢，我正好可以從中插上一腳，弄到三十萬改善一下生活。死的那些人真的不是我殺的！」

周淵易聽了這話，不由得一愣。他又想起了徐婷婷借給他的那本《黑手幫》，難道又是一個因為從不同角度看問題而造成的誤會嗎？

在越野車駛向警局的路上，龍海語無倫次地告訴周淵易，他之所以這麼想要那三十萬，是因為他欠下了一筆債。

龍海作為一個研究生，自然有著追求異性的渴望。實際上，他的家庭並不富裕，他的父親在他出生後沒多久就去世了，在他的記憶裡，甚至連父親長什麼模樣都不知道。而他的母親從工廠退休後，在城市裡就靠做保姆賺取一點微薄的工錢，供他上大學。

龍海暗戀著在醫學系裡的一個小姑娘，也想盡辦法結識了她。為了滿足談戀愛所需要的開銷，他沒日沒夜地打工賺錢。幸好他的悟性一向很好，成績也一直很優秀。

打工賺來的錢，是遠遠不夠戀愛消費的，而他認識的那個女生又很喜歡花錢買名牌衣物。無奈之下，為了維持他看來很神聖的感情，龍海只有找同學借錢。每次他借的錢都不多，但日積月累，合在一起也不是小數目了。俗話說得好，有借有還，再借不難。但是龍海把周圍能借的都借了，而且他幾乎從來沒還過錢，所以再想借錢，似乎已經是一件不可能的事了。

經濟上的壓力，幾乎讓他感到無法呼吸！

所以，在昨天晚上從精神病醫院回城的計程車上，當龍海聽到三十萬的事後，心裡不禁一動。為了緩解經濟壓力，他決定想辦法弄到這三十萬。

「我說的都是真的！周隊長，你可以去調查的！趙偉死的那個夜晚，我和女朋友看通宵電影去了，你們可以調查的！」龍海掙扎著說。

「好吧，我們會調查的。」周淵易說道。他問了龍海女友的名字與聯繫方法後，立刻打了個電話給助手王力，讓他立刻去調查龍海這話的真實性。

不過，周淵易又正色對龍海說道：「現在你把你母親的聯繫方式告訴我們。就算你說的都是事實，打算勒索也是一個不小的罪名。我們必須拘留你，所以要通知你的家人。」

龍海猶豫了一下，說：「我一直都不知道媽媽在哪個地方做保姆……為了面子，我也不想讓別人知道我的媽媽在做保姆……我一時也聯繫不到她……」他黯然地低下頭，滿是悔恨的表情。

「真是混蛋！」周淵易狠狠罵了一句。他又問：「那你母親叫什麼名字？」

「龍瓊荷。」龍海的爸爸死得早，所以他一直是跟母親姓的。

就在這個時候，周淵易的手機突然響起，是技術科小高打來的。

小高興奮地在電話裡告訴周淵易，在精神病醫院裡最後與蕭之傑母親接觸的那個神秘女人，她的面部拼圖在小攤販老闆的協助下，已經製作好了。而借用小攤販老闆的話來說，拼圖與真人的相似度，達到了90%以上。

周淵易高興地說：「太好了，我一會兒就回局裡了，到時候你交給我。」

掛斷電話後，周淵易很是興奮。他突然又想起了個問題，於是連忙撥了一個電話給小高：「小高，你拿這張照片去給專案組的同事們看一看，看有人認識那個神秘女人嗎？」

只過了幾分鐘，小高回了一個電話，說：「周隊長，你們組裡，沒有人見過這個女人。一會你回來看看吧，說不定你見過的。畢竟這個案子裡，最瞭解案情的，就只有你了。」

回到警局，周淵易吩咐一同回來的同事辦好收押龍海的手續後，他連忙回到了自己的辦公室。這時，天已經黑透了。周淵易本來前一個晚上就沒休息，只睡了短短的兩個小時，所以現在他感到很疲倦。於是他在進屋前，就請內勤的歐巴桑幫他泡上一杯濃茶。

坐在辦公桌前，周淵易看到小高送來的拼圖已經擺在了桌子上。

類比圖上，是一個年約五十的女人，眼簾低垂，眼中充滿了憂鬱。額頭上有幾處皺紋，看上去她曾經經歷過滄桑的歲月。髮型很普通，隨便在大街上就可以看到無數老年婦女梳著這樣的頭。她的臉型也很普通，幾乎是丟進大街裡立刻就會消失得無影無蹤。

周淵易沒見過圖上的這個女人。他不禁暗暗思忖，難道這是一個在警方調查視野以外的人嗎？她是誰？她為什麼會被捲進案子裡來？她與蕭之傑的母親有什麼樣的關係？

「嗯，這個女人應該還是和案件關鍵關係人是有聯繫的。」周淵易對自己說道，他還是非常堅持自己的觀點。這個世界上沒有無緣無故的愛，更沒有無緣無故的恨。這一系列的案子裡，受害者都或多或少地與李漢良和沈建國有關。所以說，儘管他周淵易不認識圖上的這個女人，但說不定李漢良與沈建國會認識！

周淵易連忙打了個電話給李漢良，然後把圖透過傳真機發給了李教授。李漢良看到圖後，很肯定地對周淵易說，他從來沒看到過圖片上的這個女人。

看來只有問沈建國了，通過電話聯繫到沈建國後，沈家的傳真機卻正好壞了。掛斷電話，周淵易無奈地聳聳肩膀。看來只有親自去一趟沈建國的家裡了。

周淵易抓起圖，放進公事包裡，急衝衝地推開辦公室的門，大步向外走去。

內勤的歐巴桑正好捧著一杯泡好的濃茶站在門外，她看到周淵易要離開，連忙大聲問：「周隊長，你的茶……」

周淵易頭也不回地說：「等我回來再喝吧。」

（02）

沈建國在放下電話後，心神一直不寧。他感覺自己的左眼皮跳得很厲害。右跳財、左跳災，他預感自己就要大禍來臨。

究竟會是什麼禍？沈建國是知道的。他明白，多年前的那件事，正漸漸從塵封的往事裡被挖掘出來，即將呈現在光天化日之下。說不定他與李漢良都會因此而身敗名裂。

沈建國希望可以像上一次那樣，透過衛生局的魏局長拿錢擺平。可是這次看起來好像沒這麼容易了，因為已經牽涉到了好幾起的命案。

而更可怕的是，隱藏在暗處的兇手，似乎一直是針對著他和李漢良而來的，目的就是要把他們身邊所有人，一個一個除掉。當然，他最後要的，自然就是他與李漢良。不用說，這是一起故人尋仇的基督山伯爵式的傳奇故事。沈建國幾乎可以肯定兇手就是那個叫蕭之傑的男孩，可是他一直覺得很奇怪，為什麼警察一直沒把這個男孩抓起來，而李漢良似乎也很關照這個男孩。

這讓沈建國想起來很不是滋味，女兒竟然會愛上尋仇的兇手，而搭檔與警察竟然都以為那個兇手是無辜的。真不知道他們是怎麼想的，如果不是這個世界瘋了，那就一定是他瘋了！

沈建國一個人在家裡孤獨地踱來踱去。女兒曉葉在學校裡，多半與蕭之傑待在一起。妻子謝依雪一大早就和保姆何姐回果山水庫的老家了。

奇怪的是，怎麼何姐還沒回來呢？整整一天了，何姐答應過送謝依雪到了家，就立刻回來。就算被留在果山吃了午飯，現在也該回來了啊。

可是，事實上，直到現在，屋裡還只有沈建國一個人，連晚飯也只是隨隨便便吃了一碗速食麵。

沈建國覺得有些不對勁，早上的時候，是公司的一輛用來送貨的麵包車，送謝依雪和何姐過去的，沈建國的心裡總是很忐忑，於是打了個電話給那個麵包車的司機。

司機告訴沈建國，早晨他在沈家樓下接到了謝依雪與何姐，然後駕車向郊外駛去。車剛開出城區，謝依雪就接到了一條簡訊。而謝依雪在看到簡訊後，立刻讓司機把車停下，然後告訴司機，她有事要和何姐去辦理一下。謝依雪說可能要耽誤很長的時間，讓司機先回去，她會給沈建國說這事的。

聽完司機的彙報，沈建國嚇了一跳。他並沒有接到謝依雪打來的電話！

謝依雪收到誰的簡訊？她要和何姐去做什麼？為什麼現在還沒有一點消息？難道是兇手發的簡訊？難道兇手的下一個目標就是謝依雪？兇手的目的不正是要剷除沈建國身邊的親人好友嗎？

沈建國嚇得冷汗直流，心裡像是壓著一塊沉重的石頭。他連忙撥打謝依雪的電話，但卻只聽到話筒裡傳來冰冷的一句話：「對不起，您撥的號碼未開機，請稍後再撥。」

出事了！一定是出事了！

沈建國心中一顫，連忙又撥了個電話給周淵易，他想連忙把這個消息告訴給警方，可是不管怎麼撥，周淵易的電話都一直占線。

「都什麼時候了，怎麼周淵易的電話老是打不通？」沈建國暗暗咒罵道。當然他不會知道，之所以周淵易的電話一直打不通，是因為周淵易也一直在撥打沈建國家的電話，而周淵易此刻也在咒罵，為什麼沈家的電話竟然一直占線，一個電話都打不進去。

周淵易已經開車到達了沈建國家的大樓下，但他忘記了沈建國究竟住幾樓，所以打個電話想問一問。可是電話一直打不通，於是周淵易又撥打了私家偵探吳畏的電話，畢竟上次到沈家來，是與吳畏一起來的。沒想到，在與吳畏的通話裡，周淵易竟然知道了另一件匪夷所思的事。

周淵易掛斷電話，連忙下了車，向電梯跑了過去。

而在這一天裡，吳畏也沒閒著，他透過鄰市的同行找到了被李漢良與沈建國安排在鄰市工作的幾個護士。那幾個護士，正是四年前那一天，李漢良為蕭之傑父親蕭建動手術時的手術室護士。

吳畏立刻包了一輛計程車，趕到了鄰市，找到了其中一個護士，在恩威並施的情況下，護士終於說出了事實真相。不過，那個護士的原話是這樣的：「我只能告訴你發生了什麼事，但是我不會為你作證的。畢竟李教授在發生了那件事後，又挽救了很多病人，並且一直竭力在贖罪。如果你把他抓進了監獄，那麼會有更多病人因為得不到他的治療而死亡。你的罪行會比他更大的！」

那天的事實真相是，手術前，李漢良的確與沈建國在醫院外的小飯館吃飯，同時還有幾個護士也在作陪。與吳畏的想像不一樣，當時李漢良並沒有喝酒，因為他知道，手術前是絕對不可以喝酒的！但是沈建國卻喝了不少酒，甚至喝得有點醉了。

離手術還有半小時的時候，李漢良離開了酒席，來到了手術室。而酒後的沈建國不知為何，也跟著來到了手術室外。沈建國借著酒意，開玩笑地讓值班護士也為他找件手術服穿上。因為沈建國與醫院的護士也蠻熟的，於是一個護士也開玩笑地找來一件手術服遞給沈建國。

李漢良在手術室裡突然接到了一個電話，是一個設備供應商打來的。也許是關於購買設備的回扣問題吧，李漢良覺得應該迴避一下護士，所以吩咐護士與麻醉師先檢查一下病人的麻醉效果，然後打開了手術室的控制門，準備去外面的走廊上接電話。

沒想到李漢良走出手術室的時候，控制門沒有關上，沈建國穿著無菌服、戴著寬邊的十八層醫用口罩步履蹣跚地走進了手術室。

沈建國與李漢良的個頭差不多，再加上穿著無菌服，還戴著口罩，所以當他站在護士身邊時，護士們都沒認出進來的並不是動刀的李教授。甚至還有個護士，立刻對沈建國說：「全麻做得很好，現在手術可以開始了。」同時她將消毒完畢的手術刀遞到了沈建國手上……

李漢良聽完電話後，立刻走進了手術室。當他看到沈建國站在手術臺前的無影燈下時，立刻傻了眼——他已經回來晚了一步！

蕭建就是這樣死的，死在了沈建國的手術刀下！李漢良當場就對沈建國破口大罵，但為了怕受影響，他也只有聽從已經從酒醉裡醒過來的沈建國的建議，竭力將此事隱瞞下來。

沈建國拿出了一大筆錢，分給了在場的所有護士，並立刻安排她們去外地學習，並且在學習後又安排到了待遇豐厚的外地私立醫院裡。為了不讓別人知道他曾經與李漢良曾經一起吃過晚飯，沈建國為了防患於未然，甚至將吃飯的小飯館買了過來，並遣返走了所有的員工。

事實就是這樣的。

但當吳畏問及究竟是誰在當晚給他打過電話報警，以及是誰在他兜裡塞進了折出九道印痕的紙條，這個護士就不知道了。

護士最後說，她其實一直不想把這事說出來的，但是一個月前，她被查出了肝癌末期，最多只有幾個月的生命了。她不想把這個秘密帶進墳墓裡，所以想找個人說出來。不過，她還是再三對吳畏說，這件事她絕對不會站出來作證，因為她也不願意看到李漢良教授為此身陷囹圄。

聽完護士的話，吳畏若有所思地點點頭。是的，四年前那一晚發生的事，的確遠遠超出了他的想像，甚至稱得上是匪夷所思！

吳畏做夢也猜不到事實的真相竟然會是這樣！

（03）

周淵易上了樓，按了按沈建國家的門鈴。門開了，周淵易看到一張毫無血色、兩眼赤紅的臉。沈建國已經快急瘋了，他一看到周淵易，就如同抓住了一根救命的蘆葦一般，一把抓住了周淵易的胳膊，大聲叫道：「周隊長，依雪她失蹤了！」

雖然說，沈建國並不像別人想像的那麼愛謝依雪，否則他也不會與按摩女郎歐陽梅搞在一起。但謝依雪肚子裡懷著他沈建國的兒子啊！沈建國一直盼望著能有一個兒子來繼承香火，要是謝依雪出了什麼三長兩短，那沈建國的苦心孤詣就全白費了。

周淵易還沒搞懂是怎麼回事，於是連忙勸沈建國冷靜下來。但是沈建國怎麼能冷靜得下來？他不停歇斯底里地囉嗦說道：「出事了，一定是出事了！那個兇手一定是要一個接一個把我身邊的人都殺死！」

沈建國突然「騰」地一下跳了起來，掐住周淵易的胳膊，說：「你們為什麼不把那個叫蕭之傑的人抓起來？他就是兇手！沒錯，一定是他！」

周淵易拍著沈建國的肩膀問：「沈先生，你是怎麼知道蕭之傑就是兇手的？你有什麼證據嗎？」

這句話一說，沈建國立刻安靜了下來。他明白，自己不能再多說了，否則四年前的往事就會再次被翻出來。

周淵易則直點死穴，冷冷地問道：「你是擔心不小心說出，四年前你穿著無菌服戴著口罩，給蕭建做手術的真相吧？」

話音未落，沈建國身體一顫，臉色頓時變得蒼白，汗液從額頭大滴大滴地滲了出來。他的呼吸開始急促了起來，大口大口呼著氣，可他還是覺得喉管似乎被一張看不見的手緊緊掐住了——他感到無法呼吸！

「你在說什麼？周警官，我怎麼一句也聽不懂？」沈建國強作鎮定，提心吊膽地問。

周淵易一笑，說：「咱們心照不宣吧。反正我也沒證據，你就當我隨便說著玩吧。」

沈建國心裡的巨石這才落到了地上，但他馬上又想起了謝依雪和謝依雪肚子裡的孩子，連忙叫了起來：「周警官，我的妻子失蹤了！」

「失蹤？她不是回果山的老家了嗎？」周淵易這時也感到了奇怪，「我下午還接到了她的電話，說她在山裡。」

「哦，你接到了她的電話？她在山裡？那我就放心了。」沈建國驚魂未定地拍了拍胸脯，不過他有點疑惑，為什麼謝依雪只給周淵易打電話，卻沒給自己的老公打一個電話？

周淵易頓了頓，繼續說：「下午她給我打電話的時候，聲音有點乾癟，似乎是感冒了。」

「不可能！」沈建國像觸電一樣跳了起來，「依雪沒感冒，她的聲音怎麼會很乾癟？她的聲音非常甜美！」

周淵易也是驀地一驚，難道下午給他打電話的，並不是謝依雪嗎？而這個打電話的人，害怕沈建國會聽出破綻，所以才選擇給周淵易打電話通報行程，目的正是想讓人以為謝依雪並沒有出事。

周淵易也在這一刻立即感覺到了事態的嚴重性。

沈建國近似哀求地說：「周警官，我們就打開天窗說亮話，既然你知道四年前的那段事，那你為什麼不懷疑蕭之傑呢？他就是蕭建的兒子啊！」

周淵易冷冷地說：「我們已經確定了，蕭之傑不是兇手。兇手另有其人。」

「是誰？」

周淵易望著沈建國的眼睛，一字一句地問：「你聽說過一個叫龍海的人嗎？他是江都大學醫學系的研究生。」

沈建國點點頭，說：「當然知道，就是昨天晚上從精神病醫院回來時，搭乘我和李教授那輛計程車的學生。他是李教授最得意的學生之一。」

「那你在以前聽過他的名字沒有？」周淵易又問。

沈建國搖了搖頭，說：「沒有，以前我從來沒見過他。」

周淵易的眼裡露出了失望的神情。他這才想起了今天晚上的來意，於是從公事包裡拿出了小高製作的圖，遞給了沈建國：「沈先生，你見過這張圖片裡的女人嗎？」

沈建國接過了圖，掃了一眼，身體立刻顫抖了起來，他像觸了電一樣，驚聲叫了起來：「我認識她！我當然認識她！你們怎麼會有她的照片？」

周淵易眼睛一亮，問道：「她是誰？」

「她是我家裡的保姆——何姐！」沈建國的聲音很是顫抖，他有了不好的預感，「周警官，難道你的意思是……她就是這幾起案件的兇手？」

周淵易很有分寸地回答：「這個我們現在還不能肯定，她只是有嫌疑。今天早晨，蕭之傑的母親在精神病醫院裡被人謀殺，而目擊證人說，最後一個與蕭之傑母親接觸的人，就是圖片上的女人。」

當周淵易知道圖上的女人是沈建國的保姆時，不由得感到很詫異。不知道這個叫何姐的女人為什麼會牽扯進案子裡來。一個保姆，怎麼會去殺與她一點關係都沒有的另一個女人？莫非她們之間存在什麼恩怨？她的動機又會是什麼呢？周淵易百思不得其解。

這時，沈建國痛苦地大叫了一聲：「我的天啊！」

——他突然想起，早晨謝依雪是與何姐一起出去的。既然何姐有可能是個殘忍冷血的兇手，那此時謝依雪豈不是處境很危險？當然，沈建國更關心的是謝依雪肚子裡的兒子。

周淵易拿出手機，撥回了警局，讓同事們趕緊將何姐的圖做成協查通報，散發到各處路口與交通要道，要求立刻緝拿到案。

雖然現在沒有確實的證據表明何姐就是兇手，但是她肯定與案情有關。找到她的下落，才是現在要做的第一件事。

可是，何姐與謝依雪在哪裡的呢？周淵易與他的手下能順利找到她們嗎？

第十五章

(01)

周淵易看了一眼沈建國，問：「你來告訴我，何姐究竟是怎麼樣的一個人？」

沈建國遲疑了一下，說：「何姐是四年前的時候，我從保姆市場挑選來的。」

四年前，剛發生了手術室裡的一幕後，李漢良一直不停地指責沈建國，這令沈建國感到身心很是疲憊。那時他才結婚沒多久，家裡一堆事要做，謝依雪也不是一個喜歡做家務的人，於是聘請保姆成了當務之急的事。

那天，他獨自一人來到了位於郊區的勞動力市場。他還沒走進門，就有一個五十歲上下的女人主動走到他身前，問沈建國是不是要找保姆，這個女人就是何姐。沈建國還沒來得及回答，就聽何姐說，她的丈夫死得早，一個人拉拔著兒子長大。現在兒子正在讀大學，成績非常好，兒子馬上要讀研究所了，開銷很大，所以她出來找點事情做。何姐還說，她要的工資不高，如果沈建國願意，她還可以先做兩個禮拜試試，等沈建國滿意了再決定雇不雇用她。

沈建國望著市場裡熙熙攘攘的人群和一雙雙渴望的眼睛，他也再懶得繼續去尋找了，於是就認定了面前這個身材健碩的中年婦女。

而事實上，何姐在試用的兩個星期裡，幹得非常賣力，還做得一手好菜，這令沈建國非常滿意她的工作，於是留下了她。而在以後的日子裡，何姐就像融入了沈建國的家庭一般，她與謝依雪和沈曉葉都處得不錯，一幹就是四年，沈家的人也把何姐當作了家庭的一分子。

沈建國無論如何都猜不到，何姐為什麼會劫持謝依雪。

周淵易又問：「平時何姐有什麼怪癖嗎？她有沒有顯現出和旁人不一樣的特點？」

沈建國想了想，說：「沒有，何姐看上去就和一般的保姆完全一樣，整天不是待在家裡做家務，就是上街買菜。給她的菜錢，她也記好了帳。手腳很乾淨，從來沒吃過菜錢的回扣。」沈建國似乎想起了什麼，緊接著補充道：「對了，她每個月都會請兩天假，去看她的兒子。她的兒子就在江都大學讀研究生。」

「哦?!」周淵易眉毛一揚。又是江都大學？還是研究生？

A物質只有在江都大學裡才有，何姐的兒子會不會和死者體內出現的A物質有關呢？難道她的兒子是江都大學醫學系的研究生嗎？

周淵易的腦海裡不禁浮現出一張面孔，漸漸由模糊變得清晰，那是龍海的面孔。

周淵易撥了一個電話回警局，是他的助手王力接的電話。周淵易讓王力馬上把何姐的照片給龍海看一看，看他是不是認識。雖然說周淵易不敢肯定，何姐就是龍海的母親，但她每個月都會去江都大學看望兒子，如果她的兒子是醫學系的研究生，說不定龍海也曾經見過何姐，這樣也就可以確定她的兒子究竟是哪個學生。

過了一會兒，王力就回了訊息。他語氣異常興奮地告訴周淵易，當他把何姐的照片遞給龍海時，龍海身體頓時一震，然後像洩了氣的皮球一般告訴王力，圖片上的女人，就是他的母親。

周淵易點了點頭，他想起自己曾經問過龍海，他的母親叫什麼名字，當時龍海說他的母親叫龍瓊荷。現在想來，一定是這樣的，龍瓊荷在找工作的時候，告訴沈建國她叫荷姐，而沈建國一時誤聽成了何姐，於是幾年來一直稱她為何姐，以謬傳謬，錯以為龍瓊荷姓何。

龍海還坦承，母親龍瓊荷每個月都會來看望他，送生活費來給他。母親將退休金與做保姆的工資全都交給了龍海，龍海卻拿來做了戀愛的資本。龍海擔心女友知道自己的母親是個不起眼的保姆，於是每次與母親見面，都約在破舊的藥物樓三樓的藥品保管室。

龍海還清楚地記得，每次母親來了，都會指著木架子上的瓶瓶罐罐問都是些什麼藥。有一次，母親還差點把一瓶放在遮光磨口瓶裡的A物質粉末倒出來了。幸好龍海及時看到，否則這禍就闖大了。龍海還毫不客氣地責備母親，A物質是有劇毒的，而且一見光就會分解，只能放在遮光瓶裡。他還告訴母親，這種藥要是溶解在水裡，只要注射進人體，幾分鐘就會死亡，而體內只會出現心臟瓣膜破裂的跡象；如果是滴進眼裡，則會出現散瞳、暫時失明的現象。

過了幾天，又輪到龍海在藥物保管室裡值班，有一次他發現保管的A物質竟然少了一瓶。他也沒多在意，以為是哪個同學拿走了藥品做私下的研究，渴望寫出一鳴驚人的論文來。當時他自己就和趙偉在李教授面前較勁，希望做出令人刮目相看的成果出來。

不過當這些細節一一匯總到周淵易的手中時，他就難免會有其他的想法——那些A物質都是被龍瓊荷帶走了，而她的目的就是要應用在隨後的一系列案件中。周淵易又讓王力詢問了一下龍海，龍瓊荷在退休前是做什麼的。

龍海的答案很快就傳到了周淵易這裡來——他的母親在退休前，是一家汽車修理廠的技術工人。

這條資訊讓周淵易很是興奮，他終於知道了沈建國的賓士與保時捷，為什麼會在車禍的時候打不開安全氣囊。既然龍瓊荷以前在汽車修理廠工作，她當然知道怎麼讓安全氣囊在車禍的時候打不開。

真相幾乎達到了呼之欲出的地步，周淵易已經可以認定，龍海的母親龍瓊荷就是殺人的兇手。可是有一點他始終弄不明白，為什麼龍瓊荷會做出這一系列令人髮指的兇殘案件。

她為什麼會和沈建國、李漢良扯上關係？她的動機到底是什麼？

她已經在沈建國家裡待了四年，什麼都沒做過，為什麼現在卻突施毒手，殺了這麼多人呢？如果說她是因為四年前的那段無頭公案而替天行道，為什麼又要殺死蕭之傑的母親呢？

周淵易感覺頭有點疼，所有的線索攪在了一起，就像一個找不到頭的線團。他情不自禁地打了一個哈欠，這時他才想起，他已經幾乎四十八小時沒好好睡上一會兒了。

不過今天的收穫實在很大，周淵易通過電話交待了任務之後，決定回家好好睡一覺。

但是周淵易還是在納悶，龍瓊荷究竟把謝依雪藏在哪裡？

（02）

周淵易到家以後，終於痛痛快快地洗了一個澡，倒在床上就準備沉沉睡去。這時，他看到了擺在床頭的那本《黑手幫》，身體不由一震。

《黑手幫》這本書，整個故事其實很簡單，無非就是換個角度看問題時產生的視覺誤差。

周淵易不由得想到了這個案子。

為什麼龍瓊荷會殺死蕭之傑的母親呢？答案是不用說的，她一定與死者有仇。那究竟是怎麼樣的仇恨，會令她做出殺人的舉動呢？

謀殺是仇恨達到頂點後的終極行動，以前周淵易一直糾纏在四年前醫院裡的那起駭人聽聞的事件中，他一直都把注意力放在了實施罪行的沈建國與李漢良身上。那麼，現在是不是應該換一個角度呢？

對，別再把注意力放在沈建國與李漢良身上了。換個角度，考慮一下受害人吧。最早的受害者是蕭建，也就是蕭之傑的父親，四年前死在了酒醉的沈建國的手術刀下。

最近發生的所有謀殺事件，說不定都是龍瓊荷在為他找回公道。

——難道是說，龍瓊荷與蕭建有關嗎？

周淵易如打了一針強心針一般，騰地一聲從床上彈了起來。他給自己沖了一杯沒加糖的苦咖啡，然後逼自己捏著鼻子喝了下去。他又洗了個冷水澡，片刻之後，他就覺得自己已經恢復了精力。

周淵易在深夜，又一次駕車回到了警局。他到達辦公室的時候，嚇了歐巴桑一跳，因為周淵易臉色蒼白，眼睛充滿了泛出的血絲，活像電影裡的吸血鬼，就差兩隻尖利的獠牙。

周淵易把小高從值班室溫暖的被窩中活生生地叫了起來。當小高進了辦公室，就接到新的任務，要從電腦裡找出蕭建的資料——周淵易想知道蕭建究竟是怎麼樣的一個人。

很快地，小高就從戶籍檔案裡找出了蕭建的資料，電腦真是上個世紀地球上最偉大的發明！而從戶籍檔案裡得到的結果，終於讓周淵易明白了龍瓊荷的動機何在。他靠在沙發椅上，抿了一口歐巴桑送來的濃茶，對小高說：「原來仇恨的種子，竟然可以留存這麼長，再長的時間也沖刷不去仇恨在心裡留下的刻痕。」

小高點點頭，正要說什麼，就聽到周淵易喃喃地說：「可是現在龍瓊荷與謝依雪到底在哪裡呢？只有找到他們，才可以不讓血案繼續發生下去……」他的聲音越來越小，似乎是陷入了沉思。

小高回過頭去，看到周淵易已經閉上了眼睛，身體陷在了柔軟的沙發椅中，發出了輕輕的鼾聲——他實在是太累了！

（03）

謝依雪此刻也在沉睡，她在一張柔軟的大床上沉睡。她的眼睛緊緊閉著，長長的睫毛偶爾會顫動一下，也許她正在做一個噩夢吧。她永遠不會知道，她馬上就會進入比噩夢更殘酷的現實中。

今天一大早，她還和何姐擠在沈建國公司的麵包車裡，準備回果山的老家休養一段時間。誰知道走在半路的時候，收到了神秘的簡訊，竟然是那個勒索三十萬的神秘兇手。她嚇了一跳，連忙打電話給警局的周淵易警官，誰知周淵易的電話卻不通。於是她只有發一條簡訊給周警官，希望等他在手機有訊號的時候看到這條簡訊。

在車又開出一段距離的時候，謝依雪的心裡還是忐忑不安，她害怕那個兇手會跟蹤她，於是決定立刻回城，到警局去尋求周淵易的保護。但等麵包車離開之後，謝依雪又擔心如果周淵易知道了簡訊內容後，會不會讓她協助調查，讓她去送這三十萬引蛇出洞。

謝依雪的膽子很小，她實在是害怕那個隱藏在暗處的兇手。她怕如果周淵易的行動一擊未中，兇手就知道是謝依雪出賣了他，一定會在以後報復她。一想起前面幾個死者慘烈的死狀，謝依雪就會感到渾身顫抖、無法呼吸。

可是，簡訊已經發給了周淵易，他一定已經知道了這條消息。於是，謝依雪決定躲起來。她關掉了自己的手機，因為她害怕周淵易打電話來問。

但是，謝依雪卻不知道應該躲到哪裡去。那個暗處的兇手如此神通廣大，說不定早就探聽到了她的老家就在遠郊的果山水庫。說不定兇手已經趕到了那裡，準備與她交易這三十萬。謝依雪有些不知所措，不知道該去哪裡隱匿。

何姐似乎是看出了她的難處，輕聲地詢問正猶豫不決的謝依雪，出了什麼事。

人在最危急的時候，往往會找個發洩的途徑。而此刻謝依雪就在這樣焦急苦悶的狀態中。當她聽到何姐的問話後，整個人都崩潰了，淚水像泄了洪的閘道，嘩嘩地流了出來。她抽泣著告訴了何姐所有的事。

何姐聽完後，露出了恍然大悟與若有所思的表情。她想了一會後，告訴謝依雪：「太太，你不如到我家去躲一下吧。我那裡很隱蔽，不會有人找到的。」

「你家在哪裡？」謝依雪像是抓住了一根救命的稻草，忙不疊地問。

「我家離這裡不遠，也在去果山的路上。我兒子平時住校，只有周末才回家。我們可以到那裡去躲一下。」

「那還說什麼？我們趕快去你家！」謝依雪急不可耐、歇斯底里地叫了起來。

已經出城了，很難攔到空載的計程車，於是她倆乘坐公共汽車來到了何姐的家。公共汽車很空，幾乎沒有其他乘客，在何姐家附近的車站，只有她倆下了車。而在路上謝依雪也一直望向車後，並沒有看到有什麼車跟著她們。所以謝依雪可以肯定，兇手沒有跟蹤她。這讓她一直緊繃著的心終於稍稍平靜了一點。

何姐的家是一處農家小院，有著高高的圍牆，圍牆上還插著鋒利的玻璃渣子，這讓謝依雪感到很是安全。屋裡佈置得很簡單，幾乎沒什麼貴重的家具。何姐把自己的大床收拾了出來，換上了柔軟的被褥。

謝依雪不會知道，這套農家小院，並不是何姐的兒子周末居住的地方，而是何姐在一個月前租下來的。何姐早就在為某天的復仇做好了安排……

「太太……」何姐對謝依雪說，「家裡沒準備什麼吃的，我出去買菜。這裡離菜市場有點遠，我可能要多去一會兒。你先睡上一覺吧，我看你太緊張了……」

的確，謝依雪很緊張，她也想好好放鬆一下，於是她順從地倒在床上。

何姐出門的時候，說她一定得給沈先生打個電話說一聲。但謝依雪不想給任何人說她現在待在什麼地方。自從她從吳畏口裡得知了四年前的那件事後，就已經不再信任沈建國。她把手機遞給了何姐，讓她就說她們已經到了果山老家，她要何姐再陪她在果山住上幾天。

何姐出門買菜，回到屋後的時候，謝依雪還在睡覺。當她被驚醒後，才發現何姐這一出去，竟然離開了兩個多小時。

何姐說菜市場離這裡實在是太遠，為了買到滿意的菜，她走了很遠的地方。

當然，謝依雪是猜不到何姐在這兩個小時裡，竟然去了一趟離這裡不遠的精神病醫院，在那裡殺死了蕭之傑的母親。

何姐為了讓謝依雪相信自己的話，還特意買回了一堆蔬菜與雞肉。其實離她家不遠的地方就有一個規模不小的菜市場，當然，這是不能讓謝依雪知道的。

而在買了菜後，何姐又從電話薄裡找到了周淵易的電話號碼，她在電話裡裝作感冒了的聲音，假扮謝依雪告訴周淵易，她們已經回果山了。她的目的就是想故佈疑陣，不讓警方知道她們究竟是在什麼地方。

何姐又試圖給沈建國打個電話，誰知道這時謝依雪的手機卻沒電了。可能謝依雪知道回了老家，屋裡手機也沒有訊號，所以昨天晚上就沒有給手機充電吧。也可能是因為昨天晚上她的心情很不好，所以忘記了給手機充電。

中午，謝依雪吃到了一頓很豐盛的午餐，何姐的手藝真是沒得說。吃完飯，她又待在何姐家裡看了一下午的過期雜誌。晚上，何姐煲了老火木耳雞湯，據說這種湯對孕婦的身體很有幫助，所以謝依雪連喝了幾大碗。

不過，在喝完湯沒多久，謝依雪就感覺到頭有些暈，眼皮像灌了鉛一樣沉重得抬不起來。睏意像無邊無際的絲絨籠罩了她的全身。

謝依雪給何姐說了一句，就一頭倒在了柔軟的床上，呼呼大睡了起來。

當然，她在閉上眼睛之前，並沒有注意到何姐的臉上浮現出一絲不易被人察覺的微笑。當然，她更不會知道，在何姐親手熬的雞湯裡，加進了適量的安眠藥——有一個醫藥專業研究生的兒子，何姐在以前就常常問兒子關於安眠藥的用法，今天終於派上了用場。

在夢裡，謝依雪不停地看到一張張猙獰的臉。一會是酒醉的沈建國和李漢良一邊跳著狂歡的舞蹈，一邊揮舞著手裡鋒利的手術刀；一會又是開著車的吳慶生，他麻木地直盯前方，從他的嘴裡鑽出了一隻又一隻的蚯蚓……她夢到了沒有頭的魏靈兒，還夢到了在情人灘上死去的趙偉和歐陽梅……

看到一張張時而模糊時而清晰的臉在夢境裡不停重複地出現，謝依雪想要尖叫，卻發現自己根本發不出一點聲音。整個身體都像被一隻看不見的手牢牢按住，一點也不能動彈。

她感覺到無法呼吸！

她感覺到絕望的思緒正從身體的每一個部分偷偷遊出，慢慢聚攏在一起，包圍了她，要悄悄扼殺她……

謝依雪不禁在夢中對自己說：「依雪，別怕，這都是夢境，一會兒醒過來，所有的一切就煙消雲散了。」

但是她並不知道，一會兒她醒過來之後，會遭遇比夢境悲慘一萬倍的命運！

（04）

謝依雪覺得自己全身無法動彈，她知道，這是遇到了夢魘。據說這是因為睡覺時的姿勢不對，胳膊壓到了心臟的部位，造成血液流通不暢而引起的生理反應。只要稍等一會，然後等待夢境的退去，就可以恢復原狀。

所以，謝依雪沒有去多想什麼，只是平靜地等待夢魘慢慢消失。過了一會兒，她努力掙扎著睜開眼睛，然後看到了骯髒而佈滿水漬的天花板，上面還懸吊著絲絲縷縷的蜘蛛網。謝依雪心想，何姐已經在她家裡做了四年的保姆，平時很少回家，即使離開沈家，一個月也就兩天的時間，難怪沒時間打掃屋裡天花板上的蜘蛛網。

不過，謝依雪還是很奇怪，為什麼何姐床上的臥具這麼柔軟，就像是新買的一樣。

她當然不會知道，何姐租了這套院子後，這裡的臥具全是新買的。

謝依雪醒來過後的時候，她也不知道幾點了，只感覺屋裡光線很陰暗，屋外天已經黑透了。她有點口乾，於是想開口叫何姐幫她倒杯水。可是當她在床上準備轉身看何姐在哪裡的時候，忽然手腕一陣生硬的疼痛——她感覺自己的手一點都不能動彈，手腕似乎被什麼東西捆住了！她向下望了一眼，高高隆起的肚子遮住了她的視線，但她似乎已經明白了自己的處境，不由得發出一聲尖叫：「啊——」

她不敢相信，她的兩隻手腕真的被牢固的繩索綁住了。繩索綁得很緊，手腕上被勒出了幾道觸目驚心的紅色印痕。而她的兩隻腳也被牢牢地綁在床腳上

「這是怎麼了？是誰把我綁在這裡的？」謝依雪覺得腦了裡突然變成一團漿糊，混亂不堪。

這時，她突然聽到了一陣陰惻惻的笑聲，從屋裡的一角悠悠地傳了出來。

謝依雪身體劇烈一顫，她已經聽出來了，這笑聲是何姐發出來的。

何姐瘋狂地笑著，身體急劇地顫慄，幾乎連眼淚都笑出來了。她的眼睛裡流露出了赤紅的顏

色，顯得陰鷙之極。她死死地盯著謝依雪，眼中幾乎要冒出火來，她的五官變形地扭曲著，像有一條條蛇從臉上逶迤地爬過。

笑聲嘎然而止，屋裡突然恢復了令人窒息的沉默。

這種沉默是令人壓抑的，似乎充滿了潛伏的殺機。謝依雪看不到何姐在哪裡，她的身體不住地顫抖，從短袖露出赤裸裸的胳膊上，泛起一層密密麻麻的雞皮疙瘩。

只是片刻的寂靜，謝依雪突然歇斯底里地叫了起來：「為什麼？為什麼會這樣？」她的聲音裡充滿了恐懼。

何姐慢慢踱到了謝依雪躺著的床邊，冷冷地看了一眼，然後大聲地反問：「你問為什麼？你居然在問為什麼？當你們殺死我老公的時候，他又問過為什麼沒有？」她又哈哈大笑了起來，她笑得實在是太激動了，竟然彎下了腰，雙手捂著肚子，就差沒倒在地上打滾了。

「你老公？你老公是誰啊？你不是說你老公早就死了嗎？」

「哈哈，哈哈哈哈，我說什麼你就信什麼啊？在我到你家裡當保姆的那一天，我就在等待復仇的這一天！現在讓我來告訴你吧，我老公的名字是什麼！」何姐停住了笑，慢慢說出了兩個字，「——蕭建！」

「蕭建？就是蕭之傑的爸爸？」謝依雪驚聲問道。

「沒錯！就是他！」

「可是……蕭之傑的媽媽不是那個瘋婆子嗎？你怎麼會是蕭建的老婆？」

「哈哈，這有什麼稀奇的？我是蕭建的前妻。二十年前，蕭之傑剛滿歲，我就和蕭建離婚了，之傑由他撫養，而我撫養大兒子小海。不過我讓小海跟我姓，幸好那時他年齡小，我就一直騙他說他爸爸死了。我與蕭建離婚，正是因為那個瘋婆子勾引了我的老公。謝天謝地，這個瘋婆子嫁給蕭建後，沒能為他生出一子半女。順便給你說一件事，我不叫何姐，我也不姓何。我姓龍，叫龍瓊荷，是荷花的荷！」

龍瓊荷向後退出了一步，突然隱沒出謝依雪的視線。謝依雪雖然知道龍瓊荷還在這個屋裡，但她還是如將頭埋進沙裡的駱駝，自欺欺人地鬆了一口氣。但她立刻就聽到屋裡一隅傳來「乒乒乓乓」的聲音，像是鐵器在互相碰撞。「她要幹什麼？」謝依雪的心裡又是一緊。

當龍瓊荷再一次進入謝依雪視野的時候，她的手裡已經多了兩樣東西。她左手拿著一把鋒利的手術刀，右手則提著一把小型的電鋸。

龍瓊荷揚起左手，猙獰地對謝依雪說：「就在今天上午，你以為我買菜去了，其實我是拿著這把手術刀去了精神病醫院，殺死了那個瘋婆子——反正我已經殺了這麼多人，再多殺一個也沒什麼關係。」

「你殺了很多人？那些人都是你殺的？」謝依雪的聲音顫抖了起來。

「是的，他們都是我殺的，除了一個人——歐陽梅！她是趙偉殺的。不過沒過多久，我就幫歐陽梅報了仇，我幫她殺死了趙偉。」

「啊?!」

龍瓊荷笑了一下，說：「那天晚上，我去江都大學看望了我的兒子小海，準備回家的時候已經是深夜了。我想從大學南門出來，沿小路回你家去，卻意外看到了趙偉與歐陽梅從情人灘邊的旱橋走下去。說實話，在那個時候，我還不認識趙偉，但我卻認識歐陽梅。我好幾次出門買菜，包括去幫你買花，都無意中看到你的好老公沈建國與歐陽梅勾肩搭背地招搖過市，所以我早就認熟了歐陽梅的模樣。」

那一天深夜，當龍瓊荷看到趙偉與歐陽梅的時候，還在暗笑沈建國戴了一頂綠帽卻恍然不知。當時她穿的是一件黑色的襯衫，天又很黑，所以趙偉他們根本沒注意到她的存在。龍瓊荷本來沒有理會他們，準備逕自走過旱橋抄小路回沈建國家，沒想到當她剛走過旱橋，就聽到橋下傳來了一聲低低的尖叫，是歐陽梅發出來的。她的聲音之所以這麼低沉，是因為她的嘴被趙偉捂住了。

龍瓊荷仔細望過去，看到趙偉拖著歐陽梅的屍體向江灘邊走去，他是想要把歐陽梅扔進江裡毀屍滅跡。正好，那天龍瓊荷在小海保管藥物的實驗室裡偷偷拿出了一瓶藥——A物質，還偷拿了幾支注射器。她的兒子小海說過這藥是有劇毒的，只要注射進人體內，幾分鐘就可以致人死地。於是龍瓊荷跟了下去，趁著趙偉不注意，她把盛滿A物質的注射器，插進了趙偉的屁股裡。

龍瓊荷是看著趙偉死在她面前的，這是她第一次殺人。當時她還稍稍驚慌了一下，可看到趙偉漸漸冰冷的身軀，她竟感到了一點莫名的快樂與興奮。

「你為什麼要殺死趙偉呢？他和你並沒有什麼仇啊？」謝依雪不解地問。

「因為他在我的面前殺死了另外一個女人。只有沒本事的男人才會殺女人！我最恨這樣的男人了！他想殺女人，一定是為了得到其他的女人，這種見異思遷的男人，根本沒有資格活在世上！」龍瓊荷一定是想起了自己曾經的丈夫蕭建，情緒一下子變得激動了起來，胸脯急劇地起伏著，臉漲得通紅，胳膊也四下舞動著，手裡的手術刀幾次幾乎割到了謝依雪漂亮無瑕的臉蛋。謝依雪嚇得臉上滲出密密麻麻的汗液。

(05)

等龍瓊荷好不容易恢復了平靜，謝依雪才驚魂未定地問：「那麼吳慶生也是你殺的嗎？」

「那是個意外……」龍瓊荷的語氣不禁有些黯然。

她從來沒想過要殺吳慶生，她想殺的是沈建國！

龍瓊荷知道沈建國的眼睛有見光流淚的毛病，當她聽兒子龍海說A物質有散瞳作用的時候，就已經想好了用什麼辦法殺死沈建國。她曾經是名汽車修理廠的技術工人，知道怎麼讓汽車的安全氣囊在車禍的時候打不開。於是她把滴入了A物質的眼藥水放進了沈建國的公事包裡，希望沈建國在開車的時候會滴一下眼藥水。但她沒想到沈建國去了帝景大廈的公司後，就把公事包裡的眼藥水扔在了辦公桌上，結果被吳慶生拿走了。而且巧的是，那天吳慶生開的是沈建國的那輛保時捷。

幾處陰差陽錯，造就了吳慶生不明不白的死。

不過，龍瓊荷也並沒有後悔。四年前，蕭建的死，吳慶生也是有責任的。

當龍瓊荷知道蕭建之死存在著疑慮的時候，就假扮護士來到醫院。當她看到吳畏的時候，趁著混亂將折有九道印痕的紙條放進了吳畏的衣兜裡。

吳畏是個好警察，他看懂了紙條的蘊意，於是開始了追查。最終他因為上級的壓力不得不終止了調查，而所有的壓力都是從沈建國花重金造就的。

沈建國害怕露出馬腳，並沒有直接出面賄賂有關的當事者，所有的事全是吳慶生出面做的。吳慶生在蕭建之死的事件中，就是個不折不扣的助紂為虐者。

「那你是怎麼知道，蕭建的死，裡面有疑慮的？」謝依雪不禁好奇地問。

「因為……因為我的妹妹就是醫院裡的護士，那天她正好在我老公的手術室裡。但她也不敢把這事說出來，只敢偷偷告訴我。不過現在她不怕了，她前幾天告訴我她得了絕症，會把以前所有的事都告訴警察的！」龍瓊荷不由得歎了一口氣，眼中滑過一絲憂傷。

但轉瞬間，她又恢復了冷酷與猙獰，死死地瞪著謝依雪，說：「你已經死到臨頭了，快說，你還想知道什麼？我就一起成全你，全部都說給你聽。」

謝依雪又問：「那你為什麼要殺死老吳的女友魏靈兒？她是無辜的啊！」

「呸！」龍瓊荷啐了一口，說，「什麼無辜的！你知道她為什麼要和吳慶生在一起嗎？吳慶生是為了攀上衛生局長魏瀾的高枝。而魏靈兒則是為了掩飾其他的事。」

「什麼事?她要掩飾什麼事?」

「她是為了掩飾她與你老公在一起的事實!」龍瓊荷冷冷地說道。

「啊?!」謝依雪驚聲叫道。

魏靈兒早就與沈建國搞在一起了。沈建國有錢，長得又英俊，很有成熟男人的吸引力。不過魏靈兒的父親肯定不會答應女兒與一個有婦之夫搞在一起，沈建國也不肯得罪衛生局長，妄自斷送財路。

於是他們就定下一招，讓魏靈兒去和未婚的吳慶生交往。這實際上是個幌子，魏靈兒只是想借著這個幌子，繼續偷偷與沈建國繼續行那苟且之事。

龍瓊荷殺魏靈兒，就是想一個接一個幹掉沈建國身邊的人，也讓他嘗到失去親人的滋味。

她之所以知道沈建國與魏靈兒之間的事，是在家裡偷聽到沈建國壓低聲音打電話給魏靈兒後分析出來的。

魏靈兒真是個很傻的女孩。龍瓊荷打了個電話給她，說自己是沈建國的保姆，沈建國留話給她，說要她去帝景大廈廢棄的十三樓等他。

魏靈兒實在是太容易被騙了，她都不想一下沈建國怎麼會讓家裡的保姆帶話給她，就相信了龍瓊荷的話。當她走出十三樓的電梯，就遇到了等候她多時的龍瓊荷……

「你太殘忍了……」謝依雪恐懼地說。

「哈哈！」龍瓊荷笑了起來，「我殘忍？那麼你老公殺我老公的時候不殘忍嗎？」她狠狠拉了一下電鋸一側的鏈條，電鋸立刻吱吱地轉動起來。

謝依雪頓時無語。她看著龍瓊荷右手提著的小型電鋸，似乎猜到了龍瓊荷要對她做什麼。她感到身體似是跌進了無邊無際的冰窖中。

但她還是問出了自己的最後一個問題：「你在我家裡這麼多年了，為什麼直到現在這個時候，才開始你的報復呢？」

龍瓊荷頓了頓，這才黯然地說道：「我在去江都大學看小海的時候，無意看到了之傑。他和蕭建簡直是一個模子裡刻出來的。他也是我的兒子啊，可他卻根本不知道我的存在。他居然一直以為自己是那個瘋婆子的兒子。那瘋婆子剝奪了兒子對我的愛，這也是我為什麼要殺死她的原因！」

龍瓊荷在江都大學看到自己的小兒子竟然與沈建國的女兒沈曉葉走在一起，不禁擔心起來。她是絕對不希望自己的兒子與仇人之女搞在一起。

巨大的憤怒令她無法自持。她在看到蕭之傑的那一剎那，終於決定，復仇的計劃該登場了！

第十六章

（01）

周淵易坐在辦公室裡的沙發椅上，沉沉地陷入了甜美的夢鄉。在夢中，他似乎感覺自己變成了另外一個人。

他彷彿身陷一處冰冷之極的漆黑洞穴中，什麼都看不到，卻可以感覺到周圍有一雙雙眼睛正偷偷地窺視著他。他想掙扎著離開這個洞穴，雙腿卻被什麼東西拉住了。周淵易試探著用雙手去摸索腳下，他想知道究竟是什麼在拉拽著他。他摸到了一雙冰冷的手，那雙手沒有一點體溫，正死死地拉著他的褲管。

周淵易有點納悶，他明明站在了洞穴的最底處，誰會拉住他的褲管呢？這雙冰冷的手的主人，是站在哪裡的呢？

他踐開了這雙手，狠狠向上提了起來，誰知道這雙手似乎是懸空的，根本不屬於任何人。周淵易有種一拳頭打在棉花上的感覺，悵然若失地倒在了地上。

這時，突然洞穴上莫名其妙地射來一道光柱，將裡面映射得一片燈火通明。周淵易看到身邊的一切，不禁心臟突突突地猛烈跳動起來。

在他的身邊，到處是血淋淋的肢體碎片，手指、胳膊、大腿、軀幹，在他的正對面，還有一顆殘破的頭顱。頭顱的眼睛大大睜開，眼窩裡流淌出烏黑的鮮血，正幽怨地直視著他。

周淵易認出來了，這顆頭顱的主人是謝依雪，此刻她已經被肢解成了難以辨認的碎片。在洞穴的一隅還有柄吱吱亂轉的電鋸！

周淵易被這視覺上的突然衝擊，弄得分寸大亂。他想大聲呼救，卻發現自己一點聲音也不能發出，他的喉管似乎一下子變得狹窄起來，氣流根本無法通過——這是一種無法呼吸的感覺！

地上的電鋸突然飛了起來，並沒有人操縱著它，它是自己莫名其妙懸在空中的，就像有一個看不見的隱身人正手提著它。鋸尖朝著周淵易慢悠悠地移動過來，周淵易想要躲避，卻發現自己根本無法動彈，他的雙足彷彿被釘在了地上，半步都不能移動。

看著發出吱吱響聲的電鋸，周淵易感覺到死亡即將來臨的恐懼。他的眼睛激凸，幾乎要從眼眶裡掉出來了。他張大了嘴，想要尖叫。

終於，肺裡的氣流衝破了喉管的禁錮，就在電鋸鋸尖馬上要刺中他的頸項時，他發出了最為淒厲的慘叫：

「啊——」

「怎麼了？周隊長。」

當周淵易醒過來的時候，才看到小高坐在他對面，一邊看著報紙，一邊詫異地望著他。

「哦，不好意思，我剛才做了一個噩夢。」周淵易解釋道。

他回想起剛才做的那個噩夢，不禁有些奇怪，自己怎麼會夢到這樣的事？難道是謝依雪已經遭遇了毒手，這是她的怨靈托夢給周淵易，述說自己的經歷嗎？

周淵易不由得打了個寒顫。他是不相信任何怪力亂神之說的，他更相信這是因為自己一直執著於這個案子，日有所思、夜有所夢的結果。

不過，他可以確定，如果謝依雪現在還沒遭到毒手，那她也一定身處困境。現在必須馬上就找到她！

可是，龍瓊荷到底把謝依雪帶到了哪裡？就連龍瓊荷的兒子都不知道老媽有什麼地方可以藏身，就更別提警察了。

周淵易撓了撓頭，他知道自己遇到了真正的難題。

他走到窗邊，看到一輪紅日正慢慢從天邊掙扎而出，天就要亮了。

關於龍瓊荷最後的行蹤，是精神病醫院附近車站那個小攤老闆提供的，當時龍瓊荷上了一輛開往市區的公共汽車。

龍瓊荷上了那輛車後，又去了哪裡呢？

周淵易不禁心想，那輛公共汽車的售票員會不會對龍瓊荷有印象呢？畢竟在那個時候，從精神病醫院車站上車的乘客很少很少，說不定售票員會有印象的。

周淵易立刻打電話，讓王力帶著龍瓊荷的照片去拜訪公車處，看有沒有司機記得龍瓊荷的模樣。

非常幸運，這條公車線路是從市區開往果山水庫的。昨天並不是休息日，所以去從果山回市區的人很少，在中午的時段幾乎每趟車都是空返。路隊很快查出了昨天是哪輛車在中午的時候正好經過精神病醫院。

那輛車的售票員見到王力後，立刻回憶到昨天中午的情形——的確只有一個五十多歲的中年婦女在精神病醫院車站上了車，在看了王力遞過去的圖，售票員馬上確定，上車的就是龍瓊荷。那天公車的生意的確很差，所以售票員肯定地告訴王力，龍瓊荷並沒有乘車回到市區，而是在一個叫素家莊的車站下的車。

素家莊位於城鄉交接處，那裡以私人搭建的違章建築雜亂無章、缺少規劃而著稱。素家莊的村民，幾乎每家每戶都自己圈地搭建了低矮簡陋的平房，然後以極其低廉的價格租給了打工的外地人。

素家莊向來都是治安事件的死角，租房的人員也極為混雜。周淵易在得知了這一情況後，不禁心想，龍瓊荷會不會在那裡租了一間屋，用來禁錮謝依雪呢？畢竟龍瓊荷的經濟並不寬裕，她也沒有更多的錢去租價格高一點的房子。

上午九點多的時候，周淵易帶著一幫弟兄，來到了素家莊。他們分頭向村民出示龍瓊荷的照片，看有沒有村民認識她。很遺憾地，沒有一個村民曾經注意過身邊有這麼一個貌不驚人的中年婦女。如果龍瓊荷真是在這裡租了房的話，那她一定很少到這裡來。即使來了，也一定是深居簡出，毫不惹人注意。再說素家莊的治安情況本來就很複雜，村民也帶著多一事不如少一事的態度，懶得去理會別人的事。

還好，素家莊的當地派出所警員在得知了這一情況後，立刻召集了所有出租房的房東，給他們說明了事情的嚴重性。警員很嚴肅地告訴這些房東，如果以後查出照片上的女人曾經租過誰的房子，而現在誰又知情不報，那麼這個房東以後不會有好下場的。

這話說完之後，終於有個病懨懨的中年男人怯生生地站了出來，說：「這個女人在一個月前找過我，但是她看不上我的房子。她說，她要租間有圍牆的院子……」

房東們立刻七嘴八舌地議論起來，他們紛紛告訴警察，帶圍牆的院子在素家莊並不多，在一個月前，就只有一個地方是空著的，就在後山的山腳。而那個院子的主人前段時間到南方的兒子家帶孫子去了，所以今天並沒到現場來。

周淵易很是興奮，他感覺自己已經越來越接近龍瓊荷了。在問清楚那間院子的具體位置後，他們以最快的速度趕到了那裡……

（02）

周淵易帶著兄弟們進了那間院子後，很順利地找到了被捆綁在床上的謝依雪。謝依雪還活著，她兩眼無神地望著天花板上那些活像眼睛的水漬，欲哭無淚。當她看到破門而入的周淵易後，終於忍不住放聲痛哭起來。她的臉上，看不到一絲劫後餘生的喜悅。

是的，比未知的恐懼更恐怖的，永遠是那些殘酷的真相。

警員們搜索了整間院子，都找不到龍瓊荷的蹤跡。問及謝依雪，她卻只知道放聲痛哭，泣不成聲，說不出一句話。

過了很久之後，謝依雪才終於恢復了平靜。

「昨天究竟發生了什麼？龍瓊荷對你做了什麼？」周淵易大聲問道。

謝依雪木然地搖了搖頭，說：「她沒有對我做什麼……她只是對我肚子裡的孩子做了些什麼……」

周淵易這才注意到，謝依雪的大腿內側，殘留著一些乾凝的烏黑血跡……

前一夜，謝依雪恐懼地看著龍瓊荷手裡轉動的電鋸，崩潰地放聲大哭起來，她絕望地大聲叫道：「何姐，我平時對你這麼好，有新衣服會給你穿，有好吃的也會給你留著，你為什麼要這麼對待我？就算沈建國對你不起，我也從來沒有做過對不起你的事！」

這時，她聽到龍瓊荷發出一聲幽幽的歎息。

龍瓊荷看著捆綁在床上這即將被屠宰的羔羊，慢慢地說：「是的，你平時對我的確不錯。唉，錯就錯在，你留下了沈建國的種！我可以留下你的性命，但是，我卻不可以留下沈建國兒子的性命！」

她放下了手中的電鋸，踱到了床邊，從床頭的抽屜裡取出了一支針藥，對謝依雪說：「你知道這是什麼嗎？」

謝依雪滿臉恐懼地搖頭。

「這是我在小海的藥品保管室裡拿出的藥物。小海給我說過，這是最好的流產藥。你也別太傷心了，我昨天在給你喝的雞湯裡加了安眠藥，如果不出意外，以後就算你生出了小孩，因為安眠藥的影響，生下來的孩子也會是畸形的。現在打掉，也許會對你更好的。」

她看了一眼謝依雪，謝依雪正在無聲地哭泣。龍瓊荷再也沒說什麼，她揚起了手中汲滿了藥水的注射器。

「啊——」謝依雪在感到臀部傳來針紮的疼痛時，終於忍不住哭了起來……

（03）

「現在龍瓊荷去哪裡了？」周淵易焦急地問謝依雪。

謝依雪痛苦地搖頭，說：「不知道，我也不知道她去哪裡了。昨天夜裡，她給我推了一針流產藥後，又給我推了一針安眠藥。等我醒來沒多久，你們就來了。」

龍瓊荷到底在哪裡？

就在周淵易為龍瓊荷的行蹤感到頭疼的時候，他突然聽到手機響起。

取出手機，看了一眼來電顯示，周淵易立刻愣住了。電話是謝依雪的手機撥來的——不用說，是龍瓊荷打來的。

「喂，是周隊長嗎?你快帶人去素家莊後山山腳的一間農家院子找謝依雪吧，現在她一定餓壞了，哈哈哈——」手機裡傳來一陣陰惻惻的笑聲，果然是龍瓊荷打來的。

「龍瓊荷，你在哪裡?你快自首吧，爭取可以減刑處理，」

「哈哈，別逗了。你相信一個殺了五條人命的兇手，會因為自首會免除一死嗎?與其被槍斃，還不如躲起來，讓你們一輩子也找不到我!告訴你實話吧，小海已經長大了，馬上就要畢業賺錢，我再也不用擔心他了。我會去其他城市，只要我在任何地方看到了有人被欺負，我就會用自己的手段去幫弱者報仇!」龍瓊荷冷冷地說道。她馬上又補充了一句，「我之所以給你打這個電話，就是想讓你找到謝依雪，免得她被餓死了，哈哈!」

「你以為你是英雄嗎?」周淵易憤怒對著手機話筒吼道，「你殺死的人都是沈建國與李漢良身邊的人，沈建國與李漢良現在還好好地活著，這算哪門子的復仇啊?」

「哈哈哈哈!」龍瓊荷笑了起來，笑得歇斯底里。過了好一會兒，她才停止了笑聲，幽幽地說道:「你以為我會放過他們嗎?告訴你，他們都不會有好下場的!說不定，你隨時都可以聽到他們的死訊!就算我不能親手殺了他們，老天爺也會代我收了他們的!哈哈，哈哈哈哈——」她又猖狂地笑了起來。

周淵易一聽這話，不由得呆了。龍瓊荷這話是什麼意思?為什麼她說沈建國和李漢良都會死?難道她還要繼續進行她的復仇嗎?周淵易頓時感到有些胸悶，無法呼吸的感覺再次襲上了心頭。

這時，龍瓊荷在電話裡又說道:「周警官，所有的事都是我做的，希望你以後不要為難我的兒子小海，他跟案件沒有任何關係的！他是個守本分的好學生！」

周淵易冷笑了一聲，說：「你以為他真的與案件沒關係嗎？告訴你吧，當你的好兒子龍海在知道了趙偉曾經打電話找謝依雪勒索三十萬後，昨天發簡訊冒充殺人兇手也來覬覦著三十萬。昨天晚上在取錢的時候被當場捉住。就算他不是殺人兇手，但是勒索三十萬的罪名，已經足夠讓他在監獄裡待上幾年了！——這就是你撫養教育出來的好兒子！」

這話一說完，電話那頭沉默了。片刻之後，那邊傳來了龍瓊荷歇斯底里的叫聲：「不！不可能！這不可能是真的！小海不會做這種事的！不可能！不可能！不可能！」

電話裡突然響起「砰」的一聲巨響，然後龍瓊荷的聲音變得模糊與遙遠起來。一定是她在情急之下把手機扔到了地上吧。

手機裡只有一陣獵獵作響的風聲，隱約中，似乎還傳來幾聲火車的鳴笛聲——周淵易猜，龍瓊荷一定在某處鐵路軌道的附近吧。

當火車鳴笛越來越清晰的時候，手機信號嘎然而止。

尾聲

（01）

周淵易對龍瓊荷最後留下的那幾句要報復沈建國與李漢良的話，產生了深深的擔憂。雖然他並不喜歡沈建國，但也不能眼睜睜地看待龍瓊荷對沈建國與李漢良的謀殺企圖。

周淵易先打了個電話到李漢良家裡，卻沒有人接聽電話。他又撥徐婷婷的手機，還是沒有人接。他又打電話到沈建國家，還好，沈建國在家，接到了這個電話。

「沈建國嗎？你現在哪裡都不要去，我馬上過來！」周淵易在電話裡如此吩咐之後，立刻跳上了越野車，風馳電掣地向沈建國家駕去……

沈建國放下電話聽筒後，感到有些茫然。他不知道周淵易要來幹什麼，但他還是待在家裡，等待著周淵易的到來。

他覺得有些無聊，於是踱到了酒櫃旁，取出了一瓶威士忌。不過他想了一會兒，還是把酒放回了酒櫃中。當然，他並不知道龍瓊荷在這瓶酒裡加進了足以致命的Ａ物質，他只是覺得大清早喝酒有些傷胃。

沈建國又走到冰箱旁，拉開了冰箱門。裡面有麵包、牛奶、香腸、雞蛋。雖然有點餓，但沈建國還是把冰箱門關上了。他認為如果周淵易趕到他家裡的時候，看到他正在吃東西，那一定會很不雅觀。他並不知道，這些食物裡，都被龍瓊荷注射進了致命的A物質。

他更不會知道，家裡處處都遍佈著隱藏的殺機……

是的，看不到的危險，才是真正的危險。

（02）

周淵易在越野車裡，從警方的電臺裡聽到了一個消息。就在幾分鐘前，從鄰市駛來的一列火車，在經過一處隧道時，突然有個五十多歲的中年女人，精神恍惚地從鐵軌旁跳到了列車的火車頭前。列車以極快地速度撞到了她，這個女人當場斃命。

周淵易歎了一口氣。他知道，這個女人一定就是因為兒子被抓而精神崩潰的龍瓊荷。

（03）

周淵易來到了沈建國的家門外，敲了好一陣門，都沒有人來開門。他撥打沈建國家的電話和沈建國的手機，都聽到了屋裡傳來的鈴聲。

他著急了，使勁用肩頭撞著沈建國的家門。很遺憾，沈建國家安裝的是防盜門，根本撞不開。

無奈之下，他打電話通知了警局的技術科。半個小時後，技術科的小高趕到了現場。他只用了半分鐘，就用特製的工具打開了防盜門。

周淵易進屋後，第一眼就看到了沈建國的屍體。

沈建國躺在地上，身體已經冰冷，渾身沒有一點傷痕。

事實上，在屍體解剖之後，小高在沈建國的體內發現了致命的A物質。但他究竟是怎麼死的，卻沒有人知道。或許，永遠都沒有人知道這是為什麼，除了龍瓊荷。

（04）

看著沈建國蒙著白布的屍體被擔架抬走，周淵易頹然地走出了沈建國的家。直到現在還沒聯繫到李漢良的行蹤，周淵易不由得擔心起他。當然，周淵易更擔心的，是李漢良的姪女徐婷婷。短短的幾天，徐婷婷已經在周淵易的心裡佔據了重要的位置。

就在周淵易焦躁不安的時候，他突然聽到公事包裡傳出手機鈴聲。打開一看，他不由得欣喜若狂——是徐婷婷的號碼。

一接通手機，周淵易立刻大聲說道：「婷婷，李教授在你身邊嗎？你們在哪裡？快告訴我你們在哪裡！現在你們什麼地方都不要去，什麼事都不要做，我馬上來找你們！」

電話那頭沉默了良久，然後傳出了徐婷婷嚶嚶的抽泣聲。

周淵易的心裡泛起了不好的預感，他猶豫裡下，問：「婷婷，出了什麼事？是李教授出事了嗎？」

徐婷婷終於忍不住放聲痛哭起來，她哽咽著說：「昨天晚上，舅舅吃宵夜的時候突然暈倒了，四肢不停抽搐，陷入昏迷。我叫了救護車，將他送到附屬醫院急救，現在他還沒醒過來。剛才核磁共振的結果出來了，在舅舅的腦子裡發現了兩個雞蛋大的腫瘤，腫瘤已經破裂了……醫生說，舅舅已經沒辦法了……淵易，以後我該怎麼辦啊？以後我只能靠你了……」

周淵易手裡的電話頹然跌落到了地上。他突然想起，龍瓊荷說過的一句話：

「就算我不能親手殺了他們，老天爺也會代我收了他們的！」

「哈哈，哈哈哈哈——」

【全文完】

國家圖書館出版品預行編目資料

顫慄巨塔／庄秦著 .－－第一版 .－－ 臺北縣中和市
：狠角舍文化，2007〔民96〕
面；　　公分 .－－（咒樂園；16）

ISBN　978-986-6938-12-2（平裝）

857.7　　95025589

咒樂園系列 016

顫慄巨塔

作者：庄秦
責任編輯：黃慧楨
發行人：楊俊男
出版者：狠角舍文化事業有限公司
台北聯絡處：台北縣中和市連城路 4-239 號信箱
電話：(02)8226-2268 **傳真**：(02)8226-2269
E-mail：tough-cookies@104h.net
劃撥帳號：19926210
戶名：狠角舍文化事業有限公司
法律顧問：威冠法律事務所

總經銷：旭昇圖書有限公司
地址：235中和市中山路2段352號2樓
電話：(02)2245-1480 **傳真**：(02)2245-1479

排版設計：普林特斯資訊有限公司
製版印刷：普林特斯資訊有限公司
地址：235中和市建八路2號15樓之7
電話：(02)8226-9696 **傳真**：(02)8226-2276

出版日期：2007年1月第1版第1刷
ISBN：978-986-6938-12-2
ISBN：986-6938-12-3
定價：220元

TOUCH COOKIES
狠角舍
文化事業有限公司

TOUGH COOKIES

狠角舍
文化事業有限公司